新世纪
抗战小说研究

赵佃强◎著

中国戏剧出版社
CHINA THEATRE PRESS

图书在版编目（CIP）数据

新世纪抗战小说研究 / 赵佃强著. -- 北京 : 中国戏剧出版社, 2024. 12. -- ISBN 978-7-104-05607-2

Ⅰ. I207.42

中国国家版本馆 CIP 数据核字第 20242CD845 号

新世纪抗战小说研究

责任编辑：周忠建
责任印制：冯志强

出版发行：	中国戏剧出版社
出 版 人：	樊国宾
社　　址：	北京市西城区天宁寺前街 2 号国家音乐产业基地 L 座
邮　　编：	100055
网　　址：	www.theatrebook.cn
电　　话：	010-63385980（总编室）　　010-63381560（发行部）
传　　真：	010-63381560

读者服务：010-63381560
邮购地址：北京市西城区天宁寺前街 2 号国家音乐产业基地 L 座

印　　刷：	河北赛文印刷有限公司
开　　本：	710mm×1230mm　1/16
印　　张：	12
字　　数：	203 千字
版　　次：	2024 年 12 月　北京第 1 版第 1 次印刷
书　　号：	ISBN 978-7-104-05607-2
定　　价：	72.00 元

版权专有，违者必究；如有质量问题，请与出版社联系调换。

目 录

绪 论 ·· 1
  第一节 研究现状与问题的提出 ··· 1
  第二节 概念的厘定与研究的合法性 ······································· 5
  第三节 研究方法与创新之处 ·· 8

第一章 中国传统：与战时、"十七年"、新时期抗战小说的对话 ······ 15
  第一节 书写动因的嬗变 ··· 17
  第二节 创作主体的更迭 ··· 28
  第三节 文本类型的承继 ··· 36

第二章 西方参照：与西方战争小说的对话 ··································· 41
  第一节 与西方对话的意识与过程 ··· 41
  第二节 "抗战小说无经典"论断的辨析 ································· 48
  第三节 中国抗战小说的问题与突破 ······································· 57

第三章 文本转换：与影视的潜在对话 ··· 65
  第一节 新世纪抗战小说影视化的表现与缘由 ························· 66
  第二节 影视化对新世纪抗战小说的影响 ································ 73
  第三节 影视化时代，小说何为？ ··· 79

第四章 主体形象塑造与建构中的对话精神 ·································· 85
  第一节 对话中的英雄形象 ·· 86
  第二节 "伪汉奸"形象解读 ·· 93

  第三节　对比中的国共两党两军形象 ············· 101

第五章　对话中几个"大词"的多种声音 ············· 109
  第一节　真实与历史 ············· 112
  第二节　战争与暴力 ············· 119
  第三节　人性与文化 ············· 125
  第四节　民族与国家 ············· 132

第六章　民间性与狂欢化书写中的对话精神 ············· 139
  第一节　民间理论与抗战小说 ············· 140
  第二节　"民间话语"的功能与意味 ············· 147
  第三节　狂欢化书写与叙事 ············· 156

结　语 ············· 164

参考文献 ············· 169

后　记 ············· 185

绪　论

新世纪[①]以来，一大批以描写和反映1931—1945年间抗日战争为主要内容的小说涌现出来，这些小说又大多被改编成影视，进一步扩大了影响，在当下文坛掀起了一股"抗战小说"创作的热潮。但是，学界对新世纪抗战小说的研究还远远不够，一方面它们被统摄到"新时期小说""当代小说"的范畴之下，另一方面它们又被冠以"战争小说""革命历史小说""军旅小说"，因此还缺乏以"抗战小说"为名并在"新世纪"这个时段内作为一个整体所进行的研究，本书试图做出这样的尝试和努力。著者以2000—2013年间创作、发表和出版的以描写抗日战争为主要内容的小说为研究对象，以"新世纪抗战小说"为名。其中以长篇小说和部分有代表性的中篇小说为主，同类内容的电影、电视剧、网络小说暂不纳入研究范畴。

第一节　研究现状与问题的提出

关于这一研究对象，目前学界的研究主要从以下几个层面展开：

其一，将"抗战小说"纳入"战争小说""军旅小说""军事小说""革命历史小说"等概念范畴下进行研究，其时间范围主要局限在"十七年"[②]和"新时期"这两个时段内，新世纪以来的这类小说只有很少一部分受到学界关注，新

[①] 本书所称的"新世纪"，即"21世纪"。
[②] 本书所称的"十七年"是指中华人民共和国成立（1949年）到"文化大革命"（1966年）开始前的这一时间段。

世纪所出现的小说文本常常被纳入新时期的范围内进行评述。

这一层面的研究比较系统、深入和全面,相关著作、学位论文与期刊论文甚多,主要著作有陈思广的《战争本体的艺术转化:二十世纪下半叶中国战争小说创作论》(巴蜀书社 2005 年),徐亚东的《继承·突破·超越:20 世纪八九十年代军旅小说论》(中国社会科学出版社 2009 年),周徐的《英雄在途:祛魅·消解·重构:新时期以来军旅小说英雄形象嬗变论》(解放军文艺出版社 2011 年),黄子平的《"灰阑"中的叙述》(上海文艺出版社 2001 年),李杨的《50—70 年代中国文学经典再解读》(山东教育出版社 2003 年),杨厚均的《革命历史图景与民族国家想象:新中国革命历史小说再解读》(湖北教育出版社 2005 年),孙斐娟的《后革命氛围中的革命历史再叙事:1990 年代以来小说中革命历史叙事的文化取向和书写方式》(湖北人民出版社 2013 年),等等。

由于这些研究只是支离破碎地借取了新世纪以来的少数抗战小说文本,并非我们所说的真正意义上的"抗战小说研究",也离本书的研究对象较远,故在这里不对它们做进一步的举例、梳理与分析。

其二,以"抗战小说"或"抗日小说"命名,但其时间范围却用"中国当代"或"十七年"或"新时期"命名来进行统摄,其中有的包括新世纪以后的部分作品,有的并不涉及新世纪以后的作品,这类研究最为翔实充分、最具代表性。

在研究著作方面,最具代表性的学者就是房福贤,他是目前国内抗战小说研究领域涉猎较早、成果较多的学者。1999 年他出版了《中国抗日战争小说史论》(黄河出版社),此著作是国内第一部系统研究抗战小说的专著,具有开创意义。此著作从宏观的历史的角度对抗战小说进行了梳理、归纳和分类,将其分为战时 14 年、新中国成立后 30 年、新时期 20 年这三个时段,对每个时段又从微观角度进行阐释分析,对每个时段的小说进行分类,提出了军事抗战、乡土抗战、文化抗战、革命抗战、白色抗战、红色抗战等概念,另外对抗战小说所出现的"汉奸"现象、"阋墙"现象等进行了解读和分析。这些研究都为我们认识和研究抗战小说奠定了基础。2012 年他又出版了《中国抗战文学新论》(中国社会科学出版社),这是一部论文集,主要收录了他近年研究抗战小说系列论文,与之前的这两部著作有一定的重复性,但同时也融入了作者一些更新更深的思考。这些论文中有集中的理论探讨如抗战文学的评价问题、民族主义问题、英雄塑造问题等(《抗日文学中的几个理论问题》），有宏观的比较的论述如《二战文学视野中的中国抗日战争文学》《风雨六十年：从文学抗日到抗日文学》等，有微观的文本细读与分析如对巴金《火》以及周而复《长城万里图》的论述等。这些研究都对整个抗战小说研究奠定了坚实的基础，具有重要的启发意义。

在学位论文方面，著者通过知网搜集到的相关博士论文有 2 篇。一是邵国义的《论中国现当代小说中抗战历史图景的时代变迁》（山东大学 2007 届），论文延续了房福贤著作中战时、"十七年"、新时期三个时段划分的整体思路，重点考察和比较这三个时段内抗战小说中所展现的关于抗战历史图景的主要差异，并揭示了产生这种差异的主要原因，进而呈现出了整个抗战小说的创作动因、发展轨迹和面貌特色，这对我们深入认识抗战小说也有着重要的帮助，为我们的研究提供了一些启示，但是，新世纪以来的抗战小说只有少数几部被这篇论文所提及。二是潘海军的论文《变异与拓展——新时期以来抗战小说研究》（吉林大学 2010 届），这篇论文从审美意识、人物形象、悲剧意识、革命理念四个方面分析了新时期以来抗战小说与之前的小说相比所发生的变异与拓展，加深了我们对这一时段的抗战小说的认识，同样，这篇论文所涉及的抗战小说以新时期的抗战小说为主，对于新世纪以来的抗战小说也涉及甚少。著者通过知网搜集到相关硕士论文 16 篇，这些论文从各个角度对抗战小说进行了研究。如张韶闻《中国抗战文学中的日本战俘形象》（重庆大学 2012 届）；张晓琴《抗日战争正面战场文学研究》（河北大学 2011 届）；冯雁《论新时期以来抗战文学中的日本人形象》（北京语言大学 2009 届）；江朝贤《抗战小说中匪类抗日英雄形象之变迁》（西南大学 2008 届）；米华全《战争的另一种言说——论二十年来中国抗战小说》（四川大学 2007 届）；杨丽《汉奸形象初论——以"十七年"抗战题材长篇小说为例》（华中师范大学 2006 届）；等等。这些对抗战小说不同侧面和视角的进一步解读丰富了抗战小说的研究，加强了我们对抗战小说的认识。

在期刊论文方面，代表性的如孟繁华《战争本质的国族叙事与个人体验——中国、西方战争文艺"历史记忆"的差异性》（《山东社会科学》2006 年第 4 期）。这篇论文从中西比较的视角指出了中国抗战小说与西方战争小说的巨大差异，对中国抗战小说的不足进行了分析和批评，对于如何提高这类小说的创作水平有重要启示和鞭策意义，这篇论文的不足之处是所举例作品大多以新中国成立后"十七年"的小说为基础，忽视甚至无视最近时段的小说创作，这影响了论文的立论和说服力。陈晓明《鬼影底下的历史虚空——对抗战文学及其历史态度的反思》（《南方文坛》2006年第1期）。这篇论文指出中国的抗战小说对日本侵略者的形象的书写具有公式化、概念化、脸谱化，更重要的是将其"鬼化"的特点，并分析了原因在于这些小说缺乏对时代、对民族、对人性、对日本侵略者的更内在的反思，以此希望中国作家全面检讨对历史的认知态度，尤其是对邻国日本的认知和理解。但是论文也存在着和孟繁华的论文同样的不足。顾骧、石一宁《关于抗日战争文学创作问题》（《南方文坛》2005年第5期）。论文首先提出了抗战文学创作的不足问题，并指出了具体原因，包括视野不够开阔、思想不够解放、不敢写战争残酷等，提出抗战小说的重点是写人的问题，人性人道主义应该是抗日文学的主题，这些都是很有批判性的创见，值得深思与把握。这些论文为著者的研究提供了很多启示和借鉴意义，但是它们都并非针对新世纪以来的抗战小说的专门性研究。

其三，以"抗战小说"或"抗日小说"等概念命名，所涉及的作品主要是新世纪以后出现的。这一层面的研究与本书关系更加密切，也更具有直接的针对性，但是其研究还远远不够系统、全面和深入，显得非常单薄，缺乏整体研究的学术专著和学位论文，主要是单篇的期刊论文，而且这些期刊论文数量也不多，视角主要局限于两个方面：一是总体的和某种类型的论述，如赵国乾《新世纪抗战题材小说的新探索》（《文艺报》2011年12月14日），李兴阳、丁帆《新世纪乡土小说的"抗战叙事"与现实焦虑》（《小说评论》2013年第5期）等；二是针对新世纪以来创作的这类小说所进行的单篇文本解读，这些作品又主要集中在《历史的天空》《亮剑》《零炮楼》《八月桂花遍地开》《音乐会》等，如李迎丰的《历史的天空与当下语境——徐贵祥小说〈历史的天空〉中的"新历史"话语》（《解放军艺术学院学报》2006年第1期）、张严锋的《民间情怀的抒写——评徐贵祥〈历史的天空〉》[《三峡大学学报（人文社会科学版）》2006年增刊第1期]、张鹰的《英雄话语与悲剧形态——长篇小说〈亮剑〉的美学拓展》（《小说评论》2001年第5期）、刘复生的《从欢乐英雄到历史受难者——评〈亮剑〉》（《文艺理论与批评》2005年第6期）等。

从以上三个层面的研究情况来看，本书所针对的研究对象"新世纪抗战小说"要么从时间层面被纳入"中国当代"或"新时期以来"的范围，要么从概念范畴被纳入"战争小说"或"革命历史小说"的统摄之下。在这种情形下，全书的研究对象——"新世纪抗战小说"被关注和研究远远不够，大量的作品没有被提及，只有少数的作品（集中在《亮剑》《历史的天空》等）进入研究视野，新世纪抗战小说作为一个整体则被遮蔽和淡化，因此全书有理由将"新世纪"从"当代"和"新时期"的概念中剥离出来，将"抗战小说"从"革命历史小说"和"战争小说"等命名中剥离出来，对它们进行更加系统、全面和深入的研究。

全书试图将新世纪这十多年来（2000—2013）所出现的抗战小说作为一个整体，对这些小说进行研究，将它们与之前的战时、"十七年"、新时期这三个时段的抗战小说进行比较，同时也和西方的战争小说进行比较，看看这一时段的抗战小说是否呈现出一些新的特点，这些特点是什么，由此又说明了什么问题，从而完成对新世纪抗战小说的总体面貌以及思想艺术特征的揭示，进而挖掘它们取得的成绩和存在的问题。所有这些都将成为本书重点解决的问题。

第二节　概念的厘定与研究的合法性

对"新世纪抗战小说"的研究属于一种在断代史基础上所进行的专题研究，这种研究首先面临一个亟须回答但同时也是很难回答的问题，那就是确定研究的合法性，即作者以何种理由在本来连续的历史中划出这样一个阶段来。这就需要我们首先对这一研究所涉及的"新世纪""抗战小说"这两个关键词进行相关的概说与界定。

首先，我们需要对"新世纪"这一概念进行界说。"新世纪文学"这一概念自提出之后已经基本成为一种文学惯例而被学界所普遍接受，它似乎有着不言自明的合法性。尽管也有人质疑，认为中国当代文学不可能在"新世纪"这个时间点上发生根本性的变化，它只是在一种特定时间点所采取的命名活动。但是更多的人还是表示了赞同和认可。如学者雷达就认为："借新世纪这个在人类发展史上有重大意味的时间概念，来对2000年之后中国当下文学实践做出的笼统概括,它把对文学阶段的指称从对重大的政治、经济或社会事件的依赖变成对时间的依赖,从而潜意识地解构了新文学难以承受的意识形态之重,充分展示新世纪文学自律与他律的和谐中构筑未来的发展蓝图。"[1] 学者张未民认为:"新世纪文学的提出并不是对新时期文学概念的反动与抛弃,我们宁可将二者看作是一体生长的东西,新时期文学是新世纪文学的一个前世肉身,一个可供蜕变的潜结构,一个过渡性前奏。"[2] 批评家洪治刚认为:"它并不是一个有关文学现象的简单命名,也不是批评家用完即扔的临时口号,而是一个具有明确的文学史指向的特殊概念。它试图阻止新时期文学这一概念被无限延伸所带来的尴尬和不足,而不是要与此前的文学历史进行彻底的清算和告别。"[3] 因此"新世纪文学"这一概念具有很大的包容性,而且新世纪之后的文学也的确呈现出了一些根本性的变化,这就使得这一概念的确立具有合理性和必要性。

事实上,任何命名都不可能尽善尽美,总会存在这样或那样的局限性,但是人们在研究时却往往又不得不如此。正如历史学家布洛克所言:"时间的洪流不可中辍,但我们的分析应有断代。如果我们不通过界标来分段的话,我们的思想甚至无法把握持续的运动。但在时间的长河中,如何确定历史的界标呢?从某种意义上说,界标具有任意性。但更为重要的是,界标应与永恒变化中的重大转折点相合。"[4] 采用"世纪"这一语词对延绵不断的文学史进行切割、分段并进行研究这也已经成为文学研究的一种惯例,比如丹麦著名的文学批评家、文学史家勃兰兑斯所著的《十九世纪文学主流》一直被认为是文学研究界的经典之作,中国学者陈平原等人在20世纪80年代所提出的"20世纪中国文学"的口号与概念也产生了重要影响并以此为名出现了多部文学史著作。因此,我们也完全可以用"新世纪文学"这一概念指称2000年之后正在向前延展的当下文学。与此同理,对于这一时段所出现的抗战小说我们自然可以称之为"新世纪抗战小说"。当然这是一个不断延展的时段,为了让研究更具当下性,本书尽可能把时间向后延伸,由于写作时间的限制,本书只

---

[1] 雷达:《新世纪文学初论》,《文艺争鸣》2005年第3期。
[2] 张未民:《新世纪文学的命名及其意义》,《文学评论》2009年第5期。
[3] 洪治刚:《新世纪文学:命名的合理性与必要性》,《芳草》2011年第1期。
[4] [法]马克·布洛克:《历史学家的技艺》,黄艳红译,中国人民大学出版社2011年版,第151页。

能截至 2013 年。

其次，我们需要对"抗战小说"这一概念进行说明和界定。我们所探究的"抗战小说"当然属于"抗战文学"的范畴，关于"抗战文学"目前学界主要有这样几种观点。第一，把"抗战文学"界定为中国抗日战争时期的文学，它不一定是以抗日为题材的文学，而是指在抗战时期的所有的文学现象。① 第二，用"抗日题材文学"概念代替"抗日文学"，由此上溯到 1894 年的甲午战争，试图把日本侵华的历史作为文学研究的起点。把自此之后的时间内所出现的反映抗日战争的文学都称为"抗日题材文学"。② 第三，从 1937 年七七事变之后直到当下这一时段内所创作的以 1937—1945 年间的全民族抗战为描写对象的文学作品称为"抗日文学"。③ 第四，从 1931 年九一八事变之后直到当下这一时段内所创作的以 1931—1945 年间的抗日战争为描写对象的文学作品称为"抗日文学"。④ 本书所使用的是最后一种意义上的概念，即把新世纪以后所创作的以 1931—1945 年间的抗日战争为描写对象或者抗日战争作为主要背景的所有小说统称为"新世纪抗战小说"，并且以长篇小说为主。

再次，将 1931—1945 年的整体历史或某个时段与事件作为主要书写内容和背景的涉及抗日战争的小说自然没有什么问题。但并不是一部小说只要涉及抗战历史就是抗战小说。从整体与部分的角度来看，抗战这段历史必须在小说中占有相对较大的比例和分量才能称为抗战小说。这个问题之所以提出来是因为它隐含着我们将一部小说作为抗战小说的标准是怎样的，这个问题处理好了才能准确处理我们的研究对象，而不是为我所用，由此为证明自己的观点而把一些其实并非抗战的小说纳入本书的研究范围。比如《历史的天空》《亮剑》这两部小说都书写了从抗战到新时期这段历史，涉及抗日战争、解放战争、"文化大革命"等重要历史，前者全书 26 章，而书写抗战占了 19 章，后者在前 10 章里重点描写了抗战，本书自然可以将其作为抗战小说纳入研究范畴。但是比如刘醒龙的《圣天门口》虽然也涉及抗战，但是在其百年的历史中，在其巨大的篇幅中，抗战只是小小的一点，作家的用意也不在于主

---

① 何休：《论"抗战文学"的特点》，《重庆三峡学院学报》2006 年第 2 期。
② 张志忠：《"抗日题材文学"的价值与意义》，《深圳特区报》2005 年 8 月 21 日。
③ 高文波：《抗战文学简论》，《佳木斯师专学报》1997 年第 3 期。
④ 房福贤：《中国抗日战争小说史论》，黄河出版社 1999 年版。

要思考抗战历史，本书自然不将其纳入研究范畴。

最后，本书把"新世纪抗战小说"作为研究论题，其合法性来自两个方面：一方面，从前面的研究现状来看，关于"新世纪抗战小说"这一论题的研究还远远不够；另一方面，"新世纪抗战小说"的生成语境和具体文本，与之前的抗战小说相比的确也发生了一些新的变化，这种变化是本书将其区隔开来的一个重要依据。比如现实语境的变化，市场经济主导的消费主义趋向更加明显，大众文化更加繁荣，影视为代表的新媒体更加发达。比如作家主体的变化，有过战争经历的老一代作家已经退出历史舞台无法再进行创作，一部分更为年轻的作家开始崛起，新时期就开始创作抗战小说的作家有的继续创作并更加成熟，有的放弃这一题材的创作。比如创作动因也由此产生了一些变化，一方面源自责任感，另一方面也受利益驱动，显示出消费抗战的趋向。比如小说文体上的一些变化，在小说篇幅上，新时期中篇短篇小说比较多，史诗性作品较多，而新世纪的长篇小说最多。比如历史观、价值观等方面也发生了一些变化。事实上，也正是这些问题构成了本书的主要内容，也是本书所要解决的中心问题。具体来说就是，新世纪的抗战小说到底发生了怎样的变化，这些变化的原因和文化意义是什么，本书试图解决的正是这些问题。

第三节　研究方法与创新之处

在确立了研究论题及其合法性之后，本书面临的首要问题就是著者将如何切入和展开对这一论题的研究，本书的视角、理论与方法又是怎样的？在对大量的新世纪抗战小说文本进行阅读之后，我们形成了这样一种感性印象，那就是这些小说充满了大量的对话，很多小说设置了具体的对话场景，让小说里的人物在一起谈论甚至争论一些具体的问题，或者通过主人公的大段的内心独白反映其心理并揭示其对某些问题的认识，而且很多小说使用双线结构，采用对比对照等手法进行描写叙事等，再者就是这些小说充满了强烈的民间性。这些特点与苏联著名文艺理论家巴赫金的相关理论具有强烈的契合性，对此，本书将巴赫金的相关理论作为研究新世纪抗战小说的一个重要突破口与方法。

同时，本书始终以问题法为主导，提炼出中心问题和具体问题，并给予详细回答和论证。通过宏观的方法对这一文学现象进行历史的梳理和呈现，以解释现象背后的深层意蕴。通过微观的方法对小说文本进行细读，作为理论支撑来回答解决具体问题。通过比较的方法，一方面将其与战时、"十七年"、新时期这三个时段的抗战小说进行比较，同时把西方战争小说纳入研究，由此寻求差异和不足，更好提高文学创作水平。通过新历史主义理论、意识形态理论等相关理论的引入而丰富问题的研究。

巴赫金在小说研究中所提出的理论主要体现在他的《史诗与小说》《小说话语的前历史》《长篇小说的话语》《小说的时间和时空体形式》《陀思妥耶夫斯基诗学问题》《拉伯雷研究》等论著中，国内对巴赫金理论的研究和探讨也比较丰富和成熟。本书对这一理论的使用主要围绕对话、民间与狂欢这三个关键词而进行，这三个词同样体现和代表了巴赫金理论的精髓。具体来说主要包括以下几个方面：

其一，对话的本体论意义。在巴赫金看来，生活的本质是对话性的，生活意味着参与对话、提问、聆听、回答、同意等。每个人的意识、思想都与另外一个"他者"的意识、思想相互联系，既有相同之处，也有相异之处，人与人是相互依存的。在生活与艺术中，人们总是运用或是同意与反对，或是肯定与补充，或是问与答等方式组织对话，达到相互理解与沟通。对话理论是建立在人类生活基础之上的，同时也是文学艺术的普遍现象。同样，作为文学现象之一的新世纪抗战小说不可避免地与对话有密切关系。

其二，对话产生的前提是必须有一个开放、民主、自由的社会环境和文化语境，只有在这种情况下，多种思想才能产生并相互碰撞和交流，多种意识和声音才能够充分展现和发出，对话总是和专制、独裁、单一的文化语境相抵牾。多种对话或者说社会性杂语只有在社会民主化、出现了不同世界观和思维方式的前提下才会产生，而小说正是通过社会性杂语现象以及在此基础上产生的多种个人声音，来驾驭自己所有的题材，自己所描绘和表现的整个事物和文意世界。"文化大革命"结束后的思想解放潮流让中国社会与之前的社会相比更加开放、自由和多元，且伴随着全球化、世俗化、大众化时代的到来而在新世纪变得更加充分。新世纪抗战小说正是在这样一个"百家争鸣，百花齐放"的多元化背景下产生的，这就为抗战小说的对话性提供了基础和条件。

其三，巴赫金提出了小说文本之间具有外在对话性的特点，这一特点后来被其他学者用"互文性"这一术语来概括。其主要思想就是任何文本都不是孤立的，每个文本都处于已经存在的其他文本中，并且始终与这些文本形成一种对话关系。同样，新世纪的抗战小说也不是孤立的，它和之前业已存在的抗战小说以及类似的战争小说形成一种对话关系。

其四，巴赫金认为对话性得以展开的基础和前提分别是差异性、未完成性和社会性。对话依存于差异性，人类世界是由普遍差异性构成的，只有承认差异性，才能将自我与他人区别开来，确立我性与他性的价值，对话才成为必需，才能够进行。同时，差异将自我与他人区分开来，自我建构通过对话来完成，这个建构过程是一个持续状态，自己与他人的对话实际上就是个人的生命历程，因而对话始终处于未完成状态。也就是说主体的建构是通过对话得以进行和完成的。那么对于抗战小说而言，它必然涉及形象塑造和主体建构，由此也形成一种对话性。

其五，巴赫金通过研究陀思妥耶夫斯基的小说，提出了复调的概念，也就是说文本内部之间也存在对话性，这主要包括作者与主人公之间的对话、小说人物之间的对话、小说中人物的独白所具有的对话性等。通过这些对话使得多种思想、多种声音都能够得以彻底的展现和发出。新世纪的抗战小说文本存在大量的对话，由此完成了对历史、战争、人性、民族、国家等一些命题的多种理解。

其六，巴赫金在研究拉伯雷时，提出了民间诙谐文化、怪诞现实主义、狂欢化等概念及理论。在巴赫金那里，"民间"是同"官方"相对应的一个概念，这一语词在内容上包含着民间文化、自由性、诙谐性和反叛性；在艺术形式上，巴赫金用"怪诞现实主义"以及"狂欢化叙事"来概括拉伯雷创作的主要特征。而新世纪的抗战小说具有强烈的民间性和狂欢化特点。

巴赫金理论为我们提供了一把解读和研究新世纪抗战小说的钥匙，通过它我们可以对新世纪抗战小说做出更加系统、深入和全面的解剖和认识。本书的结构框架都是在这一理论的启发之下而建构的，全书的主体部分总共六章。前三章利用对话及互文性理论，重点探讨新世纪抗战小说的外在对话性。

第四、五章重点探讨新世纪抗战小说的内在对话性。第六章主要探讨新世纪抗战小说的民间性和狂欢化。

第一章从纵向的时间的维度出发,把"新世纪抗战小说"作为一个整体放在整个中国抗战小说的历史中进行观照与考察,这样它就与之前已经存在的战时抗战小说、"十七年"抗战小说、新时期抗战小说形成一种互文性和对话关系,这种关系主要表现为延续、反拨、发展、重构等,具体表现为书写动因的嬗变、创作主体的更迭、文本类型的承续这三个方面,通过对它们的解读与分析,新世纪抗战小说的整体面貌就自然呈现出来,这样就加深了我们对它的基本认识。

第二章从横向的空间的维度出发,把新世纪抗战小说放在西方战争小说的历史中进行考察,这样它就和西方战争小说也建立起了一种互文性和对话关系,一方面在创作领域,作家对西方战争小说多有学习、借鉴之处,通过比较分析它们之间的异同,从而找出中国抗战小说的特征、问题以及突破;另一方面在文学批评领域,研究者往往把西方战争小说作为参照和坐标系,通过它们对中国抗战小说进行评价,由此他们得出了"抗战小说无经典"的论断。著者对这一论断进行了解读,由此找出中国抗战小说所面临的问题以及需要努力的方向。

第三章从互文性理论出发,解读了新世纪抗战小说的影视化问题。由于绝大多数小说都被改编成了影视,因此抗战小说与抗战影视这两种不同的文本之间也建立起一种对话关系,这种关系主要表现为小说对影视的屈从,为了把小说改编成影视,许多小说被迫做出了让步与改变,使得小说失去了自身的一些优势和特长。而小说不应该为了适合改编而故意改变自己,小说应该坚守自己的个性,让小说成为小说,让改编成为影视编导的事情,两种文体应该发挥各自的优势,应该处于一种平等的对话关系,小说家应该拒绝商业利益的诱惑,坚守小说的艺术规律进行创作。

第四章利用小说的内在对话性理论,重点探讨抗战小说的形象塑造和主体建构的问题。分析抗战小说中的主体形象在对话中是如何被建构的,这些主体又具有怎样的特点,在诸多形象中重点从英雄、汉奸、国共两党两军这三个方面展开。首先,延续新时期的思路,解构"十七年"中的高大全形象,并在解构中进行了适度的重构。其次,对新世纪抗战小说中所出现的"伪汉奸"现象进行了揭示和解读。最后,在对比书写中揭示国民党内部的内讧、阋墙、腐败等问题,并着力表现了共产党的团结、纪律性、组织性强的优点,由此凸显其正义性、合理性以及取得胜利的必然性。之前的研究成果对这些问题也有所涉及,但本书的研究重点从"主体形象是怎样的"转向了"这些主体形象是如何塑造的"。

第五章主要对新世纪抗战小说的思想性问题进行解读,这种思想性主要体现在战争小说自身所包含的历史、战争、人性、民族与国家这样几个"大词"上,对它们的认知与理解直接体现了这类小说的思想深度。新世纪的抗战小说在对话中展开对这些问题的思考。对历史既做了某种必然性的理解,同时也揭示了它的偶然性和对人的命运的改变甚至伤害。对战争的悖论性做了深刻解读,既凸显它的合理性与正义性,又揭示它的残酷性与迫害性。对于人性也做出多元化的理解:一方面强调勇敢、献身的精神品质,弘扬民族国家意识与情感;一方面站在人性人道主义立场上呼唤大爱精神,对普通人物在战争中为了生存而呈现的行为和选择做出理解和同情。这些命题是极其复杂的,任何单一的理解都可能导致片面,而新世纪的抗战小说恰恰通过对话对这些主题进行了多元化的表达,通过对话让各种思想发出声音,由此体现了一种开放、自由与民主的精神。

第六章认为新世纪抗战小说呈现出一种强烈的民间性和狂欢化特点,这正与巴赫金理论中所提出的民间性与狂欢化理论相契合,因此利用这两个概念对此进行解读,揭示这种书写的具体体现以及背后的深层蕴涵。民间与狂欢背后体现的也是一种对话精神,民间体现的是与官方的对话,狂欢隐喻着多元对话时代的到来。民间凸显了抗战主体的全民性,与官方话语强调的国共两党抗战相比,它强调了普通民众的生命意识以及在抗战中的巨大贡献。民间书写浸染了消费主义的气息,民间具有传奇性与通俗性,拥有吸引读者大众的诸多元素,利用其特点可以让小说有更多的笑点、看点和卖点,因而也就自然拥有更多读者。这种书写具有合理性,但也存在夸大化、泛滥化、展览化特点,因此值得批判和警惕。

结语部分立足于当下的社会现实以及西方战争小说背景中,对新世纪抗战小说所涉及的技术、艺术、思想问题做出进一步的审视与总结,探讨它们存在的价值和意义,指出它们的问题和局限,对"如何书写抗战历史才能产生经典作品"这一问题提出自己的也许并不成熟的想法和见解，并呼吁更多优秀作家加入抗战书写的行列，并对经典抗战小说的出现寄予期待。

本书的创新之处主要体现在以下几个方面：第一，从理论研究上，根据研究现状来看，新世纪的抗战小说研究还属于薄弱环节，因此具有一定填补空白的意义。同时，将巴赫金理论应用到抗战小说以此完成理论与实践的有机融合，对文学研究具有启发意义。第二，从创作实践的意义上，运用比较视角、宏观与微观结合的方法，注重文本分析与阅读，重点解决写了什么、怎样写的、写得怎么样这样一些问题，对今后的小说创作提供启示。第三，现实意义，战争是灾难是悲剧，需要我们提高对它的认知和理解，避免这样的悲剧重演。抗日战争期间中华民族所遭受的屈辱、抗战胜利的原因、经验教训，值得很好反思和总结，这背后隐藏对民族认同的爱国主义情感，值得挖掘和唤起。

本书的研究主要面临的困难和问题主要包括两个方面：

其一，研究资料的繁多性，需要大量的时间和精力。一是抗战小说的研究资料很多，二是抗战小说文本很多，仅目前著者所知道和掌握的就有150部左右。历史学家柯林伍德（又译柯林武德）说："研究任一历史问题的人永远都不可能穷尽资料，搜集原始资料的工作和解释它们的工作一样是永无止境的，因此，我们在任何既定时刻所能提出的每一种叙述，都只是一份有关我们的历史研究进展的临时报告。无论历史学家工作多么长时间，他都永远到不了能够说这句话的地步——我现在已经收集到了一切能够收集到的证据，并已经用尽一切方法彻底解释了它。"[①] 同样，我们也可以说，对抗战小说进行研究也是如此，一方面本书无法穷尽所有的研究资料和小说文本，另一方面本书对抗战小说所做的研究、评价和结论，都只是一份临时报告，就目前所看到的小说而言，它们的确就是这样的。

其二，作为研究对象的"新世纪抗战小说"依然在继续，它们具有强烈的当下性，缺乏历史的积淀和时间距离的观照。因此对研究者的眼光、识见等都要求甚高，这项研究含有文学批评的因素，需要对如此之多的长篇抗战小说进行艺术把脉，指出其优点，批判其问题，让相对优秀的作品浮出水面，起到暂时的立此存照作用，这也是本书的研究意义之一。这些相对优秀的作

---

① [英]柯林伍德：《历史的观念》（增补版），何兆武等译，北京大学出版社2010年版，第383—386页。

品在本书中都将得到重点的引用和论述。

　　当然，任何研究都会面临一些困难和挑战，关键是研究者是否能够做到敢于探索和坚持。尽管著者才疏学浅，但还是愿意为此而进行一次尝试和努力。在这样一个过程中才能真正体会学术的艰辛和快乐，这也正是学术研究的价值和意义所在。

第一章　中国传统：与战时、"十七年"、新时期抗战小说的对话

巴赫金在研究言语体裁问题的时候传达出这样一种思想，即作为言语交际的任何表述，都不是孤立的，这种表述是一种对话，它总是和之前的表述相联系，同时也为后面的表述提供一些参照和帮助。用他的话来说就是："每一表述都以言语交际领域的共同点而与其他表述相联系，并充满他人话语的回声和余音。每一表述首先应视为是对该领域中此前表述的应答，它或反驳此前的表述，或肯定它，或补充它，或依靠它，或以它为已知的前提，或以某种方式考虑它。"① 而这里的表述既可以理解为日常生活中的简单对话，也可以理解为文学作品或科学论著，当然也可以理解成文学作品之一的小说。

由此可以说，任何小说都不是孤立的，总是和其他小说相联系，既有它要回应的小说，也有对它做出回应的小说。小说语言是一个通过对话实现的相互明确的语言系统，所有的言辞都面向他人的言辞，而他人的言辞可以和所有业已存在的小说作品相对应，小说总是在和它自己的历史进行对话。巴赫金的这种思想强调的是文本之间的对话性，通常被称为"外在对话性"。后来，法国批评家克里斯蒂娃吸收了巴赫金这种表述和思想，提出了"互文性"这一术语，立刻在学界引起了广泛影响，自此"互文性"这一理论成为重要的文学批评概念，对这一理论的研究与批评也形成了多次热潮。

传统的文学观念通常强调和看重文学作品的创造性和独特性，往往把作为人文学科的文学作品看作是孤立的，而"互文性"这一概念则向这种传统观

---

① [苏]巴赫金：《文本·对话与人文》，白春仁等译，河北教育出版社1998年版，第177页。

念提出挑战，它认为任何一篇文本的写成都好像一幅语录彩图的拼成，任何一篇文本都吸收和转化了别的文本，由此强调了文本吸收和转化其他文本的能力和现象。也就是说"任何文本都不始于零，每个文本都处于已经存在的其他文本中，并且始终与这些文本有关系。文学作品是在其他文本在场的情况下产生，那么每个文本对自身的描述也是发生在一个由文本组成的记忆空间中"[①]。互文性这一理论之所以被诸多文学研究者所认同并被广泛应用，其原因在于这个概念所包含的理论的丰富性、普适性，它具有许多优势，正如有学者指出的那样："互文性这个词的好处在于它囊括了文学作品之间互相交错、彼此依赖的若干表现形式。文学是在它与世界的关系中写成，但更是在它同自己、同自己的历史的关系中写成的。文学的历史是文学作品自始至终不断产生的一段悠远历程。"[②] 通过互文性对诸多复杂的文学现象进行考察，我们往往就能够清晰地梳理和明确一部作品或某种类型的作品的发展历史以及它们之间的同异关系和彼此交集，就能够洞察出该作品或该类型的作品所呈现出的重要特征。

很显然，根据巴赫金的对话思想及互文性理论，新世纪抗战小说并不是在一片真空的状态下创作的，在这些作品出现之前，抗战小说的文本早已存在，这里既有战争时期的文本，也有新中国成立后的文本，其中最主要的就是新中国成立后"十七年"与新时期这两个时段所创作的小说文本。这些文本成为新世纪抗战小说的一个重要资源和参照，新世纪以来的抗战小说与它们不可避免地发生关系。这种关系表现为或是对它们的继承与续写、或是对它们的反驳与重写，与它们相比在某些方面或是有所倒退、或是有所超越，这样新世纪抗战小说与之前的抗战小说就形成多种对话关系。因此借助"互文性"这一概念，我们在描述新世纪抗战小说的时候，采用回溯式纵向比较的方式，将其与战时14年、新中国成立后"十七年"、新时期20年这三个时段的抗战小说联系起来，以更好呈现新世纪以来的抗战小说的整体风貌以及它的异质因素，而且从这一理论出发，我们也会加深对整个抗战小说的认识和理解。

在本章中，著者就试图从时间的维度，通过对抗战小说史的一个简单

---

① [德] 埃尔:《文化记忆理论读本》，余传玲等译，北京大学出版社2012年版，第260页。
② [法] 萨莫瓦约:《互文性研究》，邵炜译，天津人民出版社2003年版，第1页。

描述，凸显新世纪抗战小说的整体风貌和状态类型。这种描述之所以是简单的，一是因为新世纪之前抗战小说的历史已有专门的论述，这就是房福贤的《中国抗日战争小说史论》，二是由于新世纪抗战小说的当下性，本书目前还无法从史论的角度对其进行梳理分析，三是因为本书的研究重点是新世纪的抗战小说，之前的抗战小说只是一个参照，不能成为本书的重点，本书的篇幅将难以容纳这样的研究。为此，著者从书写动因、创作主体、文本类型这三个层面展开，以此形成对整个抗战小说尤其是新世纪抗战小说的总体印象。

第一节 书写动因的嬗变

人与动物的最重要的区别就在于人有思想有意识，他不仅知道行动和如何行动，他更懂得行动的动因和目的。人们所从事的任何活动都是如此，作家的创作活动也同样如此。一个作家的创作必须处理好为何写、写什么与怎样写这三个问题之间的关系，正是这些问题紧密交织共同塑造、成就了他的整个创作以及与其他作家的不同。同样，不同时代的作家如果对同一类题材进行不断的重述与叙事，这里面的动因既有相同之处也有相异之处，而这些创作动因往往又影响着作家的历史观、文本叙事的策略以及它们所呈现出的意义，这些动因又与作家所处社会时代环境形成一种表征关系。如果从书写动因的视角审视抗战小说，我们发现，同样是书写抗战，在这90多年的不同时期里，作家们的书写动因、目的与追求既有一些共同因素，同时也存在着一定的差异。因此对抗战小说书写动因的嬗变进行历史的考察，我们也能从中看到抗战小说所发生的一些变化以及我们所处时代所经历的变迁。

对于战时的抗战小说来说，其书写动因可以归结为一点，那就是为抗战服务。1931年日本发动侵略的九一八事变之后，左联就发表和刊登了一系列文章和言论，比如《告国际无产阶级及劳动民众的文化组织书》《告无产阶级作家革命作家及一切爱好文艺的青年》《中国无产阶级革命文学的新任务》《八一宣言》等，要求把文艺作为武器，把反对日本的侵略作为革命文学的首要任务。1937年卢沟桥事变爆发，全民族抗战开始，之后不久的1938年，中华全国文艺界抗敌协会就成立了，在其《发起旨趣》和《宣言》中就明确要求，民族的命运将是文艺的命运，文艺应当仅仅伴着民族的苦痛挣扎，文艺家应当以笔为武器，参加到抗战工作中去，一切文艺运动都必须有益于抗战。[①] 在这种情境下，"与抗战无关论"的思想是很难得到认同的，抗日救亡成为时代的主旋律。战争所激发民族危机意识和爱国主义情感，促使中国作家无不投入抗战的洪流，他们不仅创作题材发生了位移，而且他们所创作抗战小说，其主要目的就是控诉日本侵略者的凶残与丑恶，反映中国人民在这场反对日本帝国主义的战争中所涌现出来的高度的爱国主义和英雄主义精神，激发、鼓舞中国军队与民众的抗日热情，为抗战摇旗呐喊。在这种情境下，抗战小说所具有的关于战争及人性的更多丰富内涵都来不及得到更好的表达，这一时期的抗战小说带有浓厚的战争化色彩，文学性欠缺很多。关于这一点，房福贤在其著作中已经进行了详细的论述，这里不再赘言。

对"十七年"的抗战小说而言，其书写动因则主要是歌颂和怀念在抗战中牺牲的战友、歌颂这场战争的正义和伟大、强调和论证党的领导及其正确性，为新生的革命政权确立合法性。这种书写既是历经磨难和战争洗礼的一代作家的真情实感，同时也受到了当时主流意识形态的规约，这种书写是简单的，同时也是真诚的。在新中国即将成立之时的第一次全国文代会上，周扬明确指出："革命战争快要结束，反映人民解放战争，甚至反映抗日战争，是否已成为过去，不再需要了呢？不……全中国人民迫切地希望看到描写这个战争的第一部、第二部以至许多部的伟大作品！它们将要不但写出指战员的勇敢，而且要写出他们的智慧、他们的战术思想，要写出毛主席的军事思想如何在人民军队中贯彻，这将成为中国人民解放斗争历史的最有价值的艺术的记载。"[②] 很显然，作为文艺界的主要领导人的讲话已为革命历史战争题材的文学创作定了调子，所以抗战小说不可能也很难违背这一指令，尤其是在经过了一系列文艺批判运动之后，文艺界的"一体化"格局已经确立，这是一个"独白"的时代，而不是一个"对话"的时代，任何异质的声音都被指涉为

---

① 房福贤：《中国抗日战争小说史论》，黄河出版社1999年版，第8—9页。
② 周扬：《周扬文集》第1卷，人民文学出版社1984年版，第529页。

第一章 中国传统：与战时、"十七年"、新时期抗战小说的对话

"离经叛道"或者"逆流"而被打压。这就决定了这一时期抗战书写动因的单纯性。《铁道游击队》的作者知侠就说："我这部小说，就是写这些'煤黑'们，在共产党的领导下，怎样对敌人展开轰轰烈烈的英勇斗争。"[①]《苦菜花》的作者冯德英则说："我想表现出共产党怎样领导人民走上了解放的大道。"[②]《战斗的青春》的作者雪克也说："在反映游击战争的作品中看不见党的领导，这能叫符合革命历史的真实吗？不能，必须表现出党的领导。"[③] 这一时期几乎所有的作家在谈到他们的创作的目的和动因时都有类似的表述。

今天看来，我们丝毫不用怀疑他们的简单与真诚，我们也为他们所表现出的爱憎分明、奉献牺牲、理想信仰等精神品格而感动，我们也不能否认这些作品在中国当代文学史上的价值和意义。但是，我们也必须实事求是地承认这些小说也存在着严重的局限和不足：一是强调中国共产党领导下的军民是抗战的主体，而国民党以及其他抗战主体的抗战则被遮蔽，由此造成了追求真实却偏离真实的悖论；二是丑化弱化敌方，美化强化我方，复杂的人性无法得以表达；三是昂扬的乐观主义基调消解了战争的残酷性和不人道，反战意识缺失。同样，这一时期这类文学的书写特点在学界也有诸多论述，这里不再赘言。

对新时期的抗战小说而言，其书写动因开始变得不再那么单一而更加多元化，正因为这种书写动因的差异，也使得这一时期的抗战小说变得更加丰富和多样。具体来说主要包括三个方面。

其一，延续战时与"十七年"时期作家的忧患意识和责任感，书写抗战历史，总结经验教训，怀念革命先烈，振兴中华民族。作家周而复曾言："中国作家责无旁贷地需要全面反映和描写这段历史。这是中国作家，特别是老一辈作家的神圣职责。为了完成这个任务，把反映抗日战争伟大历史真实的作品献给中国人民，我不怕任何风险。"[④] 作家李尔重坦言："前事不忘，后事之师。不了解前事，也不会从师那里拿到丰厚有力的教益。怀念英雄业

---

① 知侠：《铁道游击队》，上海文艺出版社1978年版，第2页。
② 李宗刚：《论"十七年"文学抗日战争英雄叙事》，《海南师范大学学报》（社会科学版）2008年第6期。
③ 邵国义：《论中国现当代小说中抗战历史图景的时代变迁》，博士学位论文，山东大学2007年，第66页。
④ 周而复：《雾重庆·后记》，人民文学出版社1994年版，第1074页。

绩,绝不仅仅是为了自豪,自豪却是为了相信中华民族有自立自强的智慧和力量。这是在凄风苦雨中,推着一个年近八旬的老人敢于动笔的原因。"① 作家柳溪也说:"我愿通过我的笔,把他们的心魂和理想留下来,以示对他们在那场惊天动地的战争中所做出的无私奉献,表示永久的纪念。"② 所以,这些老作家重新焕发活力,靠着惊人的毅力写出了史诗性的抗战小说,令人肃然起敬。

其二,弥补战时、"十七年"对战争本身思考的不足,试图对战争进行本体论意义上的思考,不再仅仅局限于一味歌颂战争,而对其复杂性做了一些还原和揭示,些许的反战思想有所表露。作家李尔重就说:"我写《新战争与和平》,就是想使人们有机会重新思考,战争到底是怎样爆发的,怎样才能消灭战争。"③ 作家王火认为:"在现代世界中,人们首先还是关注解决战争与和平的问题。这是关系全人类的最大的问题,是人们最关心的时代主题。人类应当清醒地认识战争的破坏性。写战争,正是为了和平。"④ 作家尤凤伟也试图追问:"战争究竟是一个怎样使人变异的妖魔呵!战争是不能忘记的。不论战争带给我们的是什么果实。战争将一切都推向极致,无论是人性还是兽性、是美还是丑、是善还是恶。只有在生死攸关的时刻,人才能真正认识自己和他人,才能真正体悟出生命的意义与价值。而对文学而言,只有从一个民族所经历过的战争才能真正窥见这个民族的精神脊髓。"⑤ 所以,这些作家的抗战小说都对战争做了一些较为深入的思考,后面我们将详细论述。

其三,开始冲破阶级性、党派性的历史观,试图修正"十七年"小说对抗战历史叙事的某种偏颇和失实,力求还原历史与人性的一些本相,还原和修复了对国民党抗战以及民间抗战的历史事实。周而复就认为:"只写共产党领导的抗日民族统一战线以及八路军、新四军所取得的胜利,不提国民党和中央军是不全面的,作家应该还历史以本来面目。"⑥ 作家尤凤伟就对"十七年"

---

① 房福贤:《中国抗日战争小说史论》,黄河出版社1999年版,第187页。
② 柳溪:《战争启示录·自序》,北京十月文艺出版社1994年版,第8页。
③ 李尔重:《我为什么写〈新战争与和平〉》,《书刊导报》1991年3月16日。
④ 王火:《战争和人》,人民文学出版社1993年版。
⑤ 尤凤伟:《战争·人性·苦难》——中短篇小说集《战争往事》后记,《当代作家评论》1997年第1期。
⑥ 周而复:《从〈长城万里图〉看成才道路》,《中国人才》2000年第2期。

第一章 中国传统：与战时、"十七年"、新时期抗战小说的对话

的抗战小说作家的书写表示出了一些质疑："这些作品艺术上的缺陷是明显的，思想上的局限性也是毋庸讳言的，大概算不上真正意义上的战争文学作品。我如此不恭的说法仅仅为说明一种状态。比如，抗战的实际战场如何？抗战的实际战况如何？抗战中出现的各种人物如何评价？只有阶级分析那一个脸谱化的模式么？"①

所以，这一时期的很多作品比如周而复的《长城万里图》、李尔重的《新战争与和平》、周梅森的《国殇》、张廷竹的《黑太阳》《酋长营》《落日困惑》等以较多笔墨书写了国民党军政要人的活动和国民党官兵的抗日斗争，塑造了一系列抗日英雄形象，充分肯定了抗战时期部分国民党官兵英勇的抗日壮举。同时，普通百姓包括土匪、乡绅等人物的民间抗战开始进入抗战小说，比如莫言的《红高粱》、谈歌的《野民岭》、尤凤伟的《五月乡战》等作品。还有一部分作品采用纪实的手法进行写作，主要描写的是国民党正面战场的抗战，力图还原历史真实，这些作品通常被称为"纪实文学"，作家邓贤的《大国之魂》和《日落东方》代表了这类作品的最高成就。②

新世纪抗战小说的书写动因同新时期一样也呈现出多元化的特征，既有对"十七年"的反拨，也有对新时期的延续，同时也出现了一些新的元素。既是作家忧患意识和责任感的体现，也受利益的驱动而呈现"消费抗战"的色彩。具体来说我们也可以将其概括为三个方面。

其一，消费抗战。抗战这一重大历史事件在一定程度上成为一种资源而被消费。在当下这样一个消费主义时代，一切都可能成为消费的资源，尤其是历史题材的创作，因为与当下现实的距离，使得书写者可以根据自己的想象去创作，这种想象具有更大的自由性，而且历史事件、历史人物总是更具故事性。抗战历史虽然在很大程度上具有很强的官方性、严肃性和正统性，但是随着意识形态的开放，随着作家历史观和价值观的变化，对这一历史的表现也发生了很大变化。正说历史固然可行，但戏说历史也似乎不再被严禁，而且甚至还有很大的市场，而消费主义的逻辑就是好看、娱乐、消遣，读者至上。因此，为了使其拥有更多的读者，这也成为消费的资源，作家的写作在一定程度上受到利益的驱使，因此带有很强的功利性、娱乐化倾向，消费主义

---

① 尤凤伟：《关于生命通道》，《中篇小说选刊》1994年第6期。
② 房福贤：《中国抗日战争小说史论》，黄河出版社1999年版，第198页。

色彩也变得更加浓厚,这也是值得警惕的。因为"消费一旦成为目标,历史的景观化叙述便由此产生,把历史挪用和转化为当代文化的消费品,孤独无依的个人开始享受着历史的快餐,从而更彻底地远离了历史"①。而新世纪抗战小说的确出现了许多景观化甚至狂欢书写,战争历史在某种程度上成为快乐的盛宴,人们在其中享受着娱乐历史的快感,这恰恰说明了其消费抗战的动因。

其二,修复还原历史的本相。继续沿着新时期部分作家试图还原抗战历史本相的路径,采用纪实的写作策略,通过查阅原始资料、访谈、实地调查等手段,尽力追求小说写作的某种"真实性"。最具代表性的作家是邓贤,在继新时期的《日落东方》《大国之魂》之后,他又在2010年创作了长篇纪实文学《帝国震撼》,这部作品对中国全民族抗战开始后的第一场重大战役"淞沪会战"进行了历史性的还原式的书写,对这次战役中的许多波澜壮阔、惊天地泣鬼神的英雄壮举予以展示和赞扬。诚如作家而言:"多年以来,重新思考和写作抗日战争对我而言是个沉重而艰巨的任务,不仅仅因为我本人是个抗日军人的后代,对父辈已经远去的那段历史始终心存尊崇与景仰,还因为我坚持认为,修复和还原历史真相应是每个中国作家不可推卸的重要责任和神圣使命。"②邓贤的这种创作动因也成为许多作家的追求。比如2009年,年过八旬的金正纯老人孤身一人,自费行程两万多里,遍访全国抗战遗址,搜集尘封的历史资料,呕心沥血写出了30万字的长篇纪实文学《抗战精神——抗战遗迹、旧址万里行记》,这种对历史本相的追求成为作家书写的一个强力动因。

其三,留存记忆,反抗遗忘。这是新世纪抗战小说最主要的动因。这既是作家忧患意识和责任感的具体体现,也与还原历史本相的写作具有很大的交集。可以说,从书写动因的角度来看,新世纪的抗战小说就是一种"反抗遗忘"的写作。随着新世纪的到来,时光渐行渐远,我们离抗战的历史又远了一步,时光的白蚁是最无情的,再坚固的东西也往往抵挡不住它的侵蚀和啃噬。在这样一个新的起点上,人们仿佛只有更多忘记过去才能建构起对未来的更多美好想象。那些亲历者往往随时光而去,而紧随其后的年轻人对此往往显

---

① 肖鹰:《九十年代中国文学:全球化与自我认同》,《文学评论》2002年第2期。
② 邓贤:《帝国震撼·前言》,湖南人民出版社2010年版。

得更加隔膜甚至断裂。

在和平与发展的时代生活久了,人们无形中会形成一种泛和平主义思维,认为战争很难或不会再发生。全球化背景下人道主义与普世价值主导着人们的思想,民族国家意识日益衰微,而国家之间的战争往往也不再被看得那么重要。而当下这样一个所谓消费主义、娱乐至死的后现代主义时代,一切严肃的、高尚的东西都面临着被解构、被遗忘甚至被嘲弄的命运,人们更多地追求一种轻松和愉快。正如英国学者托尼·朱特所指出的那样:"我们已经进入了一个'遗忘的时代',我们简直不知道自己从何而来,刚刚过去的昨日总是迅速被搁置到了一边;我们已经有三代人不接触国际政策争端、社会思想、具有公共精神的社会积极活动了;我们不再懂得如何讨论这些概念,忘记了知识分子曾经为塑造他们时代的思想而成为争辩者、传递者、捍卫者。在'制造神话'战胜'理解'、'否认'战胜'记忆'的过程中,我们的历史在很大程度上被遗弃了,而我们亟须回到对历史的见识。"[1] 新世纪抗战小说的作家们敏感地意识到这样一种现实,并由此激发起一种焦虑与对抗。对他们来说,日本侵华的事实与中国抗战的历史这样重大的历史事件绝对不应被遗忘。因为"著名历史事件的历史是值得记取的,以便作为判断预兆的一个基础,它不是可以证明的但是却是可能的,它不是说明将要发生什么而是可能会发生什么,并指出节奏中现在正在进行着的危险之点"。[2]

当我们的记忆被遗忘所战胜,这时就需要通过纪念、书写、提醒等形式来唤起它们。正如俄罗斯作家索尔仁尼琴所说:"我在有生之年希望,我和读者收集的历史资料、历史情节、我国残酷恐慌时代中的人物脸谱和生活画面,都能被同胞们了解,进入他们的记忆。"挖掘出遗忘的事情,连接起被切断的事件,是知识分子的主要职责,是知识分子的一个标高。[3] 同样,对于这些抗战小说的作家们来说也是如此,当人们有可能或者已经对抗战这段历史淡忘时,他们就需要用书写对这种情况进行反抗,实际上他们也是这样做的,这同样是他们的职责和标高。而且对他们来说,忘记过去就意味着背叛,

---

[1] [英]托尼·朱特:《重估价值:反思被遗忘的20世纪》,林骧华译,商务印书馆2013年版,第3页。
[2] [英]柯林伍德:《历史的观念》(增补版),何兆武等译,北京大学出版社2010年版,第25页。
[3] 赵勇:《抵抗遗忘:索尔仁尼琴的精神标高》,《南方都市报》2008年8月5日。

尤其是抗日战争是 20 世纪中华民族一个巨大的创伤记忆,这一记忆是不能轻易就被否定和忘记的,它必须用文字树立起自己的纪念碑,如果让这些创伤记忆在下一代人的新的生活方式中悄悄地遗忘、抹去,这既不真实也是不负责任的,如果这样,就说明这个民族已在历史的惰性中无力承担历史的责任,于是这个民族往往就会重复自己的历史悲剧。于是这种焦虑与对抗成为一种动力并上升为一种责任,他们试图通过书写来表达他们对抗战的理解,以唤起人们的记忆并形成对这段历史的正确认知。

作家何顿在 2002 年创作出版了他的抗战小说《抵抗者》,尽管他通常被评论界称为"新生代"和"新现实主义"作家,而且以擅长书写都市市井生活题材而著称,但是这部小说却书写了抗日战争这一历史。因为在他看来,抗日战争是一场极为残酷的战争,日本侵略者在中国犯下的滔天罪行至今也未得到应有认识和正视,最主要的原因则是中华民族比较宽容,而宽容就容易走向健忘。在何顿看来,中国人都不愿意回想那段倒霉和可怕,甚至是令人说起来都冷齿的历史。尤其是在如今的中国,精神和思想方面的东西愈来愈被大众所忽略,财富和物质的东西却以其强大的攻势占领了精神领域,致使没有人再去思考过去及昨天的伤痛,想的都是未来,想的都是把自己的生活过好。而过好生活当然需要好的东西。拥有好的东西成了中国人及中国年轻人的话题。他还引用一位外国人的话说:"中国人健忘,中国人从不痛定思痛。中国人的民族情结很少。中国人好玩好乐,好一些新鲜事物,好赶时髦。中国人最大的通病就是没有焦虑感。"[①] 正是基于这样的认识和原因,作家才创作了这部抗战小说。这一小说的命名有两层含义,一是要做日本侵略的抵抗者,二是要做遗忘历史的抵抗者。可以说,何顿的这种认识和心理具有很强的代表性,对新世纪绝大多数抗战小说的作家们来说,他们书写的动因和缘由都与这有关,也因此才有了抗战小说的不断涌现。作家徐贵祥通过《八月桂花遍地开》书写了抗战这一"中国记忆":"希望读者尤其年轻一代的读者了解我们的历史,了解我们的民族;了解我们的敌人,了解我们自己;了解在那场战争中作战双方的状态,了解在战争背后两国民族的文化较量。从而了解我们的今天和明天。并希望我的读者从中看出浇铸我们民族坚强性格的希望

---

① 何顿:《抵抗者·代序》,长江文艺出版社 2002 年版。

第一章　中国传统：与战时、"十七年"、新时期抗战小说的对话

之光。"① 作家邓贤在《帝国震撼》中表示："我愿将这部脱胎换骨的心血之作当作一束圣洁的小花，敬献于高耸入云的民族抗战纪念碑之前，以此祭奠所有为反抗侵略者而英勇战斗过的抗日先辈。我相信，他们曾经创造的英雄业绩必将像新世纪的太阳那样照亮所有华夏子孙通往未来的道路和前程。"②

这种"反抗遗忘"的写作动因在很大程度上决定了抗战小说是一种"纪念"的产物。很多抗战小说就是为了纪念这场战争、缅怀革命先烈、警醒世人不要忘记历史。2005年是抗战胜利60周年，一大批抗战小说出现，如《八月桂花遍地开》《北方图腾》《中国爹娘》《出关》《悲日》《一彪人马》《刀枪审判》《都来打鬼子》《新四军往事：记忆中的新四军抗战历程》《紫金山燃烧的时刻》等纷纷出炉。2010年是抗战胜利65周年，又有一大批抗战作品出现，如《马上天下》《我的兄弟叫顺溜》《遍地狼烟》《雪花飘飘》《雪龙雪》《雪凝血》《万家岭大捷》等。这些作品用精巧的构思、细腻的笔触和翔实的史料生动讲述了发生在抗日战争时期令人惊心动魄、荡气回肠的感人故事，讴歌了中华民族团结向上、自强不息、爱好和平的崇高精神品格，在社会上也取得了较大的反响。

这种"反抗遗忘"的写作动因使得抗战小说的故事主要是以"记忆"来讲述的，其目的当然也是唤起人们的记忆。在何顿的《抵抗者》中，作者曾这样描述关于抗战的记忆："还在很小的时候，我就晓得了日本侵略军在中国犯下的种种罪行。教室里，老师跟我们讲述南京大屠杀，讲解'九一八'和日本侵略军发动的卢沟桥事变，讲国民党军队拒不抗日、节节败退等。那时候我很困惑。既然日本侵略军在南京大屠杀中杀死了三十万炎黄子孙，为什么炎黄子孙的军队却拒不打击侵略军？为什么不拼死抵抗而节节败退呢？小时候还听说日本兵曾四次进攻长沙，有三次被长沙守军击退，第四次由于张德能将军的轻敌和指挥失误，致使日本侵略者攻克长沙城。后来下乡当知青，于农村里听说日本兵到过我乡下的那个村子，并在那个村子里烧杀抢掠，强奸妇女多名。农民于歇工时讲的日本鬼子进入村子的故事里，有两个细节留在我心里多少年了却怎么也挥之不去。一个说是日本兵不呷死猪肉。他们捉住猪捆起，割下活猪的后腿肉烧着吃；另一个细节是说日本兵强奸了妇女后，还

---

① 徐贵祥：《八月桂花遍地开》，北京十月文艺出版社2005年版，第469页。
② 邓贤：《帝国震撼》，湖南人民出版社2010年版，第2页。

割下了那名妇女的一对乳房扔在地上……"而正是"这些事情于这几年里常常于有意无意中涌入我的脑海，不断地敲打着我的脑壁，致使脑海里一片呐喊声，甚至枪声炮声也涌入了我的脑海中，最后终于抑制不住创作的冲动，写了这部近三十万字的小说"。因此这部小说并没有对战争进行全景式的描述，而是以记忆碎片和细节的形式讲述了老爸黄抗日的战争经历，对湖南境内发生的安乡保卫战、常德保卫战、衡阳保卫战等几次著名战役进行了剪影式的追述。

张者的《零炮楼》讲述的是小说中的人物二大爷的个人记忆，这记忆构成了二大爷所在的乡村的历史，而这村史与抗战紧密联系在一起，这是一部乡村里的血肉抗战史，小说采用民间的叙述方式，用冷峻而幽默的口吻，书写了以贾家兄弟为代表的普通老百姓的抗战故事及其悲剧命运，在抗战这一大的特殊的背景下对乡村文化及其人性进行了审视与拷问，读来让人悲喜交加而又引人深思。

作家徐萌干脆将自己的小说命名为《记忆之城》，小说也以"永远的记忆"为尾声而结束，这部小说把重庆大轰炸的历史置入全民族抗战的历史中，从人物入手，建构了一个家庭。从"七七事变"全民族抗战爆发到抗战取得最后胜利，透过一个忠勇之家各个成员的悲欢离合和命运，书写了一群中华好儿女，在国难当头、家国不保的危难中，慷慨赴死为国捐躯的英雄气概，既写了轰炸的残酷，又写了国共共同抗日，同时也有对国民性的思考。

这种"反抗遗忘"的写作动因使得抗战小说在具体的情节设置和语言表述上对人们的遗忘与记忆进行提醒和号召。何顿的小说《抵抗者》中有一个情节，"我"随老爹看"衡阳保卫战纪念碑"，与一处卖烟、食品和饮料的服务部的中年男子展开了一段对话。"我"既关心这里是否经常有人来参观，"我"更关心来的这些人都是谁。当"我"从中年男人那里知道日本人来得更多一些时，"我"只能瞧着抗战纪念碑，心里颇有几番感慨和无奈。这个答案对"我"来说是不愿接受的，"我"更希望的当然是中国人尤其是中国的年轻人多来这里。小说在后面通过国民党抗战老兵田老倌的拮据艰难的生活状态，透露出他们的被忽略与被遗忘。小说由此发出追问："这段往事对于亲历者是如此的无法告别，总是在他们的记忆里，可是后来人呢？"而"我"作为一个普通人也只有希望与祝福了，"我祝愿田老人和毛老人两位昔日的抗日英雄——活到一百岁,尽管如今这世界空气龌龊,能活到一百岁的人很少很少。我希望老人能活得久一些,一百岁,这是我的尊敬与祝福,也是对记忆的一种挽留,对遗忘的一种抗拒"。

邓贤的小说《帝国震撼》中也设置了一个情节,那就是南京航空烈士公墓所遭遇的无人纪念的冷落。小说讲道:"我和妻子向路人打听去南京航空烈士公墓的路线,但接连问了好些人都摇头不知道。后经一位知识分子模样的人指点,才知道公墓坐落在与中山陵方向相反的钟山北麓一个叫作王家湾的小镇附近。那里很僻静,没有公共汽车相通,经过辗转换车,又步行半小时,才终于走近那个叫王家湾的乡间小镇到达公墓。"这一情节无疑表达着作者对于抗战牺牲者被遗忘的焦虑。在作者看来:过去与未来是一根无限延伸的链条,我们每个活着的人既属于过去又属于未来,我们无法割裂自己。祖辈的文明和愚昧都将遗传给我们,我们在继承财富的同时将继承落后。如果我们不敢正视这一点,我们将永远无法战胜自己。作者不得不发出呼吁:当一年一度美丽的夏季8月来临时,我们不妨暂时停下手中的工作去认真翻一翻自己民族的历史,并为昨天那些英勇反抗侵略者和不幸葬身于敌人刀枪之下的数千万同胞的灵魂道一声安息。

赵冬苓在小说《中国地》的结尾直接发出呼吁:"不管岁月的屠刀如何凶残地砍掉我们的生命,砍断我们的记忆,我们永远都忘不了这个人,忘不了那段深埋在黑土下的惨痛,我们的心中永远都保留着一块神圣的中国地!就让我们为民族英雄赵老嘎,为那段用血写成的历史,为我们神圣的中国地磕头吧。"

德里达说:"唤起记忆即唤起责任,缺少一项,怎么思考另一项?"[①] 卢卡奇也说:"忘记奴役绝不可能写出伟大的史诗。"[②] 可以说文学创作在很大程度上承载着书写记忆尤其是一个民族历史上的创伤性记忆的功能和责任,而抗战小说更是如此。从这个意义上讲,新世纪的抗战小说关于反抗遗忘、唤起记忆的写作,是作家民族国家意识的具体体现,凸显了他们的责任感与使命感,也由此凸显了这些作品存在的价值。

[①] [法]雅克·德里达:《多义的记忆——为保罗·德曼而作》,蒋梓骅译,中央编译出版社1999年版,第1页。

[②] [匈]卢卡奇:《小说理论》,燕宏远、李怀涛译,商务印书馆2012年版,第51页。

第二节 创作主体的更迭

对新世纪抗战小说进行总体观照与审视,我们还可以从它的创作主体即作家开始。作家、作品、世界、读者通常被认为是文学活动的四个基本要素,文学批评与研究也基本从这四个方面展开和进行。尤其是在传统文学批评观念中,作家的主体地位一直备受重视,研究文学作品往往离不开对作家的认识和研究。但是这一传统观念也曾受到后结构主义批评的解构,最为著名的就是法国学者罗兰·巴特所提出的"作者就死了"的口号:"写作消灭了作者的声音,并取消了作者的原创性。写作是中性的、组合的、不透明的空间,我们的主体在其中滑脱了。写作又是否定的空间,其中所有的身份都丧失了。"① 自此,新批评和形式主义批评都倡导人们研究文学不要过多纠缠于作家的"如何"与"怎样"。

但是,在文学研究中对作家的重视和研究却从来没有完全脱离研究者的视界,绝大多数研究者还是非常关注对作家状况的考察。正如文学社会学批评所看重和强调的那样,作家永远都是文学研究必不可少的重要因素。埃斯卡皮就认为:"凡文学事实都必须有作家、书籍和读者,或者说得更普通些,总有创作者、作品和大众这三个方面。"② 戈德曼也强调:"如果我们想要在确具建设性的人文科学领域内工作,我们必须拒绝诸如取消主体或客体,以及每种企图最终排斥现实基本方面之任何一方面的原则。我们必须将现实作为由人所制作、创造,且赋予人类意义的一个过程。这确实是一个有助于理解,即理解我们自己的问题。"③ 由此可知,他们都认为文学研究必须重视作家的研究。

尤其是抗战小说作为一种战争文学,关于作者的状况历来存在巨大争议。苏联作家万申金就认为:"只有经历过战争的人才能描写战争,没有参加战争

---

① 周小仪:《从形式回到历史》,北京大学出版社2010年版,第67页。
② [法]埃斯卡皮:《文学社会学》,王美华、于沛译,安徽文艺出版社1987年版,第31页。
③ [法]戈德曼:《文学社会学方法论》,段毅、牛宏宝译,工人出版社1989年版,第59页。

第一章　中国传统：与战时、"十七年"、新时期抗战小说的对话

的人不可能写出战争作品，也许能写，但不会是上乘之作。"① 而美国作家斯蒂芬·克莱恩从未当过兵、也没打过仗，但是并没有影响他创作出了优秀的战争小说《红色的英勇标志》，由此提出了一个问题：亲身经历对于理解和描写战争，到底有多重要？以色列学者范克勒韦尔德对这个问题予以了回答："一方面，一个人的生活经历无疑会对他写什么和不写什么产生巨大的影响。但另一方面，也许最令人惊奇的是，一个作家有无战争经历，和他有无能力让读者了解战争，实际上并无任何直接联系。毫无疑问，托尔斯泰、雷马克、海明威等人亲身经历过战争，对他们无论是选择主题还是写作，都的确有帮助。但莎士比亚、克莱恩和庞德等人没有经历过战争，也并没有妨碍他们描写战争，更不意味着他们的作品在任何方面比别人差。"②

对此我们可以做出这样的解读，对于战争文学来说，作家们是否亲历或经历战争，在一定程度上影响着作家对战争文学的把握和写作，但是这并不起着根本的决定作用，尤其是不能以此为借口拒绝书写战争题材的文学作品。对于抗战小说的作家而言同样如此，是否经历过参加过抗日战争并不绝对影响作家对这场战争的表现，但是他们的生活履历、知识结构、个性追求等，既影响具体的文学作品的形成，也表征着他们所处的时代。因此研究作家是必要的，因为作家是作品的创作者和发出者，对他们的考察应该成为我们予以重视的一个维度。

对抗战小说的作家们进行考察和描述，最为有效的视角还是从代际关系着手。因为人是社会关系的总和，人同时又是时代的产物，不同时代总会对人产生不同的影响。同一时代的人总会呈现出一些相似性，不同时代的人又总会产生差异性。代际关系的传承与隔膜是现实存在的，也是我们每个人能够具体感知的一种现实。因此，从这一角度描述文学具有一定的合法性。正如布洛克所强调的那样："在相邻的时间出生于同一社会环境中的人们，必然经受过相似的影响，尤其是在他们的成长岁月。经验表明，与明显比他们年长或年幼的群体相比，他们的行为通常具有十分鲜明的特征。这甚至表现在他们之间的矛盾之中，即使这些矛盾可能更为尖锐。当他们为同一个争论而

---

① 罗斯：《俄罗斯当代作家谈战争文学》，《外国文学动态》2006年第1期。
② [以] 范克勒韦尔德：《战争的文化》，李阳译，生活·读书·新知三联书店2010年版，第212—213页。

面红耳赤、意见对立时，也仍然表现出他们之间的相似性。这种来自共同时代的共同印记构成了一代人。"① 同样，在小说创作领域也是如此，同代作家对抗战的书写往往具有一些共性，而不同时代的作家描写抗战又往往会呈现出一些差异来。

战时与"十七年"时期的一代作家已经退出写作舞台，他们或者离世或者停止创作。如孙犁（《风云初记》）、知侠（《铁道游击队》）、雪克（《战斗的青春》《无住地带》）、马加（《北国风云录》《血映关山》）、李英儒（《野火春风斗古城》）、艾煊（《大江风雷》《乡关何处》）等，只有少数作家在新时期又焕发活力，开始了一些创作，如周而复（《长城万里图》）、李尔重（《新战争与和平》）、柳溪（《战争启示录》）、管桦（《龙争虎斗》）、邓友梅（《据点》）、黎汝清（《漠野烟尘》）、王火（《战争和人》）等。这些作家出生于战争年代，是战争的经历者或亲历者，大都经受了战争的洗礼，经受了共产主义思想的熏陶，他们通常具有强烈的责任感和使命感，有着强烈的爱国主义情感和英雄主义情怀，在创作上通常具有追求真实的"史诗"情结，强调文学的社会功用，擅用现实主义创作方法，受到俄苏文学的影响较多。通过前面一些作家创作动因的表白，我们已经深深感受到了这一点，同时通过他们创作的"红色经典"呈现的特征也能说明这个问题。

在"文化大革命"结束之后的新时期，部分作家的创作情况也充分说明了这样一种特点。比如他们有着强烈的重写历史的冲动、还原历史真相的激情、总结历史经验教训的责任感，正是这一切使得他们不顾高龄体弱甚至些许的政治风险，敢于著书立说，我们能够感受到他们的那份令人感动的情怀。他们在新时期复出以后创作出了宏大叙事、史诗性、耗时长、多卷本的长篇小说。比如周而复的《长城万里图》，全书共6部，300多万字，历时16年的时间；李尔重的《新战争与和平》，全书共8部，480多万字，历时10年时间；王火的《战争和人》，全书共3部8卷，160多万字，历时7年时间；柳溪的《战争启示录》，全书共2卷34章，80多万字，历时8年的时间；等等。这种书写模式背后从某种角度能够说明他们的人格特征、创作心态和文学追求。

新时期以来曾经创作过抗战小说的一些作家开始转向不再继续创作这一题材，比如叶兆言（《日本鬼子来了》）、谈歌（《野民岭》）、权延赤（《狼毒

---

① ［法］马克·布洛克：《历史学家的技艺》，黄艳红译，中国人民大学出版社2011年版，第157页。

花》)、张廷竹(《落日困惑》)、刘恪(《红帆船》)、叶广岑(《战争孤儿》)等等,尤其是曾经创作过《红高粱》等小说的莫言、创作过《一个地主的死》等小说的余华、创作过《国殇》等小说的周梅森、创作过《五月乡战》等小说的尤凤伟、创作过《温故一九四二》等小说的刘震云等人,他们都放弃了抗战小说的创作而转向了现实题材的创作,这些实力派作家对抗战小说的缺席不得不说是一大损失。

另外一部分在新时期开始创作抗战小说的作家继续探索,在新世纪又拿出了一些厚重的作品,比如老作家宗璞继20世纪80年代《南渡记》之后,又创作了《东藏记》《西征记》,完成了其"野葫芦引"三部曲的创作,书写了抗战背景下知识分子的生存状态和精神风骨,其中《东藏记》还获得了第六届茅盾文学奖。作家邓贤在20世纪90年代创作了抗战纪实小说《日落东方》,在新世纪又推出了小说《帝国震撼》。20世纪90年代曾创作小说《大风口》的作家石钟山在新世纪推出了长篇小说《遍地鬼子》《锄奸》《残枪》等作品。

新世纪又涌现出了一大批书写抗战小说的新人,其中有些作家从整个文学创作来说已不是新人,但是就抗战小说而言他们是新人,这些作家主要集中在"50后""60后""70后"这样三个时段出生的作家。新世纪这些不同代际的作家由于精神背景、文化修养、艺术追求以及对历史生活的不同认识和理解,他们对抗战小说的书写必然呈现出一些差异。

"50后"的代表作家除了上面提到的邓贤,主要还有徐贵祥(《历史的天空》《八月桂花遍地开》《马上天下》)、都梁(《亮剑》《狼烟北平》《大崩溃》)、许开祯(《独立团》)、朱苏进(《我的兄弟叫顺溜》)、何顿(《抵抗者》)、赵冬苓(《中国地》)、温靖邦(《虎啸八年》)等。

20世纪50年代出生的作家是中国的大变革中出生的第一代人,他们的精神背景具有明显的时代烙印,是当前最重要的文学创作群体。他们的创作集中在"文化大革命"后,这一时期社会发生着巨大变化,他们也有着起落的人生历程,丰富的生活经验,他们经历过革命理想主义教育,有着沉重的责任感,注重生命意义的追求。但是也曾经历过幻灭,因此他们往往是理想建构的矛盾者,既渴望理想,又对此进行反思、嘲弄,甚至批判。他们既自我否定又渴望重建重生,不同价值观念的冲突在他们身上非常明显。这就影响了他们的抗战小说往往更具责任感和英雄主义理想主义色彩,他们更愿遵循现实主义的创作传统。比如作家徐贵祥《历史的天空》中塑造了英雄梁大牙、石云彪形象，都梁的《亮剑》中的李云龙、楚云飞形象，许开祯《独立团》中的沈猛子、屠兰龙形象，这些英雄形象是这一代作家理想主义和英雄情结的具体表现。

尤其值得一提的是四川作家温靖邦《虎啸八年》，全书共6卷300多万字，历时10多年完成。这部小说是新世纪之后仅有的全景式反映中华民族抗日战争的史诗性、多卷本的长篇小说，是新世纪以来中国历史小说中不可多得的佳作，续接了新时期的周而复、李尔重等老作家的传统，体现了作家的历史责任感。温靖邦的父亲是中国第一代空军飞行员，曾驾机与日本侵略军在空中战斗过。温靖邦自幼受家庭和时代的影响，有着强烈的英雄主义情怀，曾希望自己能够参军并成为一名将军。这一愿望虽然没有实现，却让他把这种情怀转移到了战争题材的创作上来，而且他对抗日战争的写作尤其充满责任和激情。为了写好抗战，他曾五次到南京，查阅中国第二历史档案馆的原始资料；三次北上进京，查阅中央文献档案馆的八路军、新四军相关电报与文件。其辛苦可想而知，其严谨态度令人敬佩。《虎啸八年》的前三卷主要涉及了七七事变、西安事变、淞沪会战、南京的陷落等重大事件，小说写得气势悲壮、引人入胜。其中很多史实都曾经被写过，但温靖邦认为这些小说都没有写好；这些小说或者从固有的"史论"理念出发去铺陈情节，或者只从单一层面剖析各位当事人的动机，有的甚至严重违背了史实。因此，温靖邦摆脱了一切意识形态的固有理念，同时坚守绝不戏说、凡事皆有出处的原则，让他的作品紧紧地贴近历史原貌。

温靖邦认为，一个成熟的历史小说家，必须既是历史学家，更是小说家。这就需要作家对史料含英咀华、彻底消化，避免出现史料堆砌、艺术含量淡化。后三卷涉及台儿庄战役、徐州会战、武汉保卫战、常德保卫战等重大历史事件和战役。其中把中日两国高层的政治较量、外交周旋、惊险的谍报战、血雨腥风的战争场面都写得十分生动。比如万家岭战役中指挥官薛岳的智谋与脾性写得入木三分，军统之花郑苹如与日本间谍白鳅之间错综复杂斗争的描写，这一切都产生了令读者如临其境的艺术效果。小说也涉及汪精卫投敌的复杂心理过程，揭露长沙大火的内幕，等等。目前学界还没有注意到这部小说，对其进行研究和评价的论文基本阙如，这也说明了大部头小说在当下文坛的困境。

"60后"的代表作家除了上面提到的石钟山外，主要还有张者(《零炮楼》)、龙一(《代号》《借枪》《深谋》)、麦家(《风声》)、陈昌平(《汉奸》)、凡一平(《理发师》)等。20世纪60年代出生的作家成长于"文化大革命"结束以后，在很大程度上，他们政治信念有所衰落，社会的神圣政治感有所消失，他们往往缺少知青及"文化大革命"体验，而西方现代主义思潮对他们的影响比较大，他们往往偏离主流意识形态，书写自我的人生经验，更注重人性的冲突以及小说的叙述方式，解构文学的教化功能，解构宏大叙事回归日常。他们往往更多以个人视角去审视历史，他们的历史观具有强烈的新历史主义色彩。

同时，他们对当下现实社会的适应往往要比他们的上代作家更强一些。比如同样是军旅作家，石钟山的创作比徐贵祥等人更加世俗化、大众化，他的《遍地鬼子》民间色彩更强一些，善于写土匪生活，注重故事性，他的《锄奸》《残枪》等作品把历史大事件的矛盾冲突融入家庭生活的冲突中。《锄奸》中的汉奸是曾经做过土匪的林振海，而负责锄奸的则是他父母的养子李彪，于是这对兄弟之间的斗争更具有了故事性和张力，使得小说情节跌宕起伏，悬念层出不穷，结局出人意料，引人入胜。《残枪》中两个狙击手杨槐和伏生是同一个村子里一起长大的好伙伴，但却参加了不同的抗日队伍，前者参加了共产党，后者是国民党，而且他们同时又与同村姑娘香草产生了爱情婚姻等纠葛，这样的安排也使得故事更具戏剧性，既冲突又合作，既斗争又配合，爱恨交织等复杂的情感融入一起，也同样使得小说具有故事性。陈昌平的《汉奸》与凡一平的《理发师》采取了个人化视角，选取了普通人物在大历史中的困境和选择以及命运沉浮，于是人性的复杂、个人的无奈、历史的吊诡等都被揭示得更加细腻和全面，宏大叙事中那些被遮蔽的历史细节和被忽视的小人物都得到了呈现和反思。

"70后"的主要代表作家有兰晓龙(《士兵突击》《生死线》《零号特工》)、张磊(《永不磨灭的番号》)、李晓敏(《遍地狼烟》)、刘猛(《边城烽火》《沉默对抗》)等。20世纪70年代出生的作家从文化背景上看，基本告别了集体主义的历史重负和意识形态的规训，他们的成长和启蒙，都是在改革开放的文化背景下完成的，而当他们步入社会，又迎来了以市场经济为中心的社会转型，所以，在他们眼里，生活就是物质与身体的双重修辞。所谓生活，在某种程度上说，就是欲望、物质、时尚、趣味亲密聚会给生命带来的各种感受。他们的写作与网络、消费主义有着更加紧密的关系。比如兰晓龙先是通过电视剧而获得认可，李晓敏的《遍地狼烟》最初是作为网络小说发布的，后来逐步获得认可，并且成功入围第八届茅盾文学奖。这部小说之所以能够在网络上爆红，与这一代作家的价值观与写作策略是分不开的。

在这一代作家中，抗战历史的严肃性、正统性在一定程度上被解构，历史在某种意义上带上了他们这一代人更多浪漫想象的烙印，抗战在很大程度上是一个具有传奇性的故事。他们的抗战小说带给人们的不再是沉重的悲剧，而是娱乐和幸福，作为历史的过去成为一种消遣，于是小人物在抗战中的传奇经历往往被大肆渲染。比如这部小说中的猎户少年牧良逢是个神枪手，这一特殊本领将会让他的人生更具传奇色彩，也让其融入抗战具有了合理性，同时他与绝色寡妇的情爱故事自然更能吸引读者，他在革命与爱情中的重视后者的选择也体现了一代年轻人价值观的嬗变。

对新世纪抗战小说的作家进行考察还可以从性别的角度进行审视。新世纪从事抗战小说创作的作家主要是男性，只有少数的女作家涉入了对抗战历史的思考和写作，代表性的除老作家宗璞外，主要有赵冬苓、迟子建、严歌苓。女作家的抗日小说有其鲜明特点，她们通常只是把战争作为背景，不去描写宏大的战争场景，更注重的是战争背后的人性内涵，尤其是女性在战争中的悲剧性命运。严歌苓的《金陵十三钗》就是其中的一部，这篇小说2011年因被张艺谋拍成同名电影而更加广为人知。小说以少女书娟的叙事视角展现南京大屠杀背景下一群女性的生存命运，在这里中华民族所承受的灾难性记忆、女性的地母性、坚强性等品质以及日本军人的兽性等借助女性的身体而得以表现，美丽之花的受难会给人更大的刺激，从而唤起容易被人遗忘的创伤记忆。

迟子建的《伪满洲国》体现了其作为女性作家的一贯风格，即便是书写抗战作家也坚持了这样的风格。抗战背景下的伪满洲国的历史是一群小人物生存的历史，也正是整个中国广大人民在日本侵略之下生存状态的缩影。宏大的历史叙事被作者的个人化视角所代替，帝王将相、英雄人物的历史被芸芸众生的小人物所置换。诚如作家所言："伪满那一段'历史'仅仅靠一个'皇帝'，几个日本人，以及历史书上记载的一些人，无论如何是不完整的。而在众多的小人物身上，却更能看到那个时代的痕迹。从社会各个层面的人物身上，你能看到普遍的不满。他们中有这些不满，还有爱情生长，还有婚姻与亲情，以及那些尔虞我诈的东西等。我想应该从他们身上来看这一段历史，所以我在作品中往往特意让小人物来说历史。"① 所以王小二、王亭业、杨浩、郑家晴、姑姑、吉来、王金堂这些小人物便成为小说的主角，他们物质生存的艰难、灵魂深处的痛苦挣扎跃然纸上，由此充满硝烟的血腥的抗战历史便成了人性的历史。而人性从来又都不是抽象的，它总要在具体的时空下得以呈现，于是战争的阴霾总是挥之不去、昭然若揭。从而对历史的审视、对战争的否定、对人性的悲悯通过平淡的甚至漠然的笔调得以完成和实现。

新世纪抗战小说作家的身份也变得更加复杂多样。他们当中有的是军人，比如徐贵祥、朱秀海、石钟山等人；有的是军人的后代，比如何顿、邓贤、温靖邦等人，这些作家的创作往往与他们的身份建立起某种契合关系。这种身份在很大程度上影响着他们的书写动因、题材选择以及历史观价值观等。比如作家徐贵祥不仅参军，而且还有过两次对越自卫还击作战的亲身经历，所以他说："我对于军事生活的体验和理解，无不打上战争的烙印，脑海里会时时出现一些陌生而又熟悉的人物和情景，我身边曾经发生过的关于人的生死存亡的故事几乎构成了我文学准备的全部，同时也成为点燃我创作激情的动力源。"② 所以徐贵祥的创作基本都是战争小说，其中描写抗战的长篇小说就有《历史的天空》《八月桂花遍地开》《马上天下》这三部。这种身份决定了徐贵祥小说的一种矛盾和张力，一方面他必须遵循意识形态的规约站在民族国家的立场去审视战争，由此使得他的作品带有主旋律色彩，另一方面他又站在作家的立场试图超越民族国家立场而从人性立场去反思战争，由此使得他的作品有所越界和突破。比如《历史的天空》既正面书写肯定了中国共产党的抗日斗争和英雄主义精神，又涉及了国共关系、正面人物的负面性格、我军内部斗争等敏感问题，最终在编辑的巧妙安排下使得这些问题得以化解，最后取得了成功，获得了第八届"五个一工程"奖、第六届茅盾文学奖。③

---

① 方守金：《自然化育文学精灵：迟子建访谈录》，《文艺评论》2001年第3期。
② 徐贵祥：《我为什么要写战争小说》，《中国图书评论》2001年第2期。
③ 徐贵祥：《写本好书送给你》，《当代》2009年第11期。

尽管徐贵祥认为把军队作家和地方作家放到一起进行比较很牵强,但是他还是承认军旅作家的"戴着镣铐跳舞"的矛盾处境。① 应该说,这种矛盾在军旅作家身上表现得更加明显,同时在其他作家身上也有所体现,这也是中国作家书写抗战不得不面临的一种现实,如何处理民族国家与人道主义立场之间的关系也将影响着抗战小说是否能够取得更大的突破。另外还有一部分有过从商经历的作家,如都梁、许开祯等,这些作家的创作往往注重故事性、通俗性等,与市场有着更大联系;还有一些作家本身就是编剧,如朱苏进、兰晓龙等,他们的小说与影视形成了互动,促进了小说的影视化潮流,带有消费主义的时代特征。

第三节 文本类型的承继

从小说类型的角度而言,新世纪的抗战小说的基本类型基本上和之前的抗战小说没有太大的不同,我们基本上都能从之前的抗战小说找到其渊源和脉络,可以说新世纪抗战小说的文本类型承继了之前的抗战小说,具体来说主要包括下面几种情况。

其一,从小说篇幅的角度而言,小说通常被分为短篇小说、中篇小说与长篇小说。新世纪以来的抗战小说中,短篇小说相对较少,几乎很难见到。表现战争需要更大的容量,而短篇小说往往不适合表现战争,但是在战时、"十七年"、新时期总能找到一些短篇小说。中篇小说同之前相比数量也急速下降,新时期及之前产生重要影响的小说往往是中篇小说,我们随时都能举很多例子,比如张廷竹的《黑太阳》《酋长营》《支那河》等,莫言的《红高粱》等,周梅森的《国殇》《大捷》等,尤凤伟的《生命通道》《生存》等,刘震云的《温故一九四二》等。而新世纪以后的中篇小说则历历可数,除了严歌苓《金陵十三钗》、陈昌平的《汉奸》、凡一平的《理发师》,我们很难找到更有影

---

① 唐韵、徐贵祥:《对话徐贵祥》,《解放军艺术学院学报》2007年第3期。

响的中篇小说。

　　长篇小说一直是抗战小说的重头戏，而新世纪的抗战小说尤其如此。新世纪的抗战小说是在本雅明所描述的"技术可复制时代的艺术作品"环境中产生的，因此作品数量急剧增长。仅以中国长篇小说为例，20世纪90年代的长篇小说每年800部左右，而到了新世纪则为每年3000部。[①] 在这些长篇小说中，如果从空间的角度而言，主要表现为乡土小说与都市小说；如果从时间角度而言，主要表现为历史小说与现实小说。在这四种小说类型中，历史小说相对是最少的，而以抗日战争作为主要历史进行书写的相对就更少。但是从整体的情况来看，尤其是与之前的小说创作相比，则在数量上表现出了极大的优势。著者并没有做严格意义上的数据学统计，但就目前已经掌握的材料和数据看，新世纪的2000—2013年间，关于抗战书写仅长篇小说就有200部左右，实际数量肯定远远高于这个（当然网络小说不在其列）。而从抗战胜利到"文化大革命"结束的30年间，中国出版的长篇抗战小说才40部左右。[②] 与此相比这一数量是非常悬殊的。

　　当然仅从数量上讲还不够，但是数量比较也能反映一个时期的文学成就，也是值得我们肯定的。同新时期长篇小说相比，新世纪的大多数抗战小说的篇幅一般都处于小长篇、大中篇这样一个状态，很少有如周而复、李尔重等人的耗时长、史诗性、多卷本的长篇小说。当然小说的长短也并不能完全决定一切，更不是说小说写得越长越好，但这背后其实也有深刻的寓意。在我看来，这也充分说明了两个时段的社会语境、作家心态和艺术追求都具有很大的差异。对于新世纪的作家来说，并不是说他们缺乏那种责任感，但是与老作家相比我们能够感受到这种责任感的衰微，同时作家的读者意识更强了，他们希望自己的书能够拥有更多的读者，而在一个热衷于表现、利润、速度的社会里，阅读变得更加困难。在这种情况下，有谁还会有这样的闲情逸致去阅读如此漫长的小说？又有谁愿意静下心来费时费力去创作这样大部头的小说呢？

　　其二，从抗战小说所描写的抗战的主体来看，新世纪的抗战小说可分为三种类型，一是写共产党抗战的，二是写国民党抗战的，三是写民间抗战的。

[①] 白烨：《中国文情报告2009—2010》，社会科学文献出版社2010年版，第35页。
[②] 房福贤：《中国抗日战争小说史论》，黄河出版社1999年版，第120页。

房福贤在其论著《中国抗日战争小说史论》一书中对新时期以来的抗战小说进行了分类，他提出了"白色抗战""红色抗战""杂色抗战"的概念，事实上他是依小说所描写的对象即"抗战主体"进行分类的，"白色抗战"主要指的是国民党军抗战，"红色抗战"主要是指共产党军队的抗战，"杂色抗战"主要指的是民间抗战。而且他的分类更为具体，比如"白色抗战"又分为抗战史、国军抗战、国军抗战纪实三种类型，"红色抗战"又分为回归本真、淡化战争、走向开放三种类型，"杂色抗战"又分为草莽英雄、奇人雅士、乡绅官宦三种类型。从小说史的角度而言这种细致的分类有一定的合理性与必要性，有利于我们全面认识一些小说。在这里，我们也可以大而化之，不再进行如此细致的分类，我们从国军抗战、共军抗战、民间抗战这三个方面进行分类就可以了。

关于描写国军抗战的小说集中体现在被称为"纪实文学"的一类小说的繁荣上面。房福贤在其论著中将新时期以来那些描写正面战场上国民党军队抗战的史实的小说命名为"新国军抗战纪实小说"。他举出的作品包括马立国、半岛《血祭卢沟桥》，柳风《血祭太阳旗》，张子申、薛春德《击毙侵华日军将领纪实》等，他认为这些作品从不同侧面描绘了战争的腥风血雨，尤其是对发生于抗日战争正面战场上的许多重大事件进行了比较详尽的记述。这对于人们更好地了解历史，有积极意义。但多数作品只满足于历史事实的记录，缺乏深刻的思想启迪和艺术的感染力，基本上属于"通俗读物"。[①] 这一评价基本是切中肯綮的。而这类作品在新世纪又得到了进一步的发展，占有很大的比重，这类作品在出版时也往往标明其纪实的性质和特点。比如人民出版社 2005 年出版的"抗日战争历史纪实丛书"，包括王晓辉《东北抗日联军抗战纪实》、侯树栋《新四军抗战纪实》、张文杰《八路军抗战纪实》。白山出版社 2010 年出版的"东北百年战事丛书"，包括李同峰《抵抗：黄显声辽西抗战纪事》，姜焕彤《血性英雄：二战奉天战俘营纪事》，晓君、金赫《绝密失踪》。中国文史出版社 2010 年出版的"正面战场系列：原国民党将领抗日战争亲历记"，包括薛岳等《湖南会战》、陈家珍等《中原抗战》、陈长捷等《晋绥抗战》等。团结出版社 2005—2012 年间出版的"国殇·国民党正面战场抗战纪实"，包括张洪涛《国民党正面战场抗战纪实》、施原《国民党对日抗战谍战纪实》等 6 部。

---

① 房福贤：《中国抗日战争小说史论》，黄河出版社 1999 年版，第 198 页。

第一章 中国传统：与战时、"十七年"、新时期抗战小说的对话

湖南文艺出版社2012年出版的"鏖战·国军正面战场抗战系列"，包括张和平《落日孤城：中日衡阳会战纪实》、曾凡华《最后一战：中日雪峰山会战纪实》等4部。这类作品较多较杂，文学性不高，史料性较强，它们也同样具有上面房福贤所评价的那些特点。在这些小说中成就相对较高的代表性作家依然是邓贤，他在2010年创作出版了《帝国震撼》。

新世纪的抗战小说在描写国共两党抗战时有一个重要的变化，那就是除了上面提到的"纪实小说"之外，绝大多数小说不再简单地用二分法来描写国军抗战或者共军抗战，而是将二者放在一起，凸显联合抗战，更重要的是形成一种对话对比关系，以此来体现抗战的复杂性以及两党之间的微妙复杂关系。反映国共两党抗战小说的代表性作品主要包括徐贵祥的《历史的天空》《八月桂花遍地开》《马上天下》、都梁的《亮剑》、许开祯的《独立团》、何顿的《抵抗者》、石钟山的《残枪》等，这些小说都具有这样的特点。

新世纪抗战小说较多地书写了民间的抗战，这种书写一方面凸显民众的力量，强化民族意识；另一方面这种书写带有传奇性、自由性和通俗性，更能吸引读者，背后体现了作家的读者意识、市场意识和写作策略，带有消费主义时代的特点。代表性作品张者的《零炮楼》、赵冬苓的《中国地》书写了普通民众、农民的抗日热情和行动，石钟山的《遍地鬼子》、谢颐丰的《气血飞扬》书写了土匪、监狱犯的抗日传奇，严歌苓的《金陵十三钗》书写了妓女的英勇和对抗战的贡献，宗璞的《东藏记》《西征记》描写西南联大知识分子在抗战中的生存状态和精神风骨以及所起的作用，李晓敏的《遍地狼烟》讲述了一个来自大山深处的年轻猎人的成长经历与抗战传奇。

其三，从抗战小说对战争与人性表现的侧重点来看，新世纪以来的抗战小说又可以分为两种类型，一是将抗战作为主要内容，将战争事件作为具体情节来描述，这里包含具体的战争场景、具体战役战斗、曲折诡秘的谍战故事、反奸锄奸运动等，或是战争与英雄赞歌，或是战争创伤的揭示与控诉，等等。通常来说，这一点多是作为战争小说类型的定义标准。前者代表性的作品如徐贵祥的《历史的天空》、都梁的《狼烟北平》、许开祯的《独立团》等。二是把战争作为布景，没有英雄的成长与进步，没有战争的血腥与惨烈，战争只是作为紧张气氛的制造者和富有时代特色的背景，其用意在于更好地表达作家对人的生存状态、人性以及文学等命题的思考。代表性作品如迟子建

的《伪满洲国》、朱秀海的《音乐会》、阎欣宁的《中国爹娘》、凡一平的《理发师》、陈昌平的《汉奸》、梁晓声的《儒者》等。

　　其四，"谍战小说"的兴起与繁荣。事实上关于谍战小说，在此之前也有所出现，只是数量少了一些。而在新世纪这类抗战小说大量涌现，同时出现了一些比较优秀的作品。从某种意义上也为中国抗战小说增加了一些新的元素。这些小说以抗战为背景，以抗战中的一些史实为依据，作家进行了智力创作，注重情节、悬疑、追杀、反特等元素，使得小说具备了强烈的通俗性，同时由于部分作家的严肃态度和探索，使得抗战小说在技术性与艺术性上都有所增强。其中最重要的代表性作品就是麦家的《风声》，龙一的《借枪》《代号》《深谋》，石钟山的《锄奸》，张笑天的《中日大谍战》等，尤其是麦家、龙一的创作，使得这类抗战小说具有一定的精神与思想含量，并没有完全陷入通俗文学消遣娱乐的老路。

第二章 西方参照：与西方战争小说的对话

根据上一章我们所谈到的对话及互文性理论，如果从横向的空间的角度而言，新世纪抗战小说的创作是在一个世界文学大背景下进行的，抗战小说属于战争小说，对作家而言，法国反映大革命的小说、美国反映第二次世界大战的小说、苏联卫国战争小说等西方国家的经典战争小说无不对这些作家有着重要的影响。可以说中国抗战小说是在这些小说的参照下进行创作的，尤其是新时期以来，很多作家具备了世界眼光，开始从西方经典战争小说那里寻求经验和借鉴，提高自己的写作水平。因此中国的抗战小说与西方的战争小说也建立起了密切的对话关系，而且许多批评家和文学研究者在对中国抗战小说进行研究和评价的时候，也都将西方战争小说作为重要参照甚至标准，因此，借助互文性理论，我们把中国的抗战小说与西方战争小说进行比较分析，以此透视中国抗战小说的独特性、成绩和不足，以求更大的突破和发展。

第一节 与西方对话的意识与过程

事实上，中国抗战小说与西方战争小说的对话从战争时期就开始了。抗日战争爆发后，随之也就出现了一些抗战小说，但这一时期的书写对中国作家而言是艰难的。房福贤指出了三种因素制约着中国抗战小说的创作，一是新文学发展自身还没有提供战争小说的创作经验，二是作家远离战场也没有战争经验，三是作家的信心问题受到影响。①但是凭着责任感和满腔热情，他们也创作了一些作品，西方的战争文学尤其是苏联战争文学也给予作家一些借鉴和模仿，这一时期的作家有意识地建立起了和西方战争文学的对话关系。比如抗战一爆发，李辉英就创作了小说《最后一课》，这显然与法国作家都德的《最后一课》有很大互文性。萧军的《八月的乡村》、程造之的《地下》、骆宾基的《边陲线上》在内容、形式和情节上都与苏联文学《毁灭》非常接近；丘东平的《第七连》、吴奚若的《萧连长》、阿垅的《南京血祭》也都受到西方战争文学的影响。但是，由于战争的影响和整体社会环境的制约，这一时期的抗战小说与西方的战争小说的对话是非常有限的。

新中国成立后的"十七年"，整个文学与西方文学的对话关系由于特殊的社会环境而终止。这一时期的战争小说一般被称为"革命历史题材小说"，而那些描写抗日战争的小说也统统被纳入这一概念范畴里，其中最具代表性的作品有《铁道游击队》（知侠）、《野火春风斗古城》（李英儒）、《敌后武工队》（冯志）、《苦菜花》（冯志英）、《烈火金刚》（刘流）、《风云初记》（孙犁）、《平原烈火》（徐光耀）、《大刀记》（郭澄清）等。而西方经典的反映第二次世界大战的小说也大都产生于这一时期，比如被人们所熟知的美国作家欧文·肖的《幼狮》（1948年）、诺曼·梅勒的《裸者与死者》（1948年）、约瑟夫·海勒的《第二十二条军规》（1961年）、库尔特·冯内古特的《五号屠场》（1969年）等，苏联作家格罗斯曼的《为了正义的事业》（1952年）和《生存与命运》（1961年）、西蒙诺夫的战争三部曲《生者与死者》（1959—1971）、瓦西里耶夫的《这里的黎明静悄悄》（1969年）、拉斯普京的《活着，可要记住》（1974年）等。

尽管这一时期的抗战小说的作家们同西方反法西斯战争的作家一样，往往大都有着战争经历，但是他们创作的战争小说却与西方作家有着很大不同。这些小说打上了深深的时代烙印，具有强烈的意识形态色彩，存在着一定的局限和不足。同西方战争小说的复杂性相比，这些小说表现出了极大的简单化倾向。正如米兰·昆德拉所批评的那样："把人的生活简化为仅是它的社会功能，一个民族的历史简化为一小撮事件，这个民族又进而把这些事件简化为一个有倾向性的解释；社会生活简化为政治斗争，政治斗争简化漩涡，在

---

① 房福贤：《中国抗日战争小说史论》，黄河出版社1999年版，第11页。

这个漩涡中生命的世界被致命地遮掩了，存在被遗忘了。"① 这些小说被一种简单的二元对立的思维所框定，被新与旧、左与右的认知结构所统摄，总是把相对的、复杂的道理加以简单化的阶级化的处理，再投之以单一的道德谴责，事物基本的相对性被忽视，其结果就是复杂鲜活的小说日益变得干枯乏味。关于这些小说的主要特征我们在"书写动因的嬗变"一节里已经有所论述，而且关于这一点学界也已有诸多的讨论并基本达成共识，这里我们不再赘言。

新时期以后，中国当代文学与西方文学重新建立起对话关系，而抗战小说自然和西方战争小说又建立起紧密的关系，很多作家具备了世界眼光和学习精神，努力从西方战争小说中寻求经验，努力提高自己的创作水平。作家李尔重将自己的作品直接命名为《新战争与和平》，这显然与托尔斯泰的《战争与和平》有着一定的互文性，而且他对托氏的这部作品和自己的作品有着独特的理解和认识。比如当一位俄罗斯记者认为他是借托尔斯泰的《战争与和平》为自己的作品扬名时，他十分诚挚地回答："托翁的著作是伟大的艺术品，热情地歌颂了人民反侵略的英雄气魄，但他不懂战争的根源和如何才能消灭战争。他是宿命论者。他不能写的部分，正是我能写的——就叫'新'。"② 老作家柳溪在《战争启示录·自序》里也说，她为创作这部作品做准备时曾阅读了四年的资料，将其与托尔斯泰写《战争与和平》阅读大量资料相提并论，这说明作家对托氏也是十分熟悉的，而且她还说把美国作家赫尔曼·沃克的《战争风云录》《战争与回忆》作为同类参考书。③ 作家尤凤伟在写作"抗战"系列作品的时候思考并提出了这样一种现象：新中国成立后西方作家写了大量反法西斯题材的文学作品，直到现在还势头不减，如获奥斯卡金像奖的影片《辛德勒的名单》便是根据一部传记文学改编。而与此相比，我们国家的抗战题材的作品就少得多，可谓凤毛麟角。他进一步指出，西方（包括苏联）描写二战的作品与我们就不是一回事，在我们这里，战争被意识形态化、简单化概念化，也正是基于这种认识，我才试探着写起抗战题材小说，我希望能

---

① [捷] 米兰·昆德拉：《小说的艺术》，孟湄译，生活·读书·新知三联书店1992年版，第16—18页。
② 任晶晶：《李尔重：金戈铁马遍地诗》，《文艺报·文化副刊》2005年9月3日。
③ 柳溪：《战争启示录·自序》，北京十月文艺出版社1995年版。

触摸到真正的战争、真正的战争中的人。中国抗战十四年,军民浴血奋战,可歌可泣,应该有与这场伟大战争相称的文学作品。①

新时期的许多抗战小说作家在其创作历程中曾遭遇到这样一种质疑——为什么中国作家创作不出像西方反法西斯战争小说那样的作品来?这种外在刺激成为一些作家创作的直接诱因,同时也在鼓励作家向世界战争小说靠近。比如作家李尔重退休后,一直有一种写作的欲望,想将自己经历的事情写下来。当他听到有的日本人说"你们的抗日战争是伟大的,是无可比拟的战争,但却没有可以与之相称的文学作品"时,觉得这句话虽然听起来刺耳,但却是事实。从世界范围看,写抗日战争全过程及其在世界反法西斯战争中的地位,以抗日战争改变中国之命运的伟大历史作用的作品确实没有。将抗日战争全过程作为写作对象与自己写作的需要是那样的契合,于是他不顾龄高体迈,怀着强烈的历史责任感,将自己亲身经历的和间接了解的抗日战争的事情以及对抗日战争的思考融为一体,历时10年,完成了长篇小说《新战争与和平》。作家黄仁柯在火车上曾遇到一对华侨夫妇,他们对作家说:"俄国人、美国人、英国人、法国人写二次大战写了几十年,出了许许多多好作品,可是我们写抗日战争的作品寥寥无几,难道我们死的人比他们少?难道我们受的苦难比他们轻?"② 正是在这个创作动机的驱使下,他差不多用了整整一年的时间,查阅了大量资料,采访了很多老人,度过了难以数计的不眠之夜,终于在1994年写成了长篇小说《东瀛喋血》,后来这部小说被改编成电视剧《记忆的证明》。他希望用笔揭露战争对人性的扭曲与摧残,洗去蒙在世人心头的污垢,受到了读者和观众的高度评价。

这些都充分说明新时期的抗战小说作家已经意识到了中国抗战小说与西方战争小说的不同和差距,正是因为有了这样的认识,才使得他们努力向西方战争小说学习和借鉴,努力提高自己的创作水平。比如作家尤凤伟在20世纪90年代所创作的"抗战系列"小说可以说是独树一帜、成就斐然,其《五月乡战》《生命通道》等作品既有中国抗战小说自身的独特性,同时也达到了一定的思想高度从而与西方战争小说相媲美。小说《生命通道》中借助日本医生高田的形象表达了作家的反战思想,其中有一个情节以及所传达的思想与美

---

① 尤凤伟:《文学与人的境遇》,《当代作家评论》1999年第2期。
② 黄仁柯:《从〈东瀛喋血〉到〈记忆的证明〉》,《文艺报》2005年9月1日。

第二章 西方参照：与西方战争小说的对话

国作家欧文·肖的《幼狮》非常相似，具有很强的互文性。在这篇小说中作家有意设置了日本军医高田与中国医生苏原的对话，充分体现了作家对战争复杂性与悖论性的深刻认识。小说中高田的话语中有这样一段：

> 可以设想一下，假若现实不是日本入侵中国，而是中国入侵日本，再假若你也应征入伍，而且不是医生身份，是端枪的步兵，那么我问你，你会不会开枪杀我们日本人呢？你会的，一定会的，只要你是个士兵，你就不能拒绝杀人，杀人是士兵的职业。当然，请苏原君不要误解，我说这些并不是要证明杀人有理，证明杀人不可避免，而是涉及另一个问题：一个平常人怎样站在战争之中。战争犹如从天而降的涣涣大水，将所有的人淹没，卷入旋涡之中，无一逃脱。作为中国医生的苏原君没有例外，作为日本医生的我也没有例外。回到前面的话题，苏原君申明在任何情况下都不会杀人，对此我不想妄加论断，我只说我自己，假如我是手操枪炮的步兵、炮兵，我想我避免不了杀人，因为我拒绝作战，将被指挥官以临阵怯逃者处死。面对生与死的选择，唯有真正的英雄才能将理想置于生命之上。而我们都是凡人，愈是凡人愈珍惜生命，我们清楚这很卑贱，这正注定凡人将永远望英雄之项背，高贵对他们来说高不可攀。另外，我们凡人远离理想，因此理想在我们的视野里十分模糊，这便影响我们对理想真伪的判断。比如说日本天皇将这场战争称之为"大东亚圣战"，目的是拯救东亚人，实现"大东亚共荣"。于是许多日本军人走出国门在别国作战杀人，心中倒怀有一种拯救人类的神圣感，这是怎样的荒谬与可悲啊！但值得庆幸的是，坐在你对面的高田军医既没有被编入端枪杀人的步兵行列，又不是被天皇鬼话蒙骗住的糊涂虫。不是所有日本人都头脑不清，都支持天皇和大军阀们发动的战争，无论是日本本土还是本土以外战场上的日本人，都有许多反战者在行动。我就是其中的一个……①

在《幼狮》中，主人公之一的诺亚·艾克曼走进教堂听牧师布道，牧师的布道词中有这样一段话，可谓十分精彩：

---

① 尤凤伟：《生命通道》，《当代》1994年第4期。

> 我们生活在枪炮中间,震耳欲聋的枪炮声淹没了上帝柔和慈爱的嗓音。枪炮声之外唯有狂呼复仇的叫喊。敌人炸弹落下之处,我们的城市被夷为平地,我们年幼的子女在入学之初就被敌人的子弹射中,引我们悲痛不已。于是我们发起反击,怀着仇恨向敌方的城市和敌方的儿童发起严酷而又狂暴的反击。敌人比猛虎更凶恶,比饿鲨更贪婪,比恶狼更残忍。为了荣誉,同时也为了保卫我们的小康生活,我们奋起迎战,但是就在我们迎战的同时,我们竟比猛虎、饿鲨和恶狼更凶残。这番残杀之后,难道我们还能自欺欺人地说我们终于赢得了胜利吗?倘使我们取得胜利,那么我们捍卫的原则就会化为乌有;而倘若我们失败,这原则将会长存。我们所处的20世纪实在是特别的污秽。无辜的百姓遭到杀戮,教堂和博物馆挨炸弹,图书馆被焚毁,儿童和母亲被活活埋进钢筋水泥的废墟——经过这样伤天害理的一周,我们还能坐在这儿怀着冰冷的恶心肠,指望自己礼拜天的祈祷语上达天庭吗?别在你们的报纸上跟我吹嘘赫赫战功,说什么你们在不幸的德国土地上狂轰滥炸,丢下了数以千吨计的炸弹。我可以告诉你们,那些炸弹等于投在我头上,投在你们的教堂、你们自己和你们的上帝头上。所以,我宁愿听你们说,在出于无奈杀死一个全身武装、凶神恶煞般的德国士兵之后,你们曾如何伤心落泪。这样,我就会回答说,你们是我的保护者,是我这所教堂以及我的祖国的捍卫者。士兵怎么去爱自己的敌人?我说应当这样,应当非常有节制地杀人,在杀人的同时应当怀有罪恶和悲剧心理,应当意识到你本人同那死于你手的人一样皆是罪人。①

可以说,高田的那段话与美国作家欧文·肖《幼狮》中牧师的话语有异曲同工之妙。尽管高田与牧师的话从逻辑上无法讲得通,但是他们的话语里面却充满仁爱之心,表达了对人性命运的极大关注,体现了他们的人道主义立场,正是这种书写让人对战争的另一面有着更为理智的认识,同时也使得这个世界还不是完全没救,还是充满某种不可思议的希望。

新世纪的抗战小说是在新时期以来中国作家与西方作家的不断交融对话

---

① [美]欧文·肖:《幼狮》,陆谷孙译,上海译文出版社1999年版,第554—555页。

的基础上延续和发展的,在全球化这样一个大背景下这种对话日益加强而且司空见惯,中国作家阅读西方文学作品已经成为一种普通现象,而且在文学的现代化的过程中,很难找到一个作家与西方文学没有任何关系。《历史的天空》的作者徐贵祥认为:"第二次世界大战结束以后,苏美英法等西方国家都创作出了大量的战争作品,从人类的高度和人性的角度表现战争和反思战争,关注人类的命运。这些作品引起了全球的共鸣,震撼了整个人类的心灵。而我们抗战题材的作品虽然也不少,但有不少脸谱化和概念化的毛病,过于突出教化功能而冲淡了情感和命运的力量,因此这些作品只能在一个特定的范围和时期内流传,放在国际战争文学的大背景里,就显得有些轻。"① 他认为最重要的是没有把敌人写好。他给自己提出了三个要求,那就是写好自己,写好敌人,写好真实的状态。从他的话语里面,我们自然感到作家对世界战争小说的了解和把握,这种眼光和见识自然会对其创作有很大的影响。

尽管新世纪抗战小说的作家们很少有像徐贵祥那样明确提出类似上面这样的问题,但是作为远离抗日战争并没有战争经历的作家来说,他们如何能够创作出抗战小说来呢?这一方面要靠他们的想象,另一方面离不开他们对之前的抗战小说以及西方战争小说的阅读、学习和借鉴,尤其是在当下这样一个比较开放的环境里,中外文学早已不可能处于一个封闭的空间,它们之间交流已经日益密切并且非常普遍。而且对于中国作家来说,从新时期之后,学习西方已成为一种潮流和趋向。在这样的大背景下,抗战小说的作家们很难说与西方的战争小说没有任何关系。

我们从新世纪中国抗战小说的很多作品里也可以发现它们与西方战争小说的某种契合。在这里,不仅是反映第二次世界大战的作品,而且更早一些的反映战争、革命、暴力的作品也都成为中国抗战小说作家们的营养资源。当然,我们这样说并不是降低中国作家的水平,这里面也包含着英雄所见略同的实际状况。比如我们从朱秀海的《音乐会》、阎欣宁的《中国爹娘》等小说,可以感受到雨果《九三年》等西方战争小说所一直张扬的人道主义立场;我们从石钟山的《残枪》《锄奸》等作品中可以看到雨果这部作品中对比对照的手法以及将复杂的亲情关系融入到革命战争中以增加作品的矛盾冲突从而增强其戏剧性和吸引力;何顿的《抵抗者》与欧文·肖的《幼狮》里都有主人

---

① 徐贵祥:《重要的是写好敌人》,《北京青年报》2005年3月8日。

公去妓院的情节与细节，而且戏谑的笔调与反战的思想也流露其间；张者的《零炮楼》的反讽、戏谑手法与海勒的《第二十二条军规》也有异曲同工之妙；凡一平的《理发师》、陈昌平的《汉奸》、梁晓声的《儒者》等作品对小人物的关注以及对人性的细微省察与《幼狮》中诺亚这一人物也有着许多暗合之意；等等。

当然，新世纪中国的抗战小说加强了民间性书写，并且强调中国抗战正义性，突出对民族国家的捍卫，这些都确立了自己的独特性，从而也与西方的战争小说产生了一定的距离，这种距离在一些评论者那里也被认为是不足和差距，由此得到了"抗战小说无经典"的论断，这样一种论断值得我们做进一步的分析和解读。

第二节 "抗战小说无经典"论断的辨析

事实上，对中国抗战小说与西方战争小说的不同或者说差距不仅被我们前面所提到的黄仁柯、尤凤伟、徐贵祥等作家意识到，而且也被很多中国的文学研究者和批评家意识到。中国学界在对中国的抗战小说进行评价的时候，通常以西方战争小说为参照和评价标准，由此认为中国抗战小说的创作很不理想，与西方战争小说具有很大的距离，我们还缺少经典作品，最终得出了"抗战小说无经典"这样一个带有普遍性和总结性的否定性定论。学者顾骧、石一宁指出了抗战文学创作的一些不足，认为这类作品与伟大的抗战历史实践不相称，与我们期望的差距很大，从整体上说不够理想。造成这种状况的原因主要有作家的视野不够、思想解放不够、不敢写战争残酷等，并提出要想取得突破就必须明确人性、人道主义是抗日文学的主题，重点是写人。[1] 学者陈晓明认为这类小说具有公式化、概念化、脸谱化的弊病，其原因是对时代、民族、人性、历史等缺乏内在的反思和严肃的认知态度。他进一步指出："由于缺少对历史和人性的深入剖析，所以犯下了一味丑化矮化最后鬼化日本侵略者的毛病。"事实上，几乎所有反映抗日战争的作品都是以这种二元模式

---

[1] 顾骧、石一宁：《关于抗日战争文学创作问题》，《南方文坛》2005 年第 5 期。

展开的,《敌后武工队》《铁道游击队》《新儿女英雄传》《吕梁英雄传》《地道战》《地雷战》等,鬼子凶恶野蛮、怪戾愚蠢,我方总是神勇无敌、所向披靡。我们当然不能要求那时的所有的文学作品都对日本侵华事件做出反应,或者在抗战结束后中国作家和知识分子对这一巨大历史创痛做出深刻反思,然而,实际情形是,这一巨大的创痛并未在中国知识分子的内心留下多少印记,它只是一个历史事件,只是历史,而不是深入到每个人的内心创痛。①

学者孟繁华认为这一题材还没有成为一个重要的创作资源被不断开掘,反映和表现内战的作品比抗战的作品更多更成熟也更有影响。我们现在还没有一部能够称得上经典的反映抗日战争的小说。他进一步指出:"我们关于这一题材的创作中,多少年来,从来也没有超越国家主义的框架和'暴力美学'的模式。在这个框架中,对战争的表现、反省和检讨还限于'正义'与'非正义'、'侵略'与'反侵略'的二元对立中。于是,无论是战争还是斗争,只要被命名为'正义'、'革命',那么,无论诉诸于怎样的暴力乃至肉体消灭,都是合法并且合理的。于是,在国家主义和'暴力美学'的支配下,与战争、斗争相关的文学艺术,都杀人如麻血流成河,'血雨腥风'是我们在这一题材上可以概括出的统一风格。'英雄'和'敌人'……是我们战争题材的基本形象。"②

以上观点可谓最具代表性,如果我们仔细探究就会发现这些论述存在着很大的偏颇,一方面它们基本上是建立在对战争时期以及新中国成立后"十七年"所创作的抗战小说的分析基础之上的,而20世纪90年代尤其是新世纪以来的许多优秀抗战小说通常被遮蔽与搁置,由此得出了"窥一斑而知全豹"的结论;另一方面这些评价的基本参照和依据是西方的战争小说,而中国抗战本身所具有的特殊性以及由此带来的中国抗战小说的本土性特征通常被忽略和轻视。当然,对于上述一些批评也值得我们予以重视。那么,为什么会得出这样的评价?事实如此吗?为何如此?通过对这一论断的解读我们可以对中西战争文学有更深入的认识。

很显然,这些学者的评价都是把中国抗战小说纳入世界战争小说的范围内进行思考的。对中国抗战小说的陟罚臧否首先面临着一个难以回避的问题,

---

① 陈晓明:《鬼影底下的历史虚空:对抗战文学及其历史态度的反思》,《南方文坛》2006年第1期。
② 孟繁华:《战争本质的国族叙事与个人体验:中国、西方战争文艺"历史记忆"的差异性》,《山东社会科学》2006年第4期。

那就是对战争小说评价标准问题。这是一个本质的、中心的、规范的问题，它对于文学创作和文学研究及批评起着重要的指导和引领作用。而在以解构本质与中心、崇尚多元与差异的后现代主义者那里，这似乎是一个伪命题，不值得探讨也难以得出统一结论。但是，忽视和遮蔽这一问题又会使人们轻易地理解一切并宽容一切，那种否定性思维、批判性精神、反抗意识越来越弱，那种精益求精、好上求好、严格自律的心态越来越远。

尽管经典具有某种约定俗成的强大惯性，尽管经典在某种程度上也是一种历史建构，但是毋庸置疑的是它们本身一定包含了某些特性才使得它们在历史长河的流动中并没有被淘汰，而历久弥新地存留于各个时代人们的心中。正是这些作品沉潜了文学的质量、品质和魅力，隐喻着文学的深度、厚度与高度，树立了文学的标准、规范与尺度，成为我们评价判定一部文学作品优劣的不可或缺的参照。那么评价中国的抗战小说其参照系无疑是西方文学历史上所留下来的那些被称为经典的战争小说。

西方国家描写革命战争的文学传统由来已久，并且出现了许多经典的文学作品。远的且不说，仅就这两个世纪就有数量众多的这样的小说。比如俄国作家托尔斯泰1863—1869年创作的反映拿破仑时期法俄之间战争的小说《战争与和平》、法国作家雨果1872年创作的法国大革命的壮丽史诗《九三年》、美国作家斯蒂芬·克莱恩1895年创作的记录南北战争的小说《红色英勇勋章》、波兰作家亨利克·显克微支1900年创作的反映14世纪末到15世纪初波兰和立陶宛联合抗击条顿骑士团的侵略战争的《十字军骑士》等。再者就是我们上面所列举的与新中国成立后"十七年"时期的"革命历史题材小说"同时出现的第二次世界大战的经典作品。这些小说作品理应成为我们审视、反思和评价中国抗战小说的不可缺少的重要参照系。在对它们的解读与分析中，我们可以窥探出它们作为经典的质素和品性，以此反观中国的抗战小说我们便可以看到差异和距离。尽管对于何为经典这一问题历来众说纷纭，仁者见仁，智者见智，但是人们通常还是认为经典的文学作品往往要具有以下一些特性。

首先，一部伟大的经典小说往往具有极大的丰富性与复杂性。它是一本永远不会耗尽其内涵的书，它会让读者处于不断的重温之中，它也会让评论者处于不断的言说之中。任何快餐式阅读都是对它的玷污，任何单一的阐释都会抹杀它的价值。比如阅读《红楼梦》，我们会由衷赞叹它的广阔驳杂的社会内容，沉浸于它的丰富多元的思想，陶醉于它的生动的故事、鲜活的人物，我们置身其中流连忘返。正是这种复杂性，才使得它"单是命意，就因读者的眼光而有种种：经学家看见《易》，道学家看见淫，才子看见缠绵，革命家看见排满，流言家看见宫闱秘事……"[1] 正如谈及阿Q，我们也会被他的复杂性格而吸引甚至唏嘘不已，因为我们感觉我们每个人身上都有他的影子。阿Q身上的质朴愚昧但又圆滑无赖，率直任性但又忍辱屈从，狭隘保守但又盲目趋时，排斥异端而又向往革命，憎恶权势而又趋炎附势，蛮横霸道而又懦弱卑怯，敏感禁忌而又麻木健忘，不满现状但又安于现状等特性，无论是中国人还是外国人都可以找到这样的特点。

伟大小说的复杂性是塞万提斯的《堂吉诃德》留给我们的遗产，可惜这一遗产却遭到了贬低与背叛。所以米兰·昆德拉才给我们及时的提醒："小说的精神是复杂性精神，每一部小说告诉读者'事情不像你想的那么简单'，这是小说的永恒真理。但是这个真理越来越难以听到了。在我们的时代精神中，要么是安娜正确，要么是卡列宁正确，而塞万提斯的古老智慧——它告诉我们认识真理之困难，以及真理之难以捉摸——则显得笨拙和多余。"[2] 小说之所以需要复杂，是因为我们生活的世界是丰富的，我们的人性是复杂的，人们被迫面对的真理是矛盾的，整个存在还蕴含着人类难以破解的神秘。小说存在的理由就是要让这"生命的世界"总处在永恒的灯光下，免除我们成为"被遗忘的存在"。

可以说西方的这些经典战争小说往往具有这样的品质和特性。它们描写战争但不局限于战争，无论是以战争为背景，还是正面描写战争，这些作品往往暗含丰富的内容，恰似一部百科全书，人们从这些作品里能够读解到更为广阔的内容：对战争战役的反映、对战争做本体论上的反思批判、对各自国家风土人情的描绘、对历史文化的接受和扬弃，更有对战争背景下人性复杂存在的探寻以及对人类的终极关怀的思考。

美国作家赫尔曼·沃克1941年珍珠港事件之后应征入伍，在海军驻太平洋舰队服役三年。为了创作反映二战的小说，专门移居华盛顿，长时间埋头

---

[1] 鲁迅：《鲁迅全集》第8卷，人民文学出版社2005年版，第179页。

[2] [捷]米兰·昆德拉：《小说的艺术》，孟湄译，生活·读书·新知三联书店1992年版，第16—18页。

于书籍和文件,在国家图书馆查阅抄录大量文献资料,为了查阅苏联的资料,甚至从头学习俄语,并专程去苏联访问。经过 16 年时间,终于出版了《战争风云》《战争与回忆》这两部具有重大历史价值的长篇小说。这两部小说以编年史的方式,通过海军军官维克多·亨利一家的悲欢离合以及重要战役、事件的史诗性叙述,真实描绘了 1939—1945 年间整个二战的曲折进程。小说采用真实的历史人物和虚构的小说形象相结合的方式,传达了作者的战争观、历史观与责任感,在《战争与回忆》这部小说的前言里,作者说:"这两部作品的主题只有一个:要么结束战争,要么我们完蛋。这两部连续的小说只能得出一个结论:战争是一种古老的思想习惯,一种古老的心理状态,一种古老的政治手段,就像人的牺牲和人的奴役已经成为历史陈迹那样,战争今后也一定会成为历史陈迹。人类的精神在本质上是英勇无畏的,我深信人类的精神会证明,它能胜任结束战争这一漫长的历史任务。"①

俄国作家托尔斯泰的《战争与和平》用时 13 年,长达 130 万字,描写了 559 个人物,小说新颖宏大的艺术结构、广泛深入的生活概括以及生动丰满的人物形象大大拓宽了作品表现生活的幅度。更为重要的是,作家通过对战争和人的绝妙的深刻的真实的描写,歌颂英雄的业绩,颂扬爱国主义精神,同时又把战争的残忍与和平的美好同时呈现在读者的面前,谴责了战争也超越了战争及爱国主义理想,从而提升到了对人类根本理想的探讨。

肖洛霍夫的《静静的顿河》同样是一部史诗性巨著,共四部八卷 140 万字,共写 434 个人物。小说以第一次世界大战、俄国二月革命、十月革命以及国内战争为背景,通过顿河地区哥萨克在战争和革命过程中的遭遇,反映出人们在风尚、生活和心理状态上的巨大变动。主人公格里高利的个人悲剧同时也是革命的悲剧、历史的悲剧,探讨出这种悲剧的根源在于脱离人民,但是小说从人的角度审视革命,而不是从革命的角度批评人,由此实现了现实主义与人道主义的完美结合。

苏联作家西蒙诺夫用了 15 年的时间创作了他的战争三部曲《生者与死者》,小说以卫国战争的历史进程为纲,以其间的几次重大战役和几个重要事件为目,展示了战争年代社会生活的方方面面。通过刻画主人公谢尔皮林的英雄形象,借助他的思索呈现出了战争的战略战术等军事问题以及一系列与

---

① [美]赫尔曼·沃克:《战争与回忆》,陈良廷等译,上海译文出版社 1997 年版。

人民生活紧密相关的社会道德问题,如忠诚、义务、人的价值、胜利的代价、将领对历史和人民的责任等,这些问题都达到了很高的思想深度。因此我们可以看出,创作一部经典并不是一蹴而就的事,需要作家的沉淀、思考和艰苦的劳动,当然,这背后是作家的责任感。没有这些就无法创作出史诗性、丰富性和复杂性的作品来。

其次,一部伟大经典的小说的复杂性是建立在它的超越性基础上的。所谓超越性就是说小说不仅要描写现实更要弘扬理想,不仅要有现实批判更要有终极关怀,不仅要关注现在更要思索未来,不仅要关心此岸经验世界更要关心彼岸超验世界。对后者的强调体现了小说的超越性。正如刘再复所言:"文学不是站在一个现世的立场看世界的。所谓现世的立场就是理性和计算的立场,理性地设立一个功利性目标,周密安排必要的计划,并诉诸行动把它实现。文学站在现世立场的另一面,以良知关照人类的现世功利性活动,提示被现实困住的生活的另一种可能性。文学的立场是超越的,所谓超越就是对现世功利性的超越。"① 而这种超越一方面突出小说对现实、政治、政党政府等批判的勇气和行动,另一方面将小说引入宗教、信仰等精神领域,提升人性的高度,使科学、技术、法律等所无法解决的苦难问题通过人性的完善得以完成。

"诺贝尔文学奖"的价值取向是奖给那些带有理想性的作品,这就带有对文学超越性的重视和强调。在现世功利世界中,人首先是一种物质的存在,人所追求的声色犬马都是一种有限的、暂时的目的,这些追求让人变得越来越自私,越来越自我,由于过于沉溺享受而丧失意志以及更高尚的精神与人文关怀,这在某种意义上说也是一种生命的沉沦与堕落。所以伟大的作家和作品往往有这样的一种精神承担,他们剔除"媚俗"的心态,不完全一味地迁就读者的趣味,不被娱乐至死的文化倾向所支配,他们重视对现实和审美的超越。

那么对于战争小说也同样如此,伟大的战争小说仅仅善于描写战争过程、战争场面诸如激烈的战斗、奇峰突起的转折以及令人震惊的结局等是远远不够的,这些都只是战争常见的表面现象,尽管这些是战争小说不可缺少的并且也能吸引读者,但是如果仅仅停留在这个更倾向于技术的战争因素的层面

---

① 刘再复:《文学十八题·序二》,中信出版社2011年版。

上，这样的战争小说绝不会是优秀的甚至是伟大的小说。作家必须通过这些描写挖掘其背后所隐藏的值得思考的而又捉摸不定的非战争因素，这些东西才会真正触动人性的隐秘之处和人的灵魂，诸如死亡、激情、仇恨、战争目的、文化信仰等。比较深刻的战争小说，着眼点不是英雄式的个人崇拜，而是力图探索战争的本质、战争中的人性。这种作品意识到，战争现象寓含着人类生活中某些最基本的矛盾——正义与邪恶、强权与自卫、毁灭与生存，它既是伟大的崇高的令人激动的，又是丑陋的野蛮的令人憎恶的。这一切不取决于战争本身，而是取决于我们对战争的理解。肤浅的理解只能产生盲目渲染暴力的战争小说，深邃的理解却能促生超越战争的战争小说。

西方的经典战争小说往往具备了这样一种超越性。如海明威的《永别了，武器》就打破了战争的正义与非正义的局限，开创了反战小说的先例，成功地描写了第一次世界大战。小说表面是反映战争，实际上反对战争。小说把战争描写从正面的战场转移到战争对个人理想和幸福的摧残方面。主人公亨利开始是作为美国青年却自愿到意大利军队服役并参战，但后来却逃避战争。这是因为战争是个人和整个人类所遭受的巨大灾难，小说用这样的比喻来形容：人好比着了火的木头上的蚂蚁，有的被烧得焦头烂额，不知往哪儿逃，而多数都往火里跑，到末了还是烧死在火堆里。作者对帝国主义及其政府的战争宣传是极为清楚且十分厌恶的，并借亨利之口进行了嘲讽：我一听到神圣、光荣、牺牲这些空泛的字眼就觉得害臊，我可是没有见到什么神圣的东西，光荣的事物也没有什么光荣，至于牺牲，那就好比芝加哥的屠宰场似的，不同的是肉用来埋掉罢了。小说把亨利的个人悲剧上升到了整个人类的悲剧，并且批判了个人不能独立思考的社会现实。

海勒的《第二十二条军规》对战争进行了有力的讽刺和否定，主人公尤索林是地中海皮阿诺萨岛上美国空军基地的一名空军上尉，按规定，他早就超额完成了自己的轰炸任务，但是其上司凯斯卡特上校为了升官发财，不断将每个人的轰炸指标往上升。尤索林千方百计逃避轰炸任务，多次装病住进医院或开小差闲逛。但根据"第二十二条军规"，医生不能为他离队出具证明，因为他们只能为真正的疯子开证明，而一个想逃避轰炸任务逃避战斗的人绝不可能是疯子。尤索林最后逃往瑞典，终于告别了这"第二十二条军规"的世界。小说以扭曲形象和夸张手法展示了战时这样一个混乱、疯狂、滑稽的世界,小说的名字象征着荒诞的制度、可怕的原则、一切扼杀生命的势力。以此隐喻了整个美国社会的肮脏腐败和堕落。

库尔特·冯内古特《五号屠场》以闹剧的形式演绎战争,突出权力意志对个体生命的操纵和控制,描写了美军对德累斯顿的大轰炸。尽管这次轰炸通常被认为是正义之举得到肯定,但小说还是对其进行了嘲弄,认为这是一场野蛮行为,并对此做了否定。这样的勇气是难能可贵的。这些小说不再止于从个人的社会幸福层面上思考战争,而是叙述战争如何把人抛向死亡,生命的未知以及个人在战争中存在的茫然感和荒谬感,具有强烈的存在主义色彩。

最后,伟大的小说必须追求永恒性。这种永恒性从表层上是指在时间的维度上具有连续性,残酷的时间白蚁并没有将它们完全吞噬,在过去、现在与未来的时间流中它们总是吸引着读者并为其推崇;在空间的维度上它们具有跨越性,地域与距离甚至语言都没有阻隔它们的传播,它们翻山越岭或漂洋过海走进不同国家不同种族的人们的心中。正如马克思所言:"困难不在于理解希腊艺术和史诗同一定的社会发展形式结合在一起。困难的是,它们何以仍然能够给我们以艺术享受,而且就某方面说还是一种规范和高不可及的范本。"① 这种永恒性从深层上是指它们始终关注诸如人性、爱情、苦难、命运等那些亘古不变的主题,它们引导人们追求真善美,剔除假恶丑,去实现人性的丰满与完整、仁爱与博大。从这一意义上,"文学永远是人学",因此必须以"以人为本"的人道主义精神来认识、理解、把握文学的本质特征和功能,要始终坚定人永远是目的而不是手段,要坚持做到把人当作人、尊重人、解放人,要肯定共同人性、普遍人性的存在,并以这种态度真正把人作为文学描写的中心,从而揭示人性的广度和深度。②

同样,伟大的战争小说也必须如此。对于这类小说而言,描绘战争是次要的,关键在于根据时代观念的变化来表达我们对战争的看法,以期在这个与人类生活息息相关的问题上做出我们富有历史意义的贡献。伟大作家必须以他的作品对本国、本民族以至全人类的精神史构成巨大影响,从而被视为精神偶像。海明威说:"一个在岑寂中独立工作的作家,假若他确实不同凡

---

① [德] 马克思:《马克思恩格斯选集》第2卷,人民出版社1995年版,第29页。
② 朱德发:《现代中国文学史重构的价值评估体系》,《中国社会科学》2008年第6期。

响,就必须天天面对永恒的东西,或者面对缺乏永恒的状况。"① 战争作为人类几乎摆脱不了的一种社会行为,显示出它在历史中的重要地位以及同人们生活息息相关的联系。这一点赋予了它作为小说的永恒和基本的题材价值。只要战争现象没有从人世间消除,小说就将继续以各种不同的方式关注着它。

海明威的《丧钟为谁而鸣》的主人公乔丹原是一名大学教师,但是在自己的国家西班牙面临危难之际,他勇敢弃教从战,奉命到法西斯分子控制的地区炸毁一座桥梁。他在战斗中身负重伤,但却要求其他人撤退,自己坚持留下来阻击敌人。小说塑造了这样一个有意志有信念有理想有抱负的革命战士,他认识到自己身上的崇高责任,并且知道自己是在为人民而战,为正义而战。所以牺牲之前他有这样的感慨:"我为自己信仰的事业已经战斗了一年。我们如果在这里取得胜利,那么在其他各方面都能取得胜利。世界是个美好的地方,值得为它而战斗,我多么不愿离开这个世界啊!"小说表现出作家乐观主义的一面,正面歌颂英雄主义,歌颂民主,谴责暴力。尤其是折射出作家对个人与集体社会关系的一个思索。正如小说扉页上所摘录的英国诗人邓恩的这段话:"任何人都不是一座岛屿,能孑然孤立;每个人都应是那广阔大陆中的一部分。假如大海的波涛冲掉其中的一块礁石,那么欧洲大陆就会缩小一点;假如你的朋友的死亡都会使我蒙受损失,因为我包孕于人类之中共成一体;因而无论何时你都别去打听:丧钟为谁而鸣?他是为你而鸣。"②

诺曼·梅勒的《裸者与死者》描写二战期间美军的一个步兵侦察排抢占太平洋上被日军占领的阿诺波岛的经过,借这场战役来反映深广的社会历史主题,揭示出战争、权力、人性、道德等复杂关系。小说呈现了美军内部的种种矛盾,突出反映权力使人丧失人性,战争让人变得更加贪婪,战争的非理性促使人的精神危机。詹姆斯·琼斯的《从这里到永恒》充分暴露了专制的没有民主的制度对个人情感的抑制并由此造成人性的丧失和心理的混乱疯狂,表达了作者"现代战争摧毁人的本质"的思想。法国作家萨特的小说《自由之路》将人性置于战争的背景下,探讨自由这一具有永恒意味的话题。小说试图告诉我们,人注定是自由的,但不代表人注定拥有自由,同时也不可能拥有绝对的个人的自由,必须积极融入社会通过行动来追求自由。这一思想对于

---

① 董衡巽编选:《海明威谈创作》,生活·读书·新知三联书店1985年版,第25页。
② [美]海明威:《丧钟为谁而鸣》,程中瑞、程彼德译,上海译文出版社1982年版。

鼓励人们在战争、暴力等逆境中奋发勇为、敢于反抗,用行动来捍卫尊严获取自由有着重要的意义。

应该说,新时期以来通过中国作家的不断努力以及中国作家和西方作家的不断对话,说中国的抗战小说在不断取得进步,它们一方面在努力向世界经典战争小说所具有的共同性靠拢,另一方面也确立了中国抗战小说的独特性。但是如果以上面我们所论述的经典作品所具有的特征以及西方战争小说所具有的质素作为参照的话,我们也应该看到中国的抗战小说和西方的战争小说相比还存在一定的差距和不足,只有充分认识到这些问题,中国抗战小说才会进一步取得突破,才有可能产生经典作品。

第三节　中国抗战小说的问题与突破

具体来说,中国的抗战小说要想产生经典还需直面并突破这样一些问题。

其一,作家需要直面与意识形态的关系。对中国作家而言,主流意识形态话语对他们的规训往往给其造成极大的心理障碍,如果一个作家被一种战战兢兢、如履薄冰心态所左右的话,那么他很难做到忠实于事实、忠实于自己的内心去创作。从创作规律上讲,作家应该有写什么和怎样写的自由,一旦这个自由被剥夺,那么他的作品就有可能陷入假大空的境地里,或者他压根就会保持沉默不再创作。20世纪50—70年代的中国当代文学历史已经充分证明了这一点。应该说,新时期以后中国作家的创作自由得到了很大提升,但仍然有很多禁忌。如20世纪80年代末创作抗战小说《长城万里图》的作家周而复就曾说:"以历史主义的唯物观点,尊重历史真实写出八年(全民族)抗战,会不会遭到与《上海的早晨》同样的命运呢?'四人帮'已经被扫进历史垃圾堆,应该说这种风险没有了,但极左思想的影响存在,也不能说绝无风险。我是冒着风险毫无畏惧地去写。"[①]

新世纪以来以书写战争而知名的军旅作家徐贵祥也曾经讲述他的小说《历史的天空》的曲折命运,为了能顺利出版,他不得不和出版社的编辑一起

[①] 周而复:《南京的陷落·前言》,人民文学出版社1987年版。

探讨书中涉及的一些敏感话题，诸如如何处理作品中的国共关系、正面人物的负面性格、我军内部斗争等，他们需要仔细斟酌巧妙化解以免出现什么政治问题。[①] 可见政治的规约还是给作家的心理带来很多障碍，因此更加包容、开放、自由的创作环境显得非常必要和重要。更为重要的是，作家要坚持作为知识分子的独立性，能够坚持真理，不为意识形态的规训所框定。文明的进步在某种程度上是靠知识分子的超越反抗精神而带动的，那些能够创作出伟大作品的作家无不具有这种超越意识和反抗精神。从这个意义上讲，老作家柳溪的精神是难能可贵的。20 世纪 50 年代因写作小说《爬在旗杆上的人》而被打成"右派"，受尽各种苦难，但是在她看来："这些残酷的做法都未能摧毁我生存的坚强意志。我当时就深信，这种失误终将得到纠正，正像雷阵雨之后必然是晴天一样。信心使我增强了力量，就在宣布我戴帽、开除党籍的会议后，我面对着拆散家庭后的冷落空屋，认真地思考着我今后要怎样生活。我决心即使用行政命令剥夺了我的写作权利，我今生今世还要继续写小说。"[②] 正是有着这样的信念和精神，她才能在新时期在 70 多岁高龄凭着顽强毅力创作出史诗级的抗战小说《战争启示录》。

事实也证明，那些能够创作出伟大作品的作家无不具有这种超越意识和反抗精神。对于政治和权力，他们必须保持清醒的头脑，因为这有可能影响他们正确的历史观。对知识分子和作家而言，所谓正确的历史观就是一种求真意志，遵循和坚守实事求是的原则，他不应该因为任何外在的因素而改变自己的这一立场和精神。抗战作为一种历史被书写，尤其需要这样的历史观。正如海明威说："作家的工作是告诉人们真理。他忠于真理的标准应达到这样的高度：他根据自己经验创造出来的作品应当比任何实际事物更加真实。因为实际事物可以观察得很糟糕，但是一位优秀作家创作的时候，他有时间，有活动的天地，可以写得绝对真实。如果战争期间条件不允许，那么他应当写好之后暂且不发表。但是，如果无论他出于什么爱国的动机，自己内心知道是不真实的，又偏要写，那么他就完蛋了。战争结束后，人们不要看他的东西，因为他的责任是告诉人们真理，而他却说了假话。"[③] 也正如作家肖洛

---

① 徐贵祥：《写本好书送给你》，《当代》2009 年第 6 期。
② 柳溪：《战争启示录·自序》，北京十月文艺出版社 1995 年版。
③ 董衡巽编选：《海明威谈创作》，生活·读书·新知三联书店 1985 年版，第 15 页。

霍夫也说:"一个作家如果认为自己是人民的儿子、人类的一个小分子的艺术家,他的使命是什么?他的任务是什么?正直地同读者谈话,向人们说出真理。要做一名争取全世界和平的斗士。要把人们联合在他们追求进步的自然的和高尚的意向之中。"① 也正因为有着这样的思想和历史观,这两位作家才创作出了真正伟大的战争小说。

政治和权力对历史真实的解构和破坏是非常严重的,历史常常和权力构成同谋关系。历史往往按照胜利者的观点被书写,按照那些征服者的模样被制作。那些拥有权力的人们常常书写历史的记录,来证明身份地位的现状是正当的,由此会形成一种高度党派性的历史观。所以一个真正的历史唯物主义者"必须怀有一种对文化财富被玷污的清醒意识而工作,使自己尽可能地不与它们有联系。他不能为了奖杯和战利品去抢劫历史,而是像一个拾荒者一样,抢救出它的废品和残骸,因为断片和碎屑可以说出被遗忘的生命。历史的解释带有政治性的维度,在辩证法的概念中,过去和现在彼此照亮,显示着一个先前被遮盖和没有被记录的历史。历史学家扮演了救世主的角色,复原和见证了被压迫和被征服者的苦难"。② 而历史小说的创作者在某种意义上也是一位历史学家,因此英国学者怀特海德的这段话对他们同样适用,作为对中国抗战历史书写的小说家们为此更应该有着更为清醒的认识。海明威说:"每个人有他自己的良心,而良心怎样才能起作用是没有规律可循的。对于一位有政治脑筋的作家,你可以确信的是,如果他的作品要持久,你在读他的时候就不得不把政治抛在一边。许多所谓参与政治的作家们经常改变他们的政治观点。"③ 这就是说,作家必须有求真精神,他不能过多受到意识形态和政治的左右,否则他的创作就可能违背这种精神。

其二,在当下以及未来很长的时间内,中国作家当然包括抗战小说的作家们不得不面临市场经济、消费主义和影像化时代的影响、挑战和考验,能否抵得住金钱的诱惑,能否守得住那份寂寞,对于当下作家而言至关重要。事实上,我们也发现许多作家献身精神不足,更加功利现实享受,因此缺乏倾注生命激情的写作,缺少发自灵魂和坚守信念的写作。当代文学创作存在

---

① 王宁主编:《诺贝尔文学奖获奖作家谈创作》,北京大学出版社1987年版,第366页。
② [英]安妮·怀特海德:《创伤小说》,李敏译,河南大学出版社2011年版,第81页。
③ 董衡巽选编:《海明威谈创作》,生活·读书·新知三联书店1985年版,第54页。

的主要问题,是缺乏肯定和弘扬正面精神价值的能力,民族精神的高扬,伟人人性的礼赞,对人类某些普世价值诸如人格、尊严、正义、坚韧、创造、乐观等的肯定和表现。

以上在创作上的具体表现之一就是求多求快的浮躁心理,比如新世纪以来抗战小说就没有出现20世纪80年代末90年代初周而复、李尔重等几位老作家那样的史诗性的巨著,其他题材类型的小说也非常少见这种情况。当然,并不是说小说写得越长越好,但至少从一个侧面说明当下的很多作家日益缺乏那种十年磨一剑的耐心和耐力。对于抗战小说创作而言,如果要想产生伟大的经典的小说,就需要创作之前做出种种努力和付出,查阅资料、外出采访、研究历史等,这样一些费时费力的工作是必不可少的。试想,是否有作家愿意做呢?

再一个表现就是为了赢得读者而违反历史真实和创作规律,比如有的把过多的精力和心思用在了情节、故事、悬念等技巧层面,有的甚至过分渲染情欲、暴力内容,有的以媚俗化倾向解构英雄、游戏历史,有的把小说当影视剧本来写,消解文学和影视的界线等,这些都导致当下的抗战小说缺乏精神的力度和思想的深度。出现这些情况的原因,是与金钱的刺激和推动是分不开的。

从这个层面上来看,法国作家卢梭的提醒是实为必要的。在卢梭看来,如果一个作家为面包而写作,那么他的才华就会窒息和毁灭。作家的才华不在笔上,而在心里。任何刚劲的东西,任何伟大的东西,都不会从一支唯利是图的笔下产生出来。需求和贪欲往往会使作家写得快点,却不能使他写得好些。企图成功的欲望往往把作家送进纵横捭阖的小集团,但是也会使他尽量少说些真实有用的话,多说些哗众取宠之词,因而他就不能成为原来有可能成为的卓越作家,而只是一个东涂西抹的文字匠了。他强调说:"不能,绝对不能。我始终感觉到,作家的地位只有在它不是一个行业的时候才能保持,才能是光彩的和可敬的。当一个人只为维持生计而运思的时候,他的思想就难以高尚。为了能够和敢于说出伟大的真理,就绝不能屈从于对成功的追求。"① 在当下社会要想做到这一点真的很难,但是正因为如此才显得可贵,才值得作家这样去做。而且是否有这样的创作态度直接关切创作的价值问题,

---

① [法]卢梭:《忏悔录》,范希衡译,人民文学出版社1982年版,第497—498页。

对抗战小说而言更是如此。

其三，抗战小说的作家们心中要有大爱，要有宏阔的视野和深刻的思想洞察力，要有对人类的终极关怀意识。战争作为人类几乎摆脱不了的一种社会行为，显示出它在历史中的重要地位以及同人们生活息息相关的联系。这一点赋予了它作为小说的永恒和基本的题材价值。只要战争现象没有从人世间消除，小说就将继续以各种不同的方式关注着它。亨利·柏格森曾经给自己提出这样一个问题：战争虽然恐怖可怕，可是人们还是有好战心理，这是怎么回事呢？他给出了两种解释。一是人们会有选择地忘记战争恐怖，二是人们之间的偏见、误解与隔膜。关于后者，他写道："大自然还采取了另一些小心谨慎的措施。它聪明地在我们和异国人之间悬挂了一块幕布，一块用无知、谨慎和成见编织的幕布。"① 这一揭秘是深刻的，它从一个方面解释了征服和消灭其他民族的冲动的根源。这段话给我们的最大启示就是人与人之间，尤其是不同国家、不同民族以及不同种族之间的人们往往存在一块用无知、偏见编织的幕布，由此造成了彼此之间的隔膜和误解，对他者采取一种抵制、排斥，而这一点又恰恰是造成冲突、暴力、战争的重要原因之一。

因此，人们如果能加强接触、沟通和交流，能够揭去这块幕布，那么就会达成理解、共识与和谐。在这一过程中，跨文化交流显得尤为重要，而文学作为文化领域最重要的一部分，更是起着至关重要的作用。阅读是一种文化接触形式，而叙述则成为文化接触的关键，文学通过虚构故事来实现人性的交流。在这里，作家群体以及他们的文学作品成为一种"文化中介"具有改变转化的能力，通过阅读文学作品，我们会更容易接近我们自己独特的生命体验，对我们自己以及我们的文化形成良好的认知、自信和认同，从而确立一种边界；更为重要的是，通过阅读文学作品我们也能够对外来的他者以及他者的文化形成一些懂得、理解和宽容，从而就会去除偏见和排斥，从而避免误解与仇恨。而且"我们需要寻觅新的途径来促使被暴力历史分割开来的人们越过鸿沟、相互交流对话。我们需要努力让罪恶、耻辱、愤怒、仇恨、自我憎恨和伤害发出声音。我们同样需要竭力商榷、化解情感差异。跨越文化分界线来讲述故事，这也许是通向跨文化素养的第一步，因为故事讲述是历

---

① [德]韦尔策编：《社会记忆：历史、回忆、传承》，季斌、王立君、白锡堃译，北京大学出版社 2007 年版，第 204 页。

史暴力和损害的见证,能商榷情感差异"。①

而要做到这一点,去除狭隘的民族主义显得尤为必要。由于种族主义和爱国主义以及民族自豪感紧密交织、夹杂不清、难解难分,因此想要真正克服这一问题变得十分艰难,但是作为一个伟大的作家应该提防它们变成一种时尚,否则人们又会再次陷入德国纳粹主义和日本军国主义的陷阱。这已经成为20世纪整个人类的灾难,所以抗战小说不应该再加剧这样一种意识,它应该跨越民族、种族、文化边界以及受害者与施暴者的界限来申讨暴力和战争历史的罪恶。"我们的历史已发展到这样的地步,以至于我们再不可能将受害者和施暴者的历史隔离开来。殖民主义、帝国主义、战争、种族大屠杀和奴隶制暴力历史的损害和文化变异在分界线的两翼都显露出来。只有双方都从这些历史的沉疴中复活,才能瓦解邪恶周而复始的怪圈。"② 因此,中国的抗战小说要想有大的作为必须努力做到这一点。

更为重要的是,"小说聚焦于个人和个案的描写,能表现绝对的人性;在小说家靠想象力构建的现实里,绝对的人性继续吸引读者,具有宝贵的魅力"。③ 也就是说,在记录战争的多种形式中,文学往往有着很大优势,而在诸多的文学形式中,小说又是描写战争的最好形式,因为它能表现绝对的人性,它具有影响他人智慧和心灵的强大力量。一个作家只有把这一力量运用于创造人们灵魂中的美和造福于人类的人身上,他才是真正伟大的作家。因此从人性、人道主义的角度来描写战争显得尤为重要。"对人的关怀、对人性的关怀,对人的复杂性和丰富性的理解、宽容、悲悯等本身,就是反对战争、倡导和平的基本立场和感情之一。艺术应该用艺术的方式来阐释其他学科或范畴对战争不曾言说或难以言说的东西,只有细部才能进入历史,也只有细部才能进入战争的本质。而人在战争中的生存状态、心理状态和精神状态的极端化体验,恰恰是我们理解进入战争本质最有效的切入点。"④ 而且,能否

---

① [德]加布丽埃·施瓦布:《文学、权力与主体》,陶家俊译,中国社会科学出版社2011年版,第178页。
② [德]加布丽埃·施瓦布:《文学、权力与主体》,陶家俊译,中国社会科学出版社2011年版,第196页。
③ [荷]德累斯顿:《迫害、灭绝与文学》,何道宽译,花城出版社2012年版,第196页。
④ 孟繁华:《战争本质的国族叙事与个人体验——中国、西方战争文艺"历史记忆"的差异性》,《山东社会科学》2006年第4期。

从人性的角度描写战争也是作家思想和历史观的重要体现,这已经被西方伟大的战争小说所充分证明。正如肖洛霍夫所希望的"我愿我的书能够帮助人们变得更好些,心灵更纯洁,唤起对人的爱,唤起积极为人道主义和人类进步的理想而斗争的意向。如果我在某种程度上做到了这一点,我就是幸福的"。①伟大的作家心中必须有大爱,在一定程度上应该具有能够超越国家、民族、种族的意识和精神,至少他不应该被狭隘的国家民族主义所框住,陷入一种简单的二元对立思维中去。而这一点恰恰成为中国作家的"阿喀琉斯之踵",关于"文学是人学",关于"人性、人情、人道主义"此起彼伏的论争就隐喻了这一现实。对于抗战小说的书写尤其如此。什么时候我们能够突破这一点,什么时候我们才有可能真正产生伟大的抗战小说。

其四,抗战小说需要更多优秀的一流作家的加入、付出和努力。在谈及美国南北战争文学时,美国学者艾伦认为"这是一个未被书写的战争,原因是19世纪的很多大师们对这一宏大事件保持了沉默"。②同样,我们也可以说,对于中国的抗日战争,中国更多优秀作家的缺席也是造成无法产生经典作品的一个重要原因。创作中国抗战小说的作家们有些没有经历或亲历过战争,因此对战争的直接感受和体验是不足的,这在一定程度上影响他们的写作,但这绝对不是最主要的原因,它绝对不应该成为我们的托词。新世纪以来的抗战小说虽然作品数量甚多,但是同整个文坛其他类型的小说相比还是远远不够的,当下的许多作家还是更愿意停留在自己的"个人化写作"世界里,因此写作的天地越来越窄,境界越来越小。固然,每个作家都有写什么的自由,但是不要忘了,"如果一个人只关注自己的经历,不仅他不会获得解放,而且可能会产生更严重的后果:灾难和浩劫的记忆最终会丧失。相反,众多的记述将会永存,会不断有人阅读。既然如此,为什么不能反复为战争文献添加一些小说呢?"③因此,书写战争是为了反抗遗忘,意义重大,不仅靠经验和兴趣,更重要的是还需要作家的良知和责任。而且"我们生活在不平静的年代,存在着把整个民族抛进战火的力量。那第二次世界大战的看不到的边际的废墟的灰烬,怎能不敲打作家的心房呢?一个正直的作家,怎能不反对那

---

① 王宁主编:《诺贝尔文学奖获奖作家谈创作》,北京大学出版社1987年版,第361页。
② 李公昭:《美国战争小说史论》,北京大学出版社2012年版,第78页。
③ [荷]德累斯顿:《迫害、灭绝与文学》,何道宽译,花城出版社2012年版,第196页。

些妄图让人类自我毁灭的人呢？"[1] 因此，我们需要有更多的作家投入抗战小说的创作，需要作家们充分意识到战争文学的重要性。对中国作家来说，书写抗战的历史和道路依然很漫长，创作出经典伟大的小说还需要作家们做出更大的努力。

---

[1] 王宁主编：《诺贝尔文学奖获奖作家谈创作》，北京大学出版社1987年版，第360页。

第三章　文本转换：与影视的潜在对话

巴赫金在论及陀思妥耶夫斯基所创造的复调小说对旧有独白小说的影响时曾言："任何时候，一种刚出世的新体裁也不会取消和替代原来已有的体裁。任何新体裁只能补充旧体裁，只能扩大原有体裁的范围。因为每一种体裁都有自己主要的生存领域，在这个领域中它是无可替代的。没有一种新的艺术体裁能取消和替代原有的体裁。但同时，每一种意义重大的新体裁一旦出现，都会对整个旧体裁产生影响，因为新体裁不妨说能使旧体裁变得比较自觉，使旧体裁更好地意识到自己的潜力和自己的疆界，也就是说克服自身的幼稚性。"[①]

在这里，巴赫金对不同文学样式之间关系的理解和态度还是非常乐观的，但是在当下的视觉化时代，当我们谈及影视与小说这两种艺术形式之间的关系时，我们似乎并不那么乐观，很多人表现出极大的忧虑。由于视觉文化时代的到来，影视以其不可阻挡之势占据了我们的生活与空间，在文化领域大有取代文学之趋势，于是，类似"小说的危机""小说的终结"这样的判断与呼声不时地响彻在我们的耳畔。的确，尽管我们可以乐观地说，影视不可能取代小说，但是由于影视的出现和在现实中的霸权姿态，使得我们不得不重新反思和审视小说这种文体的潜力和它自己的边界，探究它的出路与未来。对"影视化时代小说何为"这种问题的不断追问并非多愁善感，也非杞人忧天，它在当下和未来都将有着重要的意义。

当今，小说与影视的合作日益密切，它们之间的对话更加频繁。一方面，小说通过影视的传播，往往能够引起读者的更大关注，使得小说的影响进一步扩大，甚至让名不见经传的小说及其作家有可能借机"火"起来，这种情况

[①] [苏]巴赫金：《诗学与访谈》，白春仁等译，河北教育出版社1998年版，第361页。

已经非常普遍,以至于使得很多作家有"触电"情结;另一方面,小说和影视往往同时推出,共同营造文化热点,这就是所谓的"影视同期书"的现象。影视播出后,小说同时也就成了畅销书。同时,在这种对话中,尽管人们试图追求一种互利共赢,但是又难以改变的是更多小说日渐失去自我,显现危机,这种对话日益显得不平等,影视处于强势地位,而小说则越来越弱势与被动。

作为小说类型之一的新世纪抗战小说也同样面临这样一个问题,而且在所有的小说中甚至显得更加突出。置身当下,我们都感同身受地目睹了大量的抗战小说被改编成影视作品这样一个事实,走进电影院或者打开电视总会看到"抗战大戏"在上演,众多的观众、较高的票房与收视率以及背后强大的商业利益使得抗战小说遭遇到了前所未有的被改编的热潮,这股影视化潮流一浪高过一浪,构成当下时代一个重要的文化风景与现象。事实上,这些抗战小说的被改编必然对这类小说的创作产生深刻的影响,包括作家的创作心态、写作策略以及由此带来小说文体上的一些变化。从文学样式与体裁的维度,新世纪的抗战小说与影视已经不可避免地构成了一种潜在的对话。小说与影视之间的这种互动与对话从表面上只是完成了两种艺术样式之间的文本转换,但从其内在肌理上则隐喻着更多的文化内涵。

那么,具体说来,抗战小说在与影视的对话中到底发生了怎样的变化?影视是小说的福音还是它的杀手?小说家到底应该持有怎样的态度?这些问题都值得作进一步的探究。小说与影视之间的恩怨纠葛成为我们研究任何一种类型的小说都无法逃避的问题,抗战小说更是如此,要想全面深入理解和把握新世纪的抗战小说,我们就不能漠视这一事实。

第一节 新世纪抗战小说影视化的表现与缘由

可以说,新世纪以来,在所有题材类型的小说中,抗战小说被改编成影视的数量、频率和幅度都是非常大的,在所有的小说被改编这一现象中也是非常突出的,以下的事实和数据足可以说明这个问题。具体来说,新世纪以来抗战小说的被改编主要表现在三个方面:

其一，新中国成立后"十七年"所创作的被称为"红色经典"中的一批抗战小说被首次或二次甚至三次改编成电影和电视剧。代表性的有：

作家袁静与孔厥 1949 年创作出版的《新儿女英雄传》在 1951 年被拍成同名电影。

作家知侠 1954 年创作出版的《铁道游击队》在 1956 年曾被改编成同名黑白电影，而在 2005 年则被改编成 35 集同名电视剧。

作家李英儒 1958 年创作出版的《野火春风斗古城》在 1963 年曾被拍成同名电影，在 1995 年曾被拍成 20 集同名电视剧，而在 2005 年则又被拍成 20 集同名电视剧。

作家冯志 1958 年创作出版的《敌后武工队》在 1995 年曾被拍成同名电影，在 1999 年被拍成 20 集同名电视剧，而在 2005 年又被拍成 26 集同名电视剧。

作家冯德英 1958 年创作出版的《苦菜花》在 1965 年曾被拍成同名电影，而在 2004 年又被拍成 20 集同名电视剧。

作家刘流 1958 年创作出版的《烈火金刚》在 1991 年被拍成同名电影，而在 2003 年则又被改编成 23 集同名电视剧。

作家雪克 1958 年创作出版的《战斗的青春》在 2009 年被改编成 25 集同名电视剧。

作家李晓明与韩安庆 1959 年创作出版的《平原枪声》在 2001 年被改编成电影，在 2010 年又被改编成 28 集同名电视剧。

其二，新时期创作的抗战小说在新世纪被改编成影视。代表性的有：

作家权延赤 1991 年创作出版的《狼毒花》在 2007 年被改编成 36 集同名电视剧。

作家刘震云 1993 年创作的《温故一九四二》在 2012 年被改编成电影《一九四二》。

作家黄仁柯 1994 年创作出版的《东瀛喋血》在 2004 年被改编成 29 集电视剧《记忆的证明》。

作家尤凤伟 1995 年创作的中篇小说《五月乡战》2006 年被改编成 18 集电视剧《仰头老婆低头汉》。

作家尤凤伟 1996 年创作的中篇小说《生存》在 2000 年被改编成电影《鬼子来了》。

其三，新世纪以来创作的很多抗战小说几乎同步都被改编成电影或电视剧，同时也有很多是先有剧本被拍成电影或电视剧获得很大反响后又出版小说。代表性的有：

作家徐贵祥2000年创作出版的《历史的天空》在2004年被改编成32集同名电视剧。

作家都梁2000年创作出版的《亮剑》在2005年则被改编成了30集同名电视剧。

作家凡一平2001年创作的中篇小说《理发师》在2006年被改编成同名电影，在2011年又被改编成25集同名电视剧。

作家石钟山2004年创作出版的《遍地鬼子》在2005年被改编成28集电视剧《遍地英雄》。

作家张者2005年创作出版的《零炮楼》在2013年被改编成了30集同名电视剧。

作家都梁2006年创作出版的《狼烟北平》在2009年被改编成41集同名电视剧。

作家严歌苓2005年创作的中篇小说《金陵十三钗》在2011年被改编成同名电影。

作家麦家2007年创作的小说《风声》在2009年被改编成同名电影。

作家徐萌2006年编写的剧本《记忆之城》被拍成34集同名电视剧，2007年则又出版了同名小说。

作家兰晓龙2008年创作出版的《生死线》在2009年被改编成48集同名电视剧。

作家朱苏进2009年编写的剧本《我的兄弟叫顺溜》被拍成26集电视剧，2009年则出版了同名小说。

作家李晓敏2010年创作的《遍地狼烟》在2011年被改编成同名电影，在2011年被改编成28集同名电视剧。

作家张磊2011年创作出版的中篇小说《永不磨灭的番号》同年被改编成34集同名电视剧。

作家赵冬苓2011年创作出版的《中国地》在这一年则被改编成40集同名电视剧。

作家龙一 2011 年创作出版的《借枪》同年被改编成 30 集同名电视剧。

作家鲍光满 2011 年创作的《姥爷的抗战》2012 年被改编成 34 集同名电视剧。

作家束焕 2012 年创作的《民兵葛二蛋》同年被改编成 33 集同名电视剧。

…………

以上所列举的并不完全的数据足以说明抗战小说的影视改编已经成为新世纪文学的一个热点文化现象。那么，为何几乎大多数抗战小说都被改编成了影视，这背后又具有怎样的蕴涵？这一问题值得做进一步的探究。具体来说，其缘由有以下几个方面。

其一，抗战小说的影视化是视觉文化时代大背景下的必然产物。置身于当下的社会语境，我们每个人都已经切实感受到了影视化时代的到来，我们已经与电影电视建立了不可分割的联系，无论是作家还是读者，我们似乎已经无法摆脱对影视的依赖以及它们对我们的影响。美国学者丹尼尔·贝尔在 20 世纪 80 年代就已指出："当代文化正在变成一种视觉文化，而不是印刷文化，这是千真万确的事实。"[①] 哲学家理查德·罗蒂把哲学史描写成是一系列"转向"的历史，比如古代和中世纪的哲学图景主要是关注事物，而 17 世纪到 19 世纪的哲学则关注思想，到了开化的当代哲学图景则关注词语。在这样一个认识的基础上，美国当代学者米歇尔认为另一次转变正在发生，他指出："又一次关系复杂的转变正在人文科学的其他学科里、在公共文化的领域里发生，这次转变可称作为'图像转向'。"[②] 而且"一套全球化的视觉文化似乎在所难免"[③]。并且"电视之中的影像正在成为'元语言'"[④]。英国学者汤林森进一步指出了电视在当今社会的这种强大的霸权力量："凡是没有进入电视的真实世界，凡是没有成为电视所指涉的认同原则，凡是没有经由电视处理的现象与人事，在当代文学的主流趋势里都成为边缘，电视是绝对卓越的权力关系的科技器物。"[⑤]

[①] [美] 丹尼尔·贝尔:《资本主义文化矛盾》，赵一凡、蒲隆、任晓晋译，生活·读书·新知三联书店 1989 年版，第 156 页。

[②] [美] W.J.T. 米歇尔:《图像理论》，陈永国、胡文征译，北京大学出版社 2006 年版，第 3 页。

[③] [美] W.J.T. 米歇尔:《图像学：文本、形象、意识形态》，陈永国译，北京大学出版社 2012 年版，第 5 页。

[④] [法] 波德里亚:《消费社会》，刘成富、全志钢译，南京大学出版社 2000 年版，第 132 页。

[⑤] [英] 汤林森:《文化帝国主义》，冯建三译，上海人民出版社 1999 年版，第 116 页。

置身当下,我们已经能够切身感受到西方学者对当下文化现实的这种裁定。这一文化现实在中国自20世纪90年代就开始逐渐积聚,到了新世纪更加发展而且还在进一步蔓延。的确,在我们这个时代,电影和电视的编剧们和导演们似乎已经代替小说家而成为我们的文化英雄。影视来源于两个方面,一者是直接的剧本写作,一者是对文学文本进行改编再创作。其中对文学文本进行改编和再创作已经成为影视领域里不可或缺的一个方面,电影和电视也是一种叙事,因此,很多小说都被改编成影视已经成为一种事实。在这样一个现实面前,抗战小说作为小说类型之一同样也难以摆脱这种境遇。

其二,抗战小说属于战争小说,在表达与表现战争方面影视具有很大的优势。以色列学者范克勒韦尔德就曾追问:"你怎么才能把那些躯体被打穿,四肢被打断或打碎或撕裂的人的疼痛体现在纸上呢?你怎么才能让你的读者闻到皮肉被烧焦的味道,听到伤者的惨叫呢?就连荷马也没能真正找到这样做的办法。尽管他的史诗中无数次提到'黑血喷出'和'死亡的惨叫',但他笔下的英雄们几乎无一例外都是立刻就死了。"[①]在这里,范克勒韦尔德指出了小说在表现战争方面的所存在的一些不足,或者说文字对书写战争的战斗场面以及战争残酷性方面的有一种无力感,无论作家具有怎样的语言功力和才华,他只要使用文字和小说这种形式予以表现战争的残酷性方面总会显得捉襟见肘,事实也的确如此。

但是,这恰恰是影视所具有的优势。影视是一种声画语言,具有拟真、直观、多义的特点。和文学叙事相较,具有无法比拟的优越性。如逼真而又刺激的三维场景,可以让人身临其境、如幻似真。图像叙事独有的具象性、直观性和逼真性,在动作、身体、速度、非日常可见的景观等各个方面极大地满足了观众的视觉快感和猎奇心理。抗战片中的大型战斗场面,对于一个没有见过战争、没有见过飞机大炮的人来讲,仅凭文字的叙述,是永远无法领略战争的惊心动魄的。抗战题材战争片其场面布置和战场设计通过摄影技术、剪辑艺术、色彩、光、服装造型等因素进行叙事和表意。和小说文本相比,其元素无论是独立的还是组合的都能对观众造成强烈的视觉冲击力和情感吸引力,因此它对审美主体具有很强的对话能力。尤其是现代影视技术日

[①] [以色列]范克勒韦尔德:《战争的文化》,李阳译,生活·读书·新知三联书店2010年版,第325页。

益发达,使得它可以将战争魅力的很多元素得以充分表现,所以战争电影或电视剧日益受到导演和读者的青睐。

其三,抗战小说属于历史小说,而且这一历史题材的特殊性使它具有政治与审美的双重属性,它既被官方重视、支持与倡导,又被民众认可、喜欢与接纳;它既具有正统性、严肃性和教育意义,又具有消费性、通俗性和娱乐功能,因此,抗战小说被很多作家所重视也拥有更多受众。抗战小说题材的重大性与意识形态性使其成为一种主旋律,在官方的认可、肯定和支持下势必会得到更大的发展。站在国家民族的角度和立场上看,抗日战争作为一段重要的历史,它让中华民族获得了浴火重生,它为中国能够成为一个具有现代意义上的独立民族国家奠定了基础;它既有"落后挨打"的惨痛教训,又有在危险中坚持抗争的精神力量和经验。因此,抗战这一著名历史是非常具有意义并值得记取的,它可以作为一个国家和民族判断现实预言未来的一个基础,它是国家对其公民进行爱国主义等意识形态教育的一项重要资源。所以,从国家层面来讲,抗战历史非同小可、意义重大,围绕着它所进行的各种活动必然也会受到重视、倡导和激励,尤其是对这一历史的纪念,文学往往成为最重要的形式,很多小说便应运而生。

抗战小说的英雄主义、理想主义和爱国主义情怀是对世俗化时代某种精神缺失的补偿,填补了大众内心的需要。这里面隐喻着一种爱国主义的情感诉求。爱国主义绝非一句空话,尽管全球化与普世价值在不断消解着民族主义与爱国主义意识与情感,民族国家被解读为一种"想象的共同体",但是民族国家却又现实地存在着,国籍的存在、国家外交关系活动等无不在强化着人们的爱国主义情感。作为全民族的抗战小说所表现的历史是一种集体的创伤性记忆,它具有全面性也必然会得到全体民众的重视和关心,尤其是抗战小说对历史的虚构想象所形成的故事性、传奇性、通俗性赢得了读者的口味和兴趣。抗战历史在当下消费主义时代又被当作一种资源来消费,这种消费满足了人们消遣娱乐的心理,正如学者南帆指出的那样:"历史著作的萧条与历史故事的走俏,这个悖论迫使人们承认:人们对历史的兴趣十分有限,多数人对于修复历史真相或者阐明形而上的历史精神无动于衷,他们想看到的是好玩的历史。许多时候,人们对于趣味的追逐远远超出了史实的精确。"[①]

---

① 南帆:《双重视域:当代电子文化分析》,江苏人民出版社 2001 年版,第 235 页。

这种情况也带来了一些令人忧虑的严重后果，比如与传统历史观念的某种断裂，消解了历史的必然性、严肃性，在娱乐嬉笑中反而造成了对不幸历史的遗忘。这些都是值得警惕的。

其四，市场的需要和刺激是抗战小说被改编被拍摄的重要基础。因为抗战小说自身拥有的元素和品性，使得它们既受到官方的重视和支持，也使得它们拥有更多的读者。如果它们被改编成影视则同样会获得官方的支持和赢得较多观众的喜欢与认可，由此会节约拍摄成本，也会带来更高的票房和收视率，实现巨大的商业利益。所以编剧导演毫无疑问会更加青睐这类小说，这是市场经济条件下小说、影视与市场互动的结果，是由消费主义时代文化产品生产与发展的内在逻辑所决定的。事实证明，尽管许多抗战小说被改编拍成影视后存在很多问题，也有一定的模式化与重复性，但是丝毫没有消减大众对它们的关注和热情。可以说，这种大众热情就是利益的代表，它必然成为推动抗战小说创作热潮的重要因素，也是其被改编的重要原因。

其五，抗战小说的被改编同作家的认同和积极投入是分不开的，很多作家对影视表现出极大的热情。作家刘震云就坦言："小说变成电影并不是坏事，并不是作家堕落了。很现实的，第一，增加了他的物质收入。第二，增加小说的传播量。生活变了，电视电影网络传播可达的广度，特别是速度，比纸质媒介要大得多。中国所有这些前沿的作家，他们的知名度跟他们的作品改编成影视有极大的关系，这是一个现实。"[①] 所以刘震云一直与影视保持着紧密联系，他的多部小说都被改编成了影视，即便是20世纪90年代创作的抗战小说《温故一九四二》也在新世纪被拍成电影。作家凡一平也曾坦言："这几年，我常觉得我写的小说像是种子，或像是鸟蛋，被别人拿去播种或孵化，然后长出奇异的花草或生出怪诞的鸟来，比如《跪下》《寻枪》，又比如《理发师》。它们从发表和卖掉版权以后，就仿佛不再属于我，而属于演绎它们的编剧、导演和主演——当这些富有创新精神的人们把我的小说拿去改造成电视剧、电影之后，我就像老实巴交的农民，看着自己的亲生骨肉，被送到别人的家里生活和抚养，等再见到他们的时候，他发现他已不再是这些孩子的父亲！他的孩子变异了，他和孩子的关系已经疏远，甚至已经认不出是自己的孩子了。而那些将孩子拿去培养和打造的人，也俨然以父亲自居，因

[①] 白烨：《2003年中国文情报告》，社会科学文献出版社2004年版，第4页。

为他们有足够的实力证明养育的功劳，最高的荣誉和报答应该属于他们。这是不甘寂寞和清贫的小说家的宿命。这几年来，很多作家都在搞影视，因为影视比小说巨大利益的诱惑，让人无法拒绝。我就是属于不安分写小说的作家之一。我每写小说前后，总是希望首先它能发表，然后被转载，再然后被改编成电视剧、电影。"①

应该说，凡一平的表白是非常坦诚并且具有代表性的，他其实说出了当下很多作家所拥有的心理，只是他们没有这么直言不讳罢了。正因如此，他的小说《理发师》具有很强的可改编性，受到导演陈逸飞的青睐，认为这篇小说可以拍成很好的文艺片，因此，它不但被改编成电影而且又被改编成电视剧。由于这种被改编，默默无闻的凡一平一举成名。华裔作家严歌苓更是表现出了对影视的无比热爱和满腔热情，她说："有时我爱电影甚至超过爱小说，因为电影在很多艺术手段上是优越于小说的。视觉上它所给你那种刹那间的震动，不是文字能够达到的。电影只会让你的文字更具色彩、更出画面、更有动感，这也是我多年写作生涯中一直努力追求的。这正是我为什么爱电影，然后和电影走得很近的原因。我非常喜欢小说里能够有嗅觉、有声响、有色彩、有大量的动作。"② 也正因为如此，她的多部小说也被改编成影视，反映抗战的小说《金陵十三钗》也自然在列。可以说，上述三位作家的坦白具有很大的代表性，作家的这种思想对于抗战小说的影视化潮流无疑起了推波助澜的作用。

第二节　影视化对新世纪抗战小说的影响

很显然，随着新世纪抗战小说的大量被改编，抗战小说与抗战影视之间就形成了一种对话关系，从理论上来讲，这种对话将会形成一种良性的共赢关系。但在现实中由于影视的霸权地位，使得小说受到了巨大的冲击和影响，这种影响让人喜忧参半，尤其是不利影响更值得我们做进一步探究并形成清

---

① 凡一平:《理发师·后记》，当代世界出版社2002年版。
② 沿华:《严歌苓：在写作中保持高贵》，《中国文化报》2003年7月13日。

晰的认识。从上面一部分作家的坦言中我们已经可以看出，在影视化的冲击下，很多作家的创作心理和心态都发生了重要的变化，他们都对影视改编充满了兴趣和热情，这是造成抗战小说影视化的原因之一。很多小说家都参与了自己作品的改编而成为编剧之一，比如作家尤凤伟、麦家等人，有的以此为契机基本放弃小说而转向了剧本写作并投身于影视工作，如朱苏进、兰晓龙等人；尤其是很多作家面对影视的诱惑不得不在创作中调整自己的写作策略，过多考虑影视的特点而非常重视小说的可改编性，以便更好地适应影视改编。比如作家衣向东就坦言："在写作中一点都没想到如何适宜于改编成影视剧也是不可能的，我在写作时一般都会注意场景不太宏大，场景变化不要太大，就是为了避免在影视制作时出现困难；而且我很注意画面感，有的人甚至说我的小说不用改就可以直接开拍。"[①] 还有前面我们所提到的小说家凡一平的"我每写小说前后，总是希望首先它能发表，然后被转载，再然后被改编成电视剧、电影"这种坦言。

可以说，像这种为迎合影视而有意改变小说的固有元素和创作规律向影视靠拢的思想和心态绝非个案，在很多作家那里都有所体现，只是他们没有像衣向东、凡一平这样坦诚的表白罢了。而这样一种创作心态的改编又势必对小说的内容和形式产生重要变化。由于希望被改编，那么小说家往往就不可避免改编小说自身的一些元素以增加可改编性，由此导致新世纪抗战小说在文体上发生了一些变化，这种变化并非都是好的，相反，其不利因素更加明显。因为这种改变我们不得不重新思考小说之所以成为小说的理由是什么。由于作家这种创作心理的变化从而导致他们调整自己的写作策略以便更好适应当下这样一个视觉化时代，由此也形成新世纪抗战小说的影视化特征。当然，需要说明的是，所有这些特征的出现并不完全是"渴望被改编"的心理与写作策略调整的结果，但至少说与此有很大关系。

具体来说，主要表现为以下几个方面。

其一，新世纪抗战小说的世俗化与民间化书写。20世纪80年代中后期以来，随着以改革开放和市场经济为主导的现代化历程的深入发展，中国社会发生了巨大的变化，这种变化到了新世纪变得更加明显，转型期、后现代、全球化、消费主义等语词常被用来形容与概括这种变化。在文学领域一

---

① 衣向东：《"触电"可以改善生活》，《羊城晚报》2005年7月21日。

个显著特征与变化就是世俗化的写作更加突出。这种世俗化表现在各个方面，比如作家精英立场的放弃和民间立场的确立，作家读者意识的增加，作品对世俗生活和普通人物的关注，作品对饮食男女诉求合理性的肯定与张扬，作品对英雄主义和理想精神的消解等。新世纪抗战小说在这样的语境下产生必然带上鲜明的世俗化特征，这也是视觉时代影视对小说的某种潜在要求。

对抗战小说而言，这种世俗化书写首先表现为作家的个人化与民间化立场的确立，持这种立场来审视抗战历史必然会与精英立场、官方立场产生不同的结果。在这里，抗战历史的严肃性、正统性与深刻性在一定程度上得到了消解，对抗战历史的叙述变得更加平面化、浅薄化。美国学者杰姆逊对后现代文化书写历史的特征曾做了这样的概括："在后现代主义中，关于过去的这种深度感消失了，我们只存在于现实，没有历史；历史只是一堆文本、档案，记录的是确已不存在的事件或时代，留下来的只是一些纸、文件袋。"① 人们喜欢历史、关注历史，但是他们更关注的不是它的深度和教义，他们更多关注的是历史人物的奇闻逸事，所以抗战历史成为一种消费资源，成为人们怀旧的对象。而且，小说的这种思想深度的减退更容易被电影所接受。

美国学者丹尼尔·贝尔说："印刷媒介在理解一场辩论或思考一个形象时允许自己调整速度，允许对话。印刷不仅强调认识性和象征性的东西，而且更重要的是强调了概念思维的必要方式。视觉媒介，我这里指的是电影和电视，则把它们的速度强加给观众。由于强调形象，而又不是强调词语，引起的不是概念化，而是戏剧化。"② 这里说明一个事实，那就是小说更具有思想性，它使用语言文字的静态性使得它往往给人留有思考的空间和时间，我们在阅读小说的时候，面对一个文本可以驻足停留，可以对其进行进一步的审视和思考，回味语言的深蕴和体验思想的快乐。而电影由一个个镜头拼贴而成，其速度非常之快，当我们想对一个镜头进行思考时我们便会错过下面更多的镜头，我们的思考被不断变换的场景所打乱，无法形成更加深入的思考。

---

① [美]杰姆逊讲演：《后现代主义与文化理论》，唐小兵译，北京大学出版社1997年版，第205页。
② [美]丹尼尔·贝尔：《资本主义文化矛盾》，赵一凡、蒲隆、任晓晋译，生活·读书·新知三联书店1989年版，第156—157页。

所以电影更强调故事性,由此带来的是抗战这一重要历史被还原叙述成一个带有传奇性的故事,新世纪抗战小说的故事性与传奇性明显增强。而电影也是一种叙事,凡是那些容易被改编的小说首先必须具有故事性,而且具备通俗、猎奇、悬念、刺激等因素。比如莫言在20世纪80年代的"红高粱系列"小说较早以民间传奇的形式对抗日战争做了完全不同于正史的书写,而20世纪90年代尤凤伟的"抗战系列小说"也同样如此。这样一种书写在新世纪得到了进一步的强化和发展,关于这一特点我们在后面还将详细论述。

其二,新世纪抗战小说的欲望化与媚俗化书写。从小说到影视看似是两个文本的转化,其背后带来的其实是思维方式的变革。小说是以语言为中心的意象,而影视则是以视觉为中心的形象;小说需要更多的理性思考,而影视则是更多的感性直觉。影视是需要吸引人眼球的,因此感官刺激、欲望娱乐是其最重要的追求。这样一种区隔就加剧了新世纪抗战小说的欲望化叙事性。

正如南帆所言:"影像空间的身体意象是对于某种欲望的隐秘呼应。人们的视线始终渴望遭遇身体。影像恢复了身体的核心位置,解除了视觉禁忌。摄影机对于女性身体的摄取时常是以男性的兴趣和欲望为旨归,摄影机是男性目光的提炼或者延伸。视觉空间的身体与欲望已经被改写成男性的消费和娱乐,这种快感的享用是男性的特权。那种快感观是男人有权观看的权力的象征性表达,它的首要对象是妇女身体,或者更确切地说,妇女的肉体。"①所以,我们看到新世纪的抗战小说在对女性身体的展示方面得到很大的强化,女性命运的叙述与女性身体的利用占据了很大的篇幅和比重。这样一种书写既增加了小说的看点,也增加了被改编性因素。小说《金陵十三钗》的被改编可以说很好说明了这个问题。

其三,新世纪抗战小说的动作化与场景化叙事变得更加明显和突出。小说与电影的区别之一就是电影的蒙太奇特征,它注重叙事的动作化与场景化。因此许多小说在创作中无意识中增强了小说的场景和景观化书写,同时注重人物的动作和可再现化,形成一种画面感,在情节叙述中追求画面感和可视性。与动作性相关联,情节的戏剧化增加。比如凡一平的抗战小说《理发

---

① 南帆:《双重视域:当代电子文化分析》,江苏人民出版社2001年版,第191—205页。

师》，小说一开始描写理发师陆平给八路军一个连的士兵剃光头事件，其中有一个叫李文斌的战士死活不愿意剃，小说的描写直接给我们一个场面的回想，闭上眼睛我们就能有这样一幅画面。这一描写具有很强的场景性和视觉特点，小说是这样描写的：

> 理发师陆平给一个连的士兵剃了光头，只剩下一个人没剃——他软磨硬拖，死活就是不肯。连长谢东恼了，一声令下，几个光头朝一个有毛发的包抄过去，像抓一头猪似的把人擒住，绑架过来，将头摁进水桶，把毛发弄湿，然后摁在凳子上。
>
> 凳子上的士兵手脚被紧紧按住，动弹不得，嘴却像扣了扳机的枪口骂开了："我看谁敢动我的头？谁敢把我的头发剃了，我就把谁阉了！"
>
> 陆平被一顿臭骂吓住了，同时也被一头美发惊得发呆。虽然毛发是湿的，但依然夺目耀眼。那是陆平难得一见的发型，剪工精细得无可挑剔。陆平从后面绕到前面，又从前面绕到后面，他被眼前的奇发弄得团团转。
>
> "你这头发是在哪做的？谁给做的？"陆平禁不住打听。他想不明白，这方圆几百里，还有技艺精湛得和他不分高低的理发师？
>
> "跟你说有什么用？你懂什么？你除了剃剃剃你懂个屁！"凳子上的士兵继续破口大骂。①

其四，新世纪抗战小说对话性增强，语言的剧本化倾向明显。小说以人物为中心，塑造人物固然离不开人物的语言和对话。但是，与影视剧台词相关联，小说中人物对话场景明显增加，有人对周梅森《我主沉浮》统计，实际字数167404，加引号的人物对话1562句，平均107字中就包含一句人物对话，且基本都以场景化的方式予以展现。② 如果我们对许多抗战小说进行考察的话，同样也可以得出这样类似的结论。新世纪以来的抗战小说中，对话场景与人物对话明显增加，小说经常会设置诸多的对话场景，让许多人物参与对某一话题的讨论，给每个人物发言的机会，让很多问题在对话、辩驳中得以

---

① 凡一平：《理发师》，当代世界出版社2002年版，第1页。
② 王先霈：《新世纪以来文学创作若干情况的调查报告》，春风文艺出版社2006年版，第167页。

澄清。对话传达了思想，交代了情节，展现了冲突。

比如《历史的天空》这部小说中，充满了对话场景和人物对话。小说主人公梁大牙的成长历程就是在一系列对话中完成的。他的每一次犯错误、受教育、被提拔都伴随着对话，他的思想的变化、发展和逐步成熟也由对话来体现。再比如抗战小说《懦者》，这部小说也同样由一个个戏剧场景与对话场景构成，主人公王文祺辗转于鬼子据点和韩王村之间，在鬼子那边他不得不用尽浑身解数来应对一些事件，以防被鬼子识破，另一方面回到韩王村，他又始终有被当作汉奸的嫌疑，于是他又不得不向韩成贵等人汇报工作，解释在鬼子据点的所作所为。整个小说由这两个场景变化，每个场景全都由对话组成。这样的书写是非常便于影视的改编的。再比如小说《理发师》中围绕宋颖仪出嫁，宋颖仪和陆平在理发店展开了这样一段对话：

> "我要嫁人了，你知道吗？"宋颖仪坐在转椅上看着镜子里的陆平说。
>
> "知道。"陆平说。他把茶籽做的发水倒在手上，然后揉搓在宋的头发上。
>
> "嫁给谁知道吗？"
>
> "知道。"
>
> "嫁给谁？"
>
> "一个师长。"
>
> "师长什么样知道吗？"
>
> "我哪知道？"陆平说。宋颖仪的头发被他揉搓起了泡沫。
>
> "昨天你给八路军剃头去了？"
>
> "是。"
>
> "昨天我来了没见你。"
>
> "哦。"
>
> "我要嫁的人不是八路军。"
>
> "哦。"
>
> "八路军不准讨姨太太。"
>
> "哦。"
>
> "你怎么不说话？我要嫁去做别人的二姨太了，你就没话跟我说

吗？"宋颖仪身子椅子一同扭过来，仰脸瞪着陆平，她显然不想看镜子里的那个陆平。①

可以说这段对话首先具有明显的场景性、动作性和画面感，因此具有极强的表演性，同时人物的对话语言简洁明了，类似台词，这些都为影视改编带来极大的方便。

第三节　影视化时代，小说何为？

很显然，在这样一个视觉化时代，影像以一种强大的力量占据着我们的生活，无形中改变着我们的思维方式和价值观念。影像对传统的文学艺术形式也造成了极大的冲击，尤其是对小说的影响是非常大的。这种影响有利有弊。影视促进了小说的剧本化和影视化，从好的方面来看，小说搭上了影视的便车，刺激了自身的购买阅读和流通。但是从坏的方面来看，影视化造成了小说的依赖性与尴尬局面，尤其是如果作家的创作动机过多考虑影视的元素，这势必会以牺牲小说的一些元素为代价，从而造成对小说的某种伤害。正如学者杜书瀛所指出的那样："图像对文学产生了两个方面的巨大威胁，第一，图像把文学收编了，收之麾下。过去文学是主帅，影视是随从；现在电视唱主角，成了主帅，文字成为图像的随从，在图像底下当个跑堂的，当一个小兵。第二，有时影视也可以丢弃文字，只有图像。它独立地创造出一种新的视觉审美文化，成为文学之外的独立的力量、独立的体系、独立的法则，持续地寻找和开辟自己的世界。"②

事实也正如我们前面所言，在当下这样一个视觉文化时代，小说与影视已经不可避免地建立起一种对话关系。对话要想取得好的互动与效果，双方需要具有一定的平等性，但事实上，小说与影视这两种艺术形式具有各自的独特性，正是因为这种独特性而维持它们各自存在的独立性与合法性，对话

---

① 凡一平：《理发师》，当代世界出版社2002年版，第6页。
② 杜书瀛：《文学会消亡吗——学术前沿沉思录》，中山大学出版社2006年版，第15页。

并没有建立在这样一个基础上，影视的霸权力量起着主导作用，由于影视的霸权力量，使得小说被挤压到了一种边缘化境地。小说受到巨大的伤害，日益失去其独立性与合法性，那么面对影视对作家以及小说文体的这种巨大影响，我们不得不追问：影视化时代，小说何为？小说是尽可能甚至无条件地改变自己，做出妥协与让步，一味迎合影视呢？还是应该保持自己的独立性？在著者看来，这一问题至关重要。

新世纪抗战小说在影视化方面表现得较为突出，实际上新世纪所有类型的小说都不得不面临影视化潮流的影响。这种影响是双重的，有利有弊，但在著者看来，其利自不待言，但其弊却必须引起足够重视与反思。在影视化潮流愈演愈烈的时代，我们不得不追问"小说何为"这样的问题。在著者看来，问题不是该不该影视化，而在于作为一个小说家应该如何创作好自己的小说，作为影视的编剧和导演如何创作出更好的影视作品。小说与影视这两种文体各有利弊，理性的态度是在发挥它们各自的优势，扬长避短，尽可能避免二者融合之后的不伦不类，尤其是小说创作，不应该完全向影视"投降"，它应该保持自己的独立性和优势。小说尽管在目前这个时代遭遇了巨大挑战，但是小说所具之长是不可抹杀的，是影视所无法取代的，作家应该有这样的自信。小说与影视在天平的两端孰轻孰重是不言而喻的。对小说家而言，从道理上讲他更应该看重小说，在创作中应该尊重小说的文体特点和创作规律，其实很多作家还是表现出了对小说的一定的自信。比如凡一平说："事实上，表面上看的确如此。那么我是不是应该感谢影视呢？不。为什么不？因为影视并没有给我带来真正的快乐。物质不是快乐吗？名利不是快乐吗？不是，我的本质告诉我不是。你的本质是什么？小说家。那么你的快乐在哪里？我的快乐在写作中。是这样吗？真是这样。"[①] 因此，正确的态度应该是坚持小说创作的规律，让其优势和特长能够充分发挥出来，让那些影视无法取代的因素被充分利用，让小说成为小说。

具体来说，就是应该坚持小说的思想性，坚持小说的语言魅力，坚持小说人物心理描写的优长，充分揭示人物复杂的内心世界。小说的巨大优势就在于语言的魅力以及它能够很好地揭示出人物复杂的内心世界，从而到达人性深处灵魂的拷问。人物的许多丰富的细腻的复杂的情感影视往往无法传达，

---

① 凡一平：《理发师》，当代世界出版社 2002 年版，后记。

第三章 文本转换：与影视的潜在对话

而小说却能够实现。影视在表达人物思想的时候不得不借助画外音，当这种画外音太多的时候就会影响其效果，而小说在这方面就可以充分发挥它的优势。有的小说甚至可以称为心理小说，像这样的小说影视就很难充分表达它所具有的效果。比如托尔斯泰的《战争与和平》，其借助语言所表达思想的力量是影视所无法完成的，因为在这部小说里作家有大量的议论性话语来表达他对战争、人性等的理解。仔细想一想，那些目前还没有被改编成影视的小说，它们往往具有这样一些特点，那就是它们在艺术形式上具有一些先锋性探索，比如何顿的《抵抗者》，作家调动了其全部文学才能，借用了现代派手法把结构和时间都有意打乱，其中还插叙了很多史料以增加作品的真实性，而这些对于电影很难完成。邓贤的小说《帝国震撼》中一些纪实性材料也使得电影无法展现。有些小说的心理分析非常到位，比如朱秀海的《音乐会》以及陈昌平的《汉奸》等。朱秀海的《音乐会》采用儿童视角和第一人称进行叙事，日记体的表达，对人物意识和心理的充分展示等，这些都发挥了小说作为文字的优势。

这里我们可用陈昌平的小说《汉奸》中的一个细节予以说明，这个细节所表现的人物心理、思想情感以及人性深度，如果通过影视就很难传达，而当我们通过阅读小说，就会给我们带来极大的心灵冲击。陈昌平的《汉奸》中的故事发生在1945年的大连城子疃，由于驻守在此的日本军队中一个叫田中敬治的队长爱好书法，于是就改变了一个普通老者的命运轨迹。老者叫李徵，出身于官宦世家，满腹学问，书法造诣深厚，于是田中敬治就去拜他为师，请他去日军据点教其书法。尽管李徵一百个不愿意，但是在刺刀威逼下，在生存的诱惑下，他却不得不如此。小说的整个情节由李徵数次去据点教田中书法而组成，小说的精彩之处就在于展示了这样一个老者所面临的困境和内心的挣扎。比如小说中有这样一个细节描写，给人留下深刻印象，让人五味杂陈。一次，李徵从鬼子据点出来，临走前，田中给了他四个包子。一出据点，李徵就难住了，手里的四个包子就像四个炸弹。这时他想起了饿死不食周粟的历史故事，默念一遍，即把手里的包子朝路边一扔。其中一个包子破了馅，不远处一条狗奔来，李徵和狗同时抢包子，黄狗叼走了一个，李徵保住了剩下的三个。李徵想到妻子的干瘦和蠕动的喉咙。他进行了一番内心的挣扎，小说写道：

这是周粟吗？这是城子疃的包子啊！包子外面的白面是东北的，包子里面的肉是东北的，包子里面的菜是东北的……这不是周粟，这是东北的包子，而且还是城子疃的包子。城子疃的包子，落到日本人的手里，就是日本人的包子了？！那城子疃落在日本人手里，城子疃就是日本人的了？！东北落在日本人手里，东北就是日本人的了？！空气里还飘动着日本人喘过的气儿呢，那我们中国人还能憋死啊？！李徽定然不吃包子，但是他不该让生病的老伴跟着受苦啊！

炮楼子不是盖在中国的土地上吗？炮楼子不是中国人盖的吗？田中是日本鬼子，穿军服的时候是，穿和服的时候就不是啦？大靴子是汉奸，他在炮楼子里是汉奸，他不在炮楼子里就不是汉奸啦？李徽不是汉奸，他在家里不是汉奸，他不在家里就是汉奸啦？是不是，在乎心而不在乎身在何处……这一会儿工夫，捧着三个包子的李徽把前一段时间困扰自己的难题突然想明白了，心里淤积的苦闷也慢慢化解了。①

最后李徽还是左右看看，发现并没有人注意他。他把包子上的沙尘吹一吹，拂一拂，然后掖在衣服的下摆里，回家了。这段描写无疑是直逼人心的，是一种含泪的微笑，但你却无法笑出声来，尽管这里面有阿Q的影子，但你却无法鄙视这所谓的国民性。这段话看似主人公的独白，但却具有了复调的意味。主人公仿佛在向另一个人说，又好像在向另一个自我在说，主人公被两种声音撕扯着被分裂成两个自我，主人公的作为一个整体被分成两半，一半是身，一半是心，身心共有才是一个完整的人，但是主人公却愿意将其分开，他希望有一个身体的自己，还有一个心的自己，这两者可以不必统一，只有分离了，才能证明自己行为的合理合法性。主人公反复在和自己辩驳着，和自己对话，和自己纠缠，对自己质疑，又对自己肯定。最后达成了和解，内心的冲突得到暂时的自欺欺人的一致。这冲突来自哪里？来自精神与物质的无法弥合，来自肉身的需要和传统文化理念的阻止。由此昭示出这样一个问题：当物质无法承载肉体，尊严与气节又将建立在哪里？

小说下面接着进行了这样一段描写：

---

① 陈昌平：《汉奸》，《人民文学》2003年第8期。

他讨厌关东州,讨厌"满洲国",讨厌连年的战争,甚至讨厌自己的国家和支撑这个国家的几千年的文明。积健为雄的华夏文明、厚德载物的历史传统、仁义孝悌的儒家学说、八方来仪的天朝帝国,在蕞尔东瀛面前,却如皮囊之于尖锥,先是割地赔款,最后是屈辱偏安,不仅是斯文扫地,简直是无地自容啊!在连年的战乱面前,李徵为自己的祖国和家乡遭受的踩躏而悲愤,这种悲愤既表现为对列强的憎恨,又转化为对自身的抱怨。有时候,李徵也逼问自己,在列强和危难面前,一个国家的文明如果不能保护自己、拯救自己,那么这个国家的文明还值得自己去珍惜和拥护吗?!书架上层层叠叠的书籍,在李徵眼里变得可疑进而可憎起来了。①

艰难处境会让人清醒,催人反思,李徵的生活由于日本人的侵略,尤其是田中的介入而被改变,作为一个传统文明修养极高的人,他不由得进入了追问与反思。这段文字揭示了李徵这样一个读书人在战争面前的无奈与挣扎,面对自己国家的被侵略而痛苦的反思,尤其是上升到对中国传统文化的反思,对中国传统文化的质疑,因为这个文化并没有阻挡其被侵略,那么它的价值在哪里?而作为一个读书人当对自己的文化发生质疑时也是对自身作为主体性的质疑,是自身身份危机的象征。像小说中这样的心理描写和语言的思想力就很好传达出人物内心深处的复杂声音,而这样一种魅力和力量影视是很难达到的。我们阅读上面这两段文字所获得的审美感受和心灵冲击是观看影视所无法达到的,或者说影视根本无法传达出这样的语言描写。

事实上,尽管有很多作家表达出了对小说的不自信和对影视的亦步亦趋,但是也有很多作家对小说充满了自信,而且有意识地拒绝影视对文学写作的入侵,他们努力保护语言文字符号不同于声像符号所作用于人的精神生活的那种独特性。我觉得这样一种心态和做法是值得汲取的。小说家应该树立起自己对小说的自信,不受影视的蛊惑,一心创作小说,不用考虑它的可改编性,而能否改编和怎样改编交给编剧导演们,使得小说和影视都能发挥各自的优势和特长,只有这样才是更加理性的态度。在这方面,莫言等几位作家做出了榜样。

---

① 陈昌平:《汉奸》,《人民文学》2003年第8期。

莫言说："许多作家开始触电，我对此一直保持高度警惕，我认为写小说就要坚持原则，决不向电影和电视剧靠拢，小说跟电影、电视剧的关系，我认为应该各走各的路，然后偶然在某一点上契合，生出一个作品。小说家应该千方百计地逃离影视。"① 阿来也说："在写作中，我从来不考虑电视剧的因素，小说就是小说，好小说不应该去靠近电视剧，而应该保持距离。"② 苏童也始终坚持："我写小说之前不会考虑能不能改影视。专门为影视而写的小说，我认为是不能成功的。"③ 周大新则认为："作家触电是一种短视行为，这种行为必然会伤害到小说的创作，而且会使真正喜欢看小说的那部分读者流失。作为一个有社会责任感的作家，还是要耐得住清贫甚至是默默无闻，从艺术的创作规律出发，认真写自己热爱的东西，坚守严肃小说的阵地，不要向影视俯首称臣。"④ 王安忆对小说更是充满自信，她说道："小说标志了一种神力，一种人的思维的神力，表明人的智慧，人的逻辑思维能够达到一个什么样的高度。而电影是非常糟糕的东西，电影给我们造成了最浅薄的印象。很多名著被拍成了电影，使得我们对这些名著的印象被电影留下来的印象所替代，而电影告诉我们的通常是一个最通俗的最平庸的故事。"⑤

事实证明，正是因为这些作家对小说充满自信，努力坚持自己的小说创作，才使得他们在中国当代文坛获得更大的成功。比如莫言就获得了诺贝尔文学奖，阿来、王安忆也获得了茅盾文学奖。如果没有这份对小说的热爱、坚持和执着，他们就无法保证小说的质量。因此，在这样一个影像化时代，一个小说家能否树立起对小说的自信，能否将自己的心思和精力用在探索和创作小说上，这将决定他小说创作的力度和深度。作家努力创作自己的小说，而能否改编、怎样改编的问题应该交给编剧和导演们，这才是我们应该采取的正确态度。

---

① 莫言：《小说创作与影视表现》，《文史哲》2004年第2期。
② 阿来：《和电视剧保持距离》，《羊城晚报》2005年7月21日。
③ 《三大作家谈多元文化冲击下的文学创作》，《新民晚报》2002年11月26日。
④ 杨宁舒：《小说创作"影视化"》，《黑龙江日报》2005年5月27日。
⑤ 王安忆：《心灵世界——王安忆小说讲稿》，复旦大学出版社1997年版，第21页。

第四章　主体形象塑造与建构中的对话精神

在巴赫金那里，对话具有本体论意义。他认为："生活就其本质来说是对话的——提问、聆听、应答、赞同等。人是整个地以其全部生活参与到这一对话中的，包括眼睛、嘴巴、双手、心灵、整个躯体、行为。他以整个身心投入话语之中，这个话语则进到人类生活的对话网络里，参与到国际的研讨中。"① 所以，人是在对话中确立自己的主体性和独特性的，同时人的主体性和独特性又成为不同主体之间进行对话的前提和基础。人类世界是由普遍差异性构成的，现实生活中的"我"都是独一无二和不可重复的，"我"的独异性以及与"他者"存在差异性构成了每个人的现实生活的状态。而"我"又与"他人"始终处于一种对话之中，人的主体性是在这种对话中逐步建立起来的。

对于小说而言，巴赫金在研究陀思妥耶夫斯基创作的时候提出了复调小说的概念，并且认为复调小说的对话是全面的，渗透到整个小说的各个方面，不只是表面的、结构上反映出来的对话，它还有更多的深层的和潜在的对话。巴赫金把小说的对话分为两大类：一是大型对话，包括人物对话和情节结构对话；二是微型对话，对话渗透进语言中，使得小说语言具有双重指向，变成了双声语。为此，有的学者认为探讨小说的对话可以从下面三种情况着手，一是人物对话，包括人物与人物之间的对话、人物内心的对话、作者与小说人物的对话；二是情节结构对话，通常表现为运用不同调子来建构小说情节，并体现结构的平行性，小说中的对比也是一种对话，小说中的人物对比、各种形象的对比、场景对比等都构成了一种对话；三是语言对话，即双声语，

---

① ［苏］巴赫金：《诗学与访谈》，白春仁等译，河北教育出版社1998年版，第387页。

主要有仿格体、讽拟体和暗辩体三种。①

在阅读大量的新世纪抗战小说之后，我们发现，很多小说与巴赫金关于复调与对话的理论非常契合，尤其是这些小说在刻画塑造人物、建构主体形象时充分体现了这些理论思想。任何小说都离不开建构主体形象，而抗战小说更是如此。因为抗战小说作为历史小说，它必然涉及诸多的历史论题。而"历史论题是人类生活中极其重要的元素。在历史中，人们形成并且反映了他们与其他人的认同感、归属感，以及与他者的差异"。②事实上，无论是国家、民族还是个人，都在历史文化的场景中，在自身不断的发展中，寻求自己的归属，不断建构自己的身份，尤其是在历史的危急时期，往往容易产生身份危机和文化认同危机。而抗战时期正是中华民族最危急的时期，中日之间的战争也正是一场反侵略与侵略的战争，这场战争影响深远，它涉及我们对异族日本的想象和认知，更涉及我们自身的一些困惑和追求。这场战争让中华民族以及每个个体不得不反思我们的主体性问题。因此，探究新世纪抗战小说中主体的建构问题也将变得很有意义，它关涉我们如何看待自己，如何寻求自己的道路，如何确立自己的独特性及其合法性，它也需要我们对日本有着更为理性的、正确的认知和理解，由此才能真正实现一种跨文化的较量和交流。抗战小说中涉及了诸多主体形象的建构，最主要的包括英雄与汉奸形象的塑造、国共两党两军形象的书写。那么，新世纪抗战小说是如何建构这些主体形象的？这些形象又具有怎样的蕴涵？对这些问题的回答将有助于我们更加全面深刻地认识和理解新世纪的抗战小说。本章试图从三个方面对其进行论述。

第一节　对话中的英雄形象

抗战小说是战争小说，而战争小说必然会涉及英雄形象的塑造问题。那么，新世纪的抗战小说是如何建构和塑造英雄形象的呢？对这一问题的回答

---

① 程正民：《巴赫金的文化诗学》，北京师范大学出版社2001年版，第60—65页。
② [英]柯林伍德：《历史的观念》（增补版），何兆武等译，北京大学出版社2010年版，序一。

也会涉及很多问题,比如时代精神,作家的历史观、英雄观等。同样,对这些小说进行研究和评价也必然涉及这些问题。就目前学界对"英雄形象"研究的现状来看,主要包括从宏观上研究英雄叙事的发展、人们英雄观的嬗变以及从微观上集中对某个或某类作品中的英雄形象进行解读。朱德发等著的《现代中国文学英雄叙事论稿》是非常重要的一部著作,该著作将宏观研究与微观研究结合起来,既有理论阐释也有个案分析。该著作理论上探讨了现代英雄理念在民族主义、启蒙主义、左翼文学、社会主义现实主义、两结合文艺、革命文学、主旋律文学这七种文学形态中的生成、内涵与形态;在实践上将英雄叙事分为晚清至五四运动、左翼至抗战、"十七年"至"文化大革命"、20世纪80年代、20世纪90年代至今这样五个时期,分别从总体状况、样态类型、个案剖析三个方面进行了具体的阐释与分析。周徐的博士论文《论新时期以来军旅小说的英雄嬗变》(山东大学2011届)从新时期初期的祛魅、20世纪80年代中晚期至20世纪90年代初期的消解、20世纪90年代中晚期以来的重构这三个时段和三个视角对英雄形象的嬗变做了梳理和论述,以此揭示了英雄形象发展的轨迹。孙向阳的硕士论文《当代抗战小说英雄叙事的转变——从"十七年"文学到"新时期"文学》(华东师范大学2009届)从"十七年"的高扬、新时期的重构这两个时段和两个视角集中对抗战小说中的英雄叙事进行了分析和论述。整体的宏观的研究成果集中体现于上述三个方面。它们也或多或少涉及了新世纪以来的一些抗战小说,但是总的来说,有针对性地专门探讨新世纪以来抗战小说的英雄叙事与形象塑造问题的成果基本没有,因此,我们有必要对这一问题进行更为深入的研究。以上研究所涉及的关于英雄形象的具体论述在很大程度上也适用于新世纪的抗战小说,但是与上述研究相比,本著意在探求英雄形象以怎样的形态出现在这些小说中,尤其是作家塑造这些形象的立场与方法,以及背后所隐喻的内涵。

结合以上研究成果,我们对抗战小说中的英雄形象塑造问题变迁过程可以做出以下概括。

"十七年"抗战小说中的英雄形象塑造问题在学界似乎已经基本达成一种共识,那就是这一时期从阶级的角度来塑造英雄人物,英雄的品质往往具有严格的规定性,英雄很少有缺点,他们始终具有正能量,他们具有高、大、全的神性特点,这一阶段强调的是"英雄"的人。因此这种书写具有较强的公式化、概念化和理想化的特点。

新时期抗战小说开始解构前一阶段的英雄形象，试图从人性的角度透视英雄，将他们从神性中解放出来，强调"人"的英雄。在这样一种理念的主导下，英雄更加个人化、个性化且具有复杂性。随着生活的日益世俗化，这种对"英雄人性化"的还原和书写也走入极端，直至消除了英雄与凡人的界限，这在一定程度上也解构了英雄主义的内涵，出现了"英雄荒芜路""英雄已死"的境地。

而新世纪以来的抗战小说在英雄形象的塑造上既是对"十七年"抗战小说中英雄人物的某种反驳，同时也是对新时期抗战小说中英雄人物形象的某种延续，而且在解构英雄的同时重新建构英雄，恢复英雄主义和理想主义情怀。概括地说就是将"英雄"的人和"人"的英雄结合起来，既突出英雄人物身上的优秀品质，同时对他们身上的一些弱点也给予揭示，由此使得这些人物形象更加丰满和真实。具体来说呈现出这样一些特点。其一，英雄主体的位移，从注重对符合主流意识形态规约的官方英雄的刻画转移到更多塑造一些民间英雄，从个体英雄的关注到对英雄群像的关注。其二，英雄特质发生了一些转变，更加注重英雄的人性化、个性化甚至矮化与丑化，解构英雄的倾向。其三，还要有一种声音强化英雄所具有的重要而可贵的品质，呼唤英雄主义，体现的是建构英雄的倾向。其四，塑造英雄的方法更加多样化，从单一到多元，从独白到对话。

对于新世纪以来的抗战小说而言，这些英雄形象变得更加真实与丰满，一方面他们具有普通人身上所具有的一些缺点，另一方面他们又的确具有普通人身上所不具备的或难以达到的英雄品质。由此更好协调了理想与现实、英雄与凡人之间的距离，增加了可信度，拉近了和读者的距离。比如《历史的天空》中的梁大牙、《亮剑》中的李云龙等英雄形象都有这样的特点。他们身上都存在一些问题和缺点，他们并非天生的英雄，也并非不食人间烟火。梁大牙出身卑微，自称无产者但不是流氓，常常口出粗话，不讲个人卫生，甚至参加革命动机也并非完全纯净和高尚，夹杂着个人的功利性和偶然性，缺乏组织纪律观念，等等。李云龙也经常犯错误，如长征时候因饥饿抢藏民的粮食，在战场上杀红了眼把战俘也一起杀掉。他的身上具有意气用事、感情用事、争强好胜等缺陷，比如在一次召开同日本人作战的战前动员会上，他竟脱口而出:"全团干部,只当自己是啸聚山林的山大王,大碗喝酒大块吃肉,论秤分金银。酒肉和金银是怎么来的?对了,是抢来的,不抢能叫山大王吗?凭什么鬼子汉奸吃肉喝酒?就得咱们喝西北风?咱们也得吃肉喝酒。鬼子汉奸有的咱们就得有,没有就抢他娘的。"这些言语具有杂语的性质,虽然通俗浅显、感性大胆,这种书写显然不符合主流意识形态思想对英雄形象的要求,但正是这样一种书写却更具有某种人性真实,因而能够博得读者的认同。

但是获得读者认同的更主要的还是他们身上所具有的英雄气质:艺高胆大、勇敢坚强、灵活智慧、忠诚守信等。正是这些品质区分了他们与凡人的一些不同,填补了时代缺乏英雄这样一个空白,满足了人们需要英雄精神的心理诉求。尽管他们有些缺点,但是他们终究是英雄。英国的卡莱尔说:"在无信仰的时代,人们目睹形势江河日下,满目疮痍,它很快就要转变为革命的时代。在革命年代,人们周围事物的混乱遭难,甚至土崩瓦解,将会停止,不再继续。英雄崇拜则是永恒的基石,人们将借此开始重建时代。尊崇伟人是人类历史剧变中有生命力的中流砥柱,也是近代革命史的一个不可动摇的基点,否则,它将变为一片深不可测和漫无边际的海洋。"[1] 新世纪以来的文化语境,正是一个信仰缺失的时代,生活的日益世俗化消解人的意志、理想与信念,物质的富有和精神的贫乏形成一种鲜明的对比,然而在内心深处,人们对精神的向往和追求却是始终存在的,对英雄的渴望也是不可磨灭的。正如尤凤伟所言:"人类所有崇高的精神都是不朽的,这包括英雄主义也包括其他如人道主义、人文精神等。如果不是这样,人类社会不就成为污秽一团了么?而现在,战争已离我们远去,成为历史。如同我前面提到的那本'老书',一度曾大放光彩的英雄主义也同样离我们远去,见不到踪迹。在没有战争的岁月里人们的精神将以什么作为支撑?当然有物质,且是渐渐丰富的物质,还有休闲和娱乐,有志者还有这样那样的理想与目标。但是,细琐的日益功利的生活已不可避免地使人们的精神变得困顿而纤弱,连堂堂的汉子都似乎成了没有筋骨的软体动物,少有人为正义而奋起,弱小者得不到应有的支持。我们的整个生活变得缺乏阳刚之气而死气沉沉。当然,我们不会由此

---

[1] [英]托马斯·卡莱尔:《论历史上的英雄、英雄崇拜和英雄业绩》,周祖达译,商务印书馆2010年版,第17页。

而呼唤战争，谋求以战争换来与其共有的英雄主义。但我们应该呼吁置身和平的当代人，在自己的魂魄中具备一种英雄浩气。这种英雄浩气的作用大到可以防止一个种族的退化，小到可以抗拒庸常生活对人精神上的磨损与腐蚀。总之，这是一个社会走向进步与健康不可替代的东西。"① 所以，任何时代英雄主义在某种意义上都具有永恒的意味，需要弘扬和倡导这样一种精神，而抗战小说更应该如此。

很多抗战小说注重英雄形象的塑造和英雄主义精神的弘扬，事实上，在麦家、龙一等人的谍战小说中，往往也能够感受到这种英雄主义情怀，这恰恰是这些小说动人的力量，否则仅凭故事情节、悬疑有趣等并不能打动人心。正如麦家所言："我发现英雄主义是连通作家和读者的一条比较短的暗道。写英雄，很容易抵达内心，因为人心里都有英雄情结。这些年我的成功其实比较得益于这一点，大家都抛弃英雄时我还在拥抱英雄。但我还是不断地告诫自己，你千万不能塑造一个20年前、30年前那样的英雄，你笔下的英雄首先是真实的、动人的，不是机器人，而是有血肉的、有缺陷的。"② 麦家的作品里常常会塑造那些崇高而又真实的英雄，他们充满着理想信念，并且能为真正信念付出巨大牺牲，这是和平时期长期陷入物质主义的人们所难以企及的。

小说《风声》将故事背景设置在抗战时期残酷而危险的间谍与反间谍斗争中，悬念是在吴志国、金生火、李宁玉、顾晓梦四个主角中找出一个"叛逆者"，在日本军官龙川肥原的监督下，四个人互相"检举揭发"，各自在寻找"托词"或是否"供认"之间殚精竭虑，这里有肉体上的严刑拷打，有精神上的煎熬折磨，各种严酷考验把人的存在推到了绝境，是选择背叛的苟且偷生还是选择忠诚的赴死就义，当事人必须做出选择。主人公李宁玉最后以死的代价换取了重要情报的传送。这也是那个时代无数革命者所选择的道路和付出的牺牲的某种缩影，因为革命的信仰和理想在支撑着他们。这样的一种书写进而达到了麦家所宣称的写作《风声》的动因和目的："我写《风声》，从故事层面上说设计的就是一个惊险的逃逸魔术，但从意义上说，我想通过'密室和囚禁之困'考量一个人的智力到底有多深，丈量一个人信念的力量到底有多大。我希望在一种惊心动魄的心智较量中，为人性那无法度量的边界下一个

---

① 尤凤伟：《战争·人性·苦难——中短篇小说集〈战争往事〉后记》，《当代作家评论》1997年第1期。
② 麦家：《文学的价值最终是温暖人心》，《文艺报》2012年12月12日，第2版。

'我'的注脚。人生多险,生命多难,我们要让自己变得强大,坚忍、有力、坦然、平安、宁静地过一生,也许唯一的办法是把自己'交出去',交给一个'信仰',它可能是一个具体的人或组织,让这个你终生信仰的'人'或'组织'陪伴你,与你同呼吸,心连心,让你变得坚强,变得宽广,敢于去承担,去挑战,去赢得。"①

徐贵祥《历史的天空》的成功之处和动人之处就在于英雄人物梁大牙的塑造与书写上。小说中的梁大牙是一个带着很多缺点和问题的"草根",这样的人是如何走上革命道路并成为英雄的呢?小说重点描写了他的成长过程,在这一过程中完成了对他的启蒙。这一启蒙是由杨司令所代表的中国共产党来完成的,这篇小说由此具有了巴赫金所提出的"教育小说"的特点和魅力。在巴赫金看来,"教育小说"首先必须严格区分人的成长这个重要因素,在这里,"小说的主人公是不定型的,主人公生活和命运的全部因素是个变数,主人公本身的变化具有了情节意义,他与世界一同成长,他自身反映着世界本身的历史成长,他已不在一个时代的内部,而处在两个时代的交叉处,处在一个时代向另一个时代的转折点上。这一转折寓于他身上,通过他完成。他不得不成为前所未有的新型的人"。②梁大牙的被启蒙以及他的进步、发展、变化本身又构成了小说的矛盾冲突、悬念和主要情节。比如梁大牙在一次对日作战中表现勇敢、杀敌较多,并且负了伤,之后杨庭辉司令召开支队领导开会,商量提拔梁大牙,于是产生一些矛盾,以张普景为代表的部队干部对于梁大牙的绿林好汉行径极为不满,这一矛盾始终伴随着梁大牙的每一次提拔和晋升。比如,由于恋上东方闻音而因此惹恼得罪了一直暗恋着东方闻音的主持特委工作的副书记江古碑,这一矛盾也贯穿始终。比如,杨司令对梁大牙既爱护又包容,也会及时地对他教育和提醒。有一次,梁大牙因为要被提拔为陈埠县大队长,高兴之余在杨司令面前爆粗口称老子,杨司令借此机会好好教训了他。杨庭辉沉下脸,严肃起来:"梁大牙同志,我必须提醒你了,你现在是八路军的指挥员了,老百姓的习气要改。我们八路军是一个有着高度组织纪律的武装集团,不能仅凭意气用事,不能说高兴了想打就打。大队长要像个大队长的样子,要动脑筋。你明白吗?"类似这样的话语和行

---

① 麦家:《历史就像从远处传来的"风声":谈小说〈风声〉和电影〈风声〉》,《躬耕》2009年第11期。
② [苏]巴赫金:《小说理论》,白春仁等译,河北教育出版社1998年版,第232页。

为，小说进行了多次描写。

在这里，梁大牙的被启蒙充分说明了革命斗争的复杂性，也充分证明了中国共产党在抗战过程中所提出的联合民众、调动民众积极性政策的合理合法性，证明了中国共产党在抗日以及革命过程中的理论基础、指导思想、工作方法的先进性、优越性以及党员的优秀品质，当然，这并不排除可能犯的错误，比如梁大牙在"纯洁运动"中差点丢了性命的问题，但最终党还是能力挽狂澜、自我更新，取得革命的胜利。

小说《亮剑》中，田雨爱上了英雄李云龙，但是遭到家人的反对，于是小说设置了她和母亲沈丹虹之间的一段对话，借助人物之口来涉及关于什么是英雄的问题。

"田雨，请你告诉我，为什么要嫁给这位李先生？说说你的理由。"

"妈妈呀，他是个英雄呀，我崇拜他，喜欢他，而且他也喜欢我，尊重我，这就够了，这难道不是理由？"

"太抽象了，你懂什么叫英雄吗？我认为一个人能够通过自己的努力和行为造福于人类使世界能走向光明，这或许可以称为英雄。譬如希腊神话中普罗米修斯为人类送来火种，使全世界得到温暖和光明。你这位李先生在战场上也许是一个能征善战者，但这能说明什么？为了一党一派的利益即便是鞠躬尽瘁，血染沙场，充其量不过是他一党一派的英雄，别的党派会认为他是英雄吗？仅仅是党派间政治见解有分歧或者是政治利益的不均，就在战场上刀兵相向，大动干戈，动辄便是数百万人的厮杀，而且是同一种族间的厮杀，这有意义吗？这就叫英雄？"

"妈妈，他是抗日战争中的英雄，当我们的民族受到侵略和奴役的时候，就是这些民族英雄用血肉之躯抵抗了敌人，夺回了我们民族的尊严，这些在战场上与敌人以命相搏的人如果不是英雄，谁是英雄？"①

可以说，这对母女对话，其实是自由主义与民族主义的对话，抗日战争是一个多元杂语的历史事件，有着多种思想的交集。抗日英雄是不是英雄？从民族主义的角度而言，这几乎不是个问题，但是如果从人道主义和自由主

---

① 都梁:《亮剑》，人民文学出版社2008年版，第112页。

义的立场来看,这种战场上杀来杀去以夺取人的生命为成绩的人不可能是英雄。这样一种对话就给予英雄多元化的理解,它至少造成了我们对一些习以为常的问题的巨大冲击,在这种冲击中让我们更全面多元地打破思维定式,去思考一些问题。只有通过这样的对话才能呈现出它的复杂性,达到更好的理解。事实上,正如"英雄"一词一样,很多问题都具有复杂性和矛盾性,对话有利于打破单一思维的局限,使真理在对话中得以显现。

第二节 "伪汉奸"形象解读

几乎所有的抗战小说都离不开对"汉奸"这一人物类型的书写与塑造,其原因首先在于在中国的抗日战争中的的确确出现了太多的汉奸,从层次方面上至高级官员下至一介草民,从身份上囊括了知识分子、农民、工人、商人等各色人种。据有关资料粗略统计,全民族抗战时期,仅铁杆汉奸就至少有60万人。汉奸现象的存在是中国当时政治、经济、文化等多方面问题的综合反映,是整个社会困境的产物,值得深入重复地去写。因此,汉奸成为所有抗战小说中都不可或缺的元素,他们凝聚了作家多重思想与情感的表达,以至于形成中国的战争小说中特有的"汉奸"现象小说。房福贤在其论著中具体论述了新时期的"汉奸"现象小说,在他看来,新时期之前的抗战小说中,汉奸仅仅是作为一定话语系统中被简单否定的符号而存在,对其态度往往仅仅局限于一种道义上的憎恶情感,而少有文化层面上的深刻反思,而新时期以来的抗战小说则对"汉奸"现象进行了文化层面的反思。他以叶楠的《淹没不了的往事》、刘金忠的《故渎》、尤凤伟的《生命通道》、辛列平的《汉奸》等抗战小说为代表,探讨了汉奸产生的原因和危害,从文化素质低下和家国观念模糊混乱这样两个层面对这些小说中的汉奸书写进行了解读。[①] 应该说这些论述是准确的深刻的,也为我们进一步解读新世纪以来抗战小说中的"汉奸"现象提供了启示,奠定了基础。

如果这些论述符合实际的话,那么我们自然面临这样一个问题:新世

---

① 房福贤:《中国抗日战争小说史论》,黄河出版社1999年版,第290—297页。

纪的抗战小说对汉奸的书写和态度发生了怎样的变化呢？在著者看来，这种变化是明显的，也是值得关注和警惕的。新世纪以来的抗战小说对汉奸的书写呈现出这样一些变化。首先，从对汉奸描写的视角来看，新时期之前停留在情感上，新时期建立在文化上，那么新世纪则从人性上展开。其次，从对汉奸的情感态度上，新时期以及之前的抗战小说能够使我们明确感受到作家的鲜明态度，那就是对汉奸的憎恶、否定、痛斥甚至丑化，而新世纪以来这种态度则变得模糊暧昧，夹杂了太多的"理解之同情"，于是给人一种如李国文先生所批判的"好汉奸"论的感觉。最后，对汉奸的书写策略上也发生了很大变化，如果从巴赫金对话理论出发，那就是由独白转向了复调。新世纪以来抗战小说中的汉奸被赋予了更大的主体意识，他们甚至是思想者，拥有思想的权利和为自己辩驳的权利，"让他们站出来说话"成为一个重要特点。

新世纪抗战小说对汉奸形象的书写之所以发生这样的变化，究其原因有二，一是从表层上来看，是作家书写视角的变化，正如我们前面所说的，作家脱离了政治的、阶级的、意识形态的潜在规训，而从人性人道主义的角度去看待问题，那么很多问题便不可能像小葱拌豆腐那样一清二白，很多事情变得更加复杂。二是从深层上来看，作家的这种转化标志着社会语境的变化，我们的社会在某种意义上取得了更大的进步，处在一个多元文化的语境下，这样一种语境具有了民主的意味，可以承载多种声音，可以平等对话。那么这样一些变化的具体表现是怎样的呢？我们可以通过几部代表性的小说为例，充分说明这个问题。

凡一平的中篇小说《理发师》将一个平凡的小人物理发师陆平的个人遭遇置于抗日战争的大背景下，通过其人生起伏、命运流转思考战争状态下的人性生态。陆平本来是上海一理发店的理发师，日军进攻上海，一日本士兵闯进理发店，奸污其师傅的女儿，恰好被其撞上，他用手中的剃刀杀死了这个日本人。于是不得不逃命，投奔和顺县的理发店老板宋丰年，他是自己师傅的师兄。而和顺县被日军占领后，陆平被迫为日本人理发，这只同样的手曾经杀过日本人，但在这时却给日本人理发、刮胡须、按摩。日军投降后，陆平却因给日本人理过发而被当作汉奸进行处决，幸亏其情人宋颖仪的解救才保住了命。小说的这样一种书写无疑是深刻的，同样一个人在相同的境遇下可能会做出不同的选择，有时会勇敢，有时也会懦弱，它揭秘了人性的复杂性，留给人们的思考是陆平应不应该被界定为"汉奸"，普通人有没有权利选择自己的人生？

陈昌平的中篇小说《汉奸》以"汉奸"命名并且深刻探讨了这一指称的复杂意味。正如我们前面分析论述的那样，小说中的主人公李徵，出身于官宦世家，满腹学问，书法造诣深厚，由于田中爱好书法便去拜他为师，请他去日军据点教其书法。尽管李徵一百个不愿意，但是在刺刀威逼下，在生存的诱惑下，他却不得不如此。小说的整个情节由李徵数次去据点教田中书法组成，小说的精彩之处就在于展示了这样一个老者所面临的困境和内心的挣扎。尽管在这个过程中，他由外甥指引为八路军探听了鬼子情报，为抗战做出了贡献，但战争结束，由于这样一段经历而被指认为汉奸，最后被枪决。事实上，体现了作家的人性关怀，它提醒我们理解任何事物要避免绝对。

同样，梁晓声的长篇小说《懦者》也塑造了一个并非真正意义上的"汉奸"王文琪这一人物，体现了这一特点。由于发表时间不长，还没有引起学界的足够重视，目前还没有关于这部小说的相关评论。这部小说的故事发生在抗战后期的1944年，以藤野为队长的一小撮日本侵略者对华北平原的一个叫作韩王村的小村庄进行"扫荡"。为了挽救莽撞的乡村少年韩柱儿，小说的主人公王文琪在情急之中对日军讲了日语而暴露了自己的特殊身份，在此之前人们只知道他是一名普通村民同时是孩子们的老师，其实他是名医后代，家境显赫，曾留学日本并获得了博士学位，对日本文化非常精通。这样，他就被日军带走。被抓后，王文琪利用自己留学日本、精通日本文化以及会讲日语等优势，说服鬼子回到韩王村，回村之后，王文琪向敌后武工队的罗队长以及村长韩成贵等村民讲述了经过，最后他向他们坦言：

我确实是要进一步去讨好藤野那厮。而且希望能一而再、再而三地去讨好他。我觉得就得有一些我这样的人假装着去讨好鬼子，逐步取得他们的信任，争取被他们看成是大大的良民。如果有了我这样的人，当鬼子们又要杀害我们的同胞时，我也许可以凭着我似乎在为他们考虑的假相，凭着讨好的话语，将我们同胞的生命挽救下来。而且呢，我通过与他们的接触，还能了解到他们的行动打算，提醒武工队和乡亲们防备在先，少受损失。我这么做，无非有可能被不了解我良苦用心的人误视为汉奸,但利弊相较,我觉得利还是大于弊的。在此国难当头之岁月,我一个书生型的男人,两手无缚鸡之力,用刀枪来杀敌的勇气我没有,但是我早就想为抗战有所作为了,我觉得这样更适合我去做。①

王文琪的这样一种请求最终得到了敌后武工队的同意和许可,问题是接下来所发生的一系列事件,却无法证明王文琪的所作所为到底是真还是假,他的真实身份越发变得模糊难辨,让人感到困惑,村民们甚至包括村长韩成贵也起了疑心。他就这样一方面违心地和鬼子周旋为此还忍受不少苦楚和屈辱,同时又不得不忍受村民的误解甚至仇视,其处境越发艰难。更重要的是除了他自己,谁能真正证明他不是汉奸?或者说他这样的一种所谓的忍辱负重、苟延残喘、以柔克刚的行为值得吗?就连因他而获救的韩柱儿都始终耿耿于怀,觉得这样做简直是可耻的。

小说的精彩之处就在于叙述了王文琪如何在鬼子那里忍受屈辱并与他们斗智斗勇地周旋,同时又如何忍受包括村长在内的村民们的不信任。尽管在后来的斗争中,王文琪亲手砍下了日军长官池田的头颅,但是并不能总体改变他的"懦者"形象。有过这样一段经历的王文琪命运如何呢?在国民党的"肃奸""锄奸"运动中,他差点被枪决,幸亏罗队长的及时解救。在"反右"运动中,他由于暴露出了可耻的历史问题,不仅被打成"右派",而且又有了"汉奸"的嫌疑。"文化大革命"时期又被武斗了一番,但最后一切问题还是得到了澄清。这样的书写显示了历史的吊诡,同时也同样在说明甚至警醒,当我们去界定一个人去审判一个人时该如何谨慎,否则,历史的冤案将会永远重演。

那么,新世纪抗战小说对"汉奸"这种复杂性的多元认识以及暧昧的态度又是如何表现出来的呢?在这里,巴赫金的对话理论为我们提供了一把钥匙。在巴赫金看来,对话体现人性的复杂性,人性的复杂性经由对话来表现,人性的多面性经过内在的矛盾对话聚结在个人身上,塑造了具有丰富、立体质感的个人特质,人类自身就是矛盾对话的结合体,人性的复杂也就体现在善恶交织的矛盾对话中。

---

① 梁晓声:《懦者》,湖南文艺出版社2013年版,第56页。

比如，赵冬苓的小说《中国地》中塑造了汉奸陈庆升的形象，小说赋予了陈庆升强烈的自我意识和表达权利，让其充分表演"汉奸言论"，为此，小说设置了很多对话场景。比如与岳父赵老嘎及小舅子赵永志的家庭对话。

永志：姐夫，东三省也是中国的领土，也不能让给日本人啊！
陈庆升：政府有政府的考虑，我们一般民众懂什么？懂外交吗？懂战略战术吗？
赵老嘎：庆升，你在县里，有什么风吹草动，早点回来打个招呼。
陈庆升：爹，您不过是一介草民，就算日本人来了，老百姓该咋过日子还咋过日子，用不着担心的。①

再比如陈庆升和许三骨棒的对话。

陈庆升：想给老百姓干点实事咋就这么难？你说俺咋就这么死性子？这么跟日本人死扛着，有啥好处，最后遭殃的还不是老百姓？
许三骨棒：不扛着，能咋样？
陈庆升：俺爹就是个凿，不读书，不懂历史，就知道死守着眼前那一亩三分地，也不想想，历朝历代，皇帝轮流做，那土地还不是那块土地？谁做了皇帝，是能把那地带走，还是能让那地变个颜色？②

诸如此类的对话场景和言论还有很多。这样一种对话其优点是让汉奸自我暴露其谬论思想及丑行嘴脸，但是正是在这样的对话中让思想、道理的另一方面也得以呈现，在比较中完成真理的诉求，但在比较中也削弱了真理的绝对权威。

同样，小说《懦者》里面也穿插了很多对话。小说由两个对话场景构成，一个对话场景是鬼子据点，在这里，王文琪与诸多鬼子斗智斗勇展开一系列对话，尤其是与老鬼子池田大佐的对话，通过这些对话完成了对战争、人性、文化等命题的思考和见解。另一个场景是王文琪回到韩王村与村长韩长贵的

---

① 赵冬苓：《中国地》，湖南文艺出版社2011年版，第51页。
② 赵冬苓：《中国地》，湖南文艺出版社2011年版，第268页。

诸多对话，这些对话更多地传达了韩长贵所代表的村民对王文琪的猜疑以及王文琪的辩白，试图表明呈现事情的真相。王文琪的真实想法和实际遭遇必须借助另一个人物得以诉说与澄清，但是在对话中我们却又感觉到了真理越辩越糊涂的悖论。比如小说的第八章整个由王文琪与韩成贵的对话构成，在这里，对话表现了矛盾，组成了情节。尤为重要的是，通过对话，我们能够感受到主人公王文琪内心的委屈、挣扎与焦虑，凸显了作家的人性关怀。小说有这样一段描写和对话。

  转眼村口只有王文琪与韩成贵二人了。王文琪因韩大娘对他的态度也那么冷，望着韩大娘背影，心里别提有多么的不是滋味。
  王文琪无奈地说：我担心的就是这样的事。
  韩成贵：哪样的事？
  王文琪：乡亲们对我发生了误会。
  韩成贵：如果全村没有一个人对你发生误会，你觉得正常吗？
  王文琪：那么，听起来你也对我有误会了？
  韩成贵：究竟是不是误会，只有日后的事实证明了……①

  接下来，小说叙述了韩成贵如何指导王文琪向党组织写汇报材料以证实自己的清白。小说塑造了一个尊重自己个性但又缺乏勇敢而懦弱的小人物，如何在敌方承受委屈甚至耻辱，又如何在友方申诉自己的清白，这样一种对比书写具有张力，呈现了事物的复杂性和真理的模糊性。

  由此我们发现，新世纪描写汉奸的抗战小说都有一个共同点，那就是更多从人性的视角来看待和审视汉奸及其所代表的现象，于是问题变得复杂起来，对于如何界定汉奸，对于如何处置汉奸这些本来很明确的问题一下子变得模糊起来。因为人性是丰富的复杂的，也是最重要的。当作家抛弃头脑中固有的关于"汉奸"的理念，将其还原成一个具体的人，当然他们首先也是一个人，这一类人物的复杂性便呈现出来。从人性的角度而言，人与人之间是不可能完全相同的，所谓世上没有两片完全相同的树叶，人更是如此，不论从高矮胖瘦的外在形态，还是从内在的思想品性，有人勇敢就有人懦弱，有

---

① 梁晓声：《懦者》，湖南文艺出版社 2013 年版，第 200 页。

人忠诚就有人背叛,有人敢于承担就有人逃避责任,等等。无论什么时候,现实社会都是由这些具有多元差异的个人组成的共同体,因此,面对同样的生存处境,不同的人就可能表现不同,个人的选择也就相异。更不用说有人在这种情况下可能很勇敢,而在另一种情况下又有可能很懦弱。由此说来,那种要求所有人整齐划一的律令是否显得残酷而不尽合理,这不能不说是作家面对的深层次思考。

而这三部小说在更大意义上就突出显现了这一点,它们的共同点就是从人性的角度而言凸显了"勇敢"一词和品质对人的区隔,正是在这个意义上有了英雄与汉奸的分野。所以英国学者托马斯·卡莱尔认为,英雄最重要的品质就是勇敢,他为此呼吁"必须做一个勇敢的人,勇敢是人的责任,是永久的责任,古今同理。勇猛仍是有价值的。一个人首先的责任是征服恐惧。人们必须摆脱恐惧,否则一事无成。一个人不把恐惧踩在脚下,那么,他的行为就是奴性的,不真实的,而且是华而不实的,他的思想是虚伪的,他所思所想也如同奴隶和懦夫。一个人战胜畏惧的程度将决定他是怎样一个人"。① 相反,汉奸最大的弱点是懦弱,他们是一群"没有骨头的男人"。而这三部小说则表现出了对小人物的关注与尊重,对他们身上的懦弱表现出理解和同情。

事实上,无论是《理发师》中的陆平,《汉奸》中的李徵,还是《懦者》中的王文琪,他们都并非真正意义上的汉奸,他们只是战争背景下缺乏勇敢精神力求活命的小人物,面对困境,他们陷入了存在主义者所言的"不得不选择"的困境,这种选择是无奈的也是痛苦的,他们对此也是有着清醒的认识的。这样的书写隐喻着生活的另一种可能,面对屠刀,并不是每个人都能做英雄,那么弱者有没有理由选择自己生活的智慧和权利以及某种应对困境并不高尚的方式?由此,这些小说的风格不再是血雨腥风、剑拔弩张,而带有更多的人性的温暖与感动。

由此也带来了另一个悖论性问题,这样一种书写消解了英雄、正义、勇敢、担当这样一些人类所追求与弘扬的重要品质,难道面对民族压迫、同胞的被残杀,一个人为了生存竟然会苟延残喘、背信弃义而沦为汉奸吗?这样,

---

① [英]托马斯·卡莱尔:《论历史上的英雄、英雄崇拜和英雄业绩》,周祖达译,商务印书馆2010年版,第37页。

问题也变得复杂起来，这似乎是人道主义本身就面临的无法克服的悖论，正如正义的革命与战争，它同时又必须伴随暴力与牺牲。如何看待这个问题也正区分了每个人的立场与思想。

事实上，看待任何一个问题都不能从单一的视角出发，否则就会陷入蛮横与专制，这也正是巴赫金对话理论所体现出的重要的人文思想。巴赫金力主跳出人们过去所习惯的二元对立的思维定式，从宽容对话的角度重新看待世界，"既要避免从包罗万象的一出发进行思维，同时也要避免将一切事物化成一连串的二元对立。不要辩证法的非此/即彼，而要对话主义的既/又"。①所以哈贝马斯也强调"对差异十分敏感的普遍主义要求每个人相互之间都平等尊重，这种尊重就是对他者的包容，而且是对他者他性的包容，在包容过程中既不同化他者，也不利用他者"②。

所以，人文主义往往教导人们要具备容忍差异的多元价值取向，不是消极追求单一的共同价值规范，而是积极地对多元与多层的价值取向的容忍和接纳。正如我们如何看待天才与庸才这个问题，很多伟大的思想家也都表现出一种深刻的思想悖论，这是一种现代性的危机的表征。我们通常认为理想是好的，但是有时它也给人类带来灾难，有多少罪恶借理想之名义？我们通常认为天才是重要的，但又有多少天才给人类带来灾难？所以有人肯定了庸常人物的重要性，卢卡奇就认为："他们代表了一种可以称之为'中间道路'的历史观。世界之所以没有在一次次的危机中毁灭，是因为即使是最惨烈的危机也还没有让所有人都无一例外地参与到疯狂的党争之中。大部分人总是怀着摇摆不定的同情心，站在两个阵营之间。这种摇摆不定的同情心在危急中往往扮演着决定性角色。从最直接的意义上讲，恰恰是庸常之人的犹豫和同情避免了国家或民族的衰微或毁灭。更重要的是，庸常之人对日常生活的延续为文化的延续和发展提供了基础。"③

其实，看待这个问题，我们更应该从文学以及小说的角度而言。那就是对于历史的叙述，作为一种体裁的小说的不同和优越性在哪里？小说难道应

---

① ［美］克拉克、霍奎斯特：《米哈伊尔·巴赫金》，语冰译，中国人民大学出版社1992年版，第14页。

② ［德］哈贝马斯：《包容他者》，曹卫东译，上海人民出版社2002年版，第43页。

③ 李茂增：《现代性与小说形式》，东方出版中心2008年版，第221页。

该和历史学著作以及其他社会科学著作一样吗？如果这样小说的存在理由又是什么？米兰·昆德拉认为："小说是对这个被人遗忘的存在的勘探，小说的永恒精神就是它的复杂性，小说作为建立在人类事物的相对与模糊性基础之上的这一世界的样板，它与专制的世界是不相容的。这一不相容性不仅是政治的或道德的，而且也是本体论的。专制的真理排除相对性、怀疑、疑问，因而它永远不能与我所称的小说的精神相调和。"① 正是在这样的基础上建立了小说所具有的伟大力量："这种力量是承受人生的相对性和道德模糊性的力量，就是个体偶在的喃喃叙事，小说围绕某个个人的生命经历的呢喃与人生悖论中的模糊性和相对性厮守在一起，陪伴和支撑每一个在自己身体上撞见悖论的个人挨过被撕裂的人生伤痛时刻。"② 这或许正是新世纪抗战小说对汉奸现象如此书写所具有的重要的启示意义。

第三节　对比中的国共两党两军形象

前面我们说过，如果从抗战小说所描写的抗战主体来看，新世纪抗战小说可以分为两大类，一是官方抗战，二是民间抗战。新世纪以来描写民间抗战的小说进一步增多，对于它们，我们将在后面重点论述。这里先谈官方抗战，如果就官方抗战而言，我们自然就会面临共产党抗战与国民党抗战，这样的书写中自然会涉及关于国共两党两军的形象塑造和书写。从抗战小说的历史来看，这种书写经历了这样一些变化。

首先，在战时阶段，由于抗日民族统一战线的需要，国共两党必须团结一致共同抗战，事实也确实如此，前者承担正面战场的抗战，后者负责敌后战场的抗战，因此这一时期的抗战小说主要描写他们的抗战。一部分作家主要描写国军的抗战，集中体现在"七月派"作家的书写，比如丘东平的《给予者》《第七连》《我们在那里打了败战》等作品，吴奚如的《萧连长》、阿垅的小说集《第一击》等作品。另一部分作家主要描写共产党领导的军队的抗战，

---

① [捷] 米兰·昆德拉：《小说的艺术》，孟湄译，生活·读书·新知三联书店1992年版，第13页。
② 刘小枫：《沉重的肉身》，上海人民出版社1999年版，第148页。

集中体现在"延安"敌后抗战小说的作者,如邵子南的《李勇大摆地雷阵》、柯蓝的《洋铁桶的故事》、峻青的《马石山上》、杨朔的《月黑夜》、马加的《过梁》等作品。但是,这种书写像两条平行线并没有出现交集,在情感态度上也没有产生分野。

其次,到了新中国成立后,这两条平行线仅变成了一条,描写国民党抗战的作品销声匿迹,只剩下由中国共产党领导的军民抗战的小说,而且在这些小说里,国民党及其军队很少出现,即使出现也是以"假抗战"的面目出现的,作家也表现出了对他们的憎恶情感。比如《铁道游击队》《敌后武工队》《苦菜花》《烈火金刚》等作品。

再次,新时期描写国民党军队抗战的作品开始大批涌现,这两条平行线再次出现,而且出现了些许的交集,在一些作品里同时出现了国共两党共同抗日的书写。比如周而复的《长城万里图》用了相当篇幅描写中国共产党在抗战中的丰功伟绩,但作为全书主要线索和内容的,却是国民党及其军队的抗战活动。小说没有因为国民党政治上的反动性而故意贬低和否定他们所作出的巨大贡献,对国民党军官所表现出的爱国主义精神和英雄气概,小说给予了充分的肯定和动人的描述。

最后,新世纪这一状况发生了很大变化,在我看来,很多抗战小说尤其是一些比较优秀的小说放弃了单一视角或者描写国民党抗战,或者描写共产党抗战,而是往往把二者放在一起进行描写,在同一篇小说里真正的抗战主体不再像之前的小说那样泾渭分明、一目了然,这里面既有国民党抗战也有共产党抗战,它们甚至组成小说的两条线索、两种结构,由此形成一种交融、对比和对话。那么这样一种书写的具体表现是怎样的?其背后又有怎样的意味?为何会出现这样一种情况?这些问题都值得我们进一步探讨。

巴赫金认为,复调小说的对话是全面的,渗透小说的各个方面。他说:"陀思妥耶夫斯基的至关重要的对话性,绝不只是他的主人公说出的那些表面的、在结构上反映出来的对话。复调小说整个渗透着对话性。小说结构的所有成分之间,都存在着对话关系,也就是说如同对位旋律一样相互对立着。要知道,对话关系这一现象,比起结构上反映出来的对话中人物对话之间的关系,含义要广得多;这几乎是无所不在的现象,浸透了整个人类的语言,渗透了人类生活的一切关系和一切表现形式,总之是浸透了一切蕴含着意义的事物。"① 具体来说,巴赫金的复调小说理论把对话分为人物对话、情节结构对话、语言对话这三种形式。就新世纪的抗战小说对国共两党两军形象的建构和描写方面,这种对话首先集中体现在情节结构的对话性上,是通过对比的形式来体现的。徐贵祥的《历史的天空》、都梁的《亮剑》、石钟山的《残枪》、许开祯的《独立团》等小说都具有这样的特点。

2000年,徐贵祥的小说《历史的天空》获得了很大的成功,先后获得了第十届中国人民解放军文艺奖、第八届全国"五个一工程"奖、第六届茅盾文学奖等多种奖项。之前的他虽然也写过一些作品,但总的来说不尽如人意,即便是这部作品也曾遭遇过两次退稿的经历。徐贵祥曾经坦诚地描述过这段经历:"1999年秋天某日,我骑着一辆破旧的自行车,驮着我的第一部长篇小说退稿,在白石桥至平安里之间的大街小巷里沮丧穿行。这已经是第二次遭到退稿了。我的创作史也可以说就是一部退稿史,从童年到中年,从短篇小说到中篇小说,退稿似乎就是我写作的影子,我走多快它跟多快。按说,像我这样一个老油条,对退稿应该有充分的思想准备,但是这一次却不行,我觉得打击特别大。"②《历史的天空》的成功可以说对作家是一个巨大的鼓舞,当然它更是新世纪战争小说或者说军事小说的重大收获,因为它的巨大篇幅写了抗战历史,因此我们也可以说是抗战小说的巨大收获。自此,徐贵祥的创作激情被进一步点燃,他先后出版了多部长篇小说,其中2005年出版的《八月桂花遍地开》、2009年出版的《马上天下》两部作品主要描写的是抗日战争。就如何书写国共两党两军形象这一问题而言,这三部小说都具备了我们上面所谈的特点,那就是将国共两党两军同时纳入同一部小说进行对比对照式的书写。

比如《历史的天空》这部小说,小说的第一章主要写日军侵略占领了一个叫蓝桥埠的小镇,于是这里原有的生活状态和正在发生着的事情就被打断了。为此,小说的四个重要人物梁大牙、朱一刀、陈墨涵、韩秋云不得不去投奔革命队伍,梁大牙、朱一刀想去投奔国民党的军队却进入了共产党的军队,而陈墨涵、韩秋云想投奔共产党的军队却进入了国民党的军队,于是便开始了他们各自的抗日与革命历程。小说的后面各章就在这种对比对照中展

---

① [苏]巴赫金:《诗学与访谈》,白春仁等译,河北教育出版社1998年版,第55页。
② 徐贵祥:《马上天下》,人民文学出版社2009年版,第483页。

开，前一章写梁大牙等人在共产党队伍中的生活，下一章就写陈墨涵所在的国民党军队的生活，两条平行线索相互交替形成小说的篇章结构，这样就形成了巴赫金所说的平行性情节结构并产生对话，形成复调。

另外一位作家是石钟山。同徐贵祥一样，石钟山也是一位军旅作家，且被称为"红色军旅作家"，或许这种特殊的身份决定了其小说创作的题材、主题和风格。石钟山的创作主要围绕军队与战争展开，中篇小说《父亲进城》在 2001 年被改编成电视剧《激情燃烧的岁月》后，这位已经写了 400 多万字作品但并不为人知的作家一举成名。在对抗战历史的书写方面，石钟山也是用力较多的一位，其中新世纪以来的长篇小说《遍地鬼子》（2004）、《锄奸》（2007）、《残枪》（2010）这三部作品堪称代表。

小说《残枪》中的两个主要人物杨槐和王伏生是老乡，在一起长大，都是猎户出身，都有一手好枪法。由于日本鬼子的侵略，他们都参了军，杨槐加入了共产党的独立团，王伏生加入了国民党的军队，二人在部队里都成了著名的狙击手。更为重要的是，同样是参军打日本鬼子，但是由于二人所加入的部队不同而彻底改变了他们的生活轨迹，尤其体现在他们的感情生活方面。两个人面对一个共同的女孩叫香草，本来香草和杨槐是相爱的，但是由于家境困难，其母亲为了生活让香草和王伏生结了婚。因为王伏生的部队杀鬼子是有奖赏的，王伏生是神枪手，自然杀鬼子多随之赏钱就多，而且王伏生还能经常回家，这样和香草接触也多一些。相反，杨槐所参加的八路军是没有赏钱的，而且纪律严明，很少有机会回家，也就难得和香草见面。小说借助王伏生和香草的婚礼上，王伏生所在的国军队长高大奎的一番话说明这个问题。

> 高大奎把嘴巴附在杨槐的耳边突然说：杨排长，你知道香草为什么嫁给王伏生吗？
>
> 高大奎笑一笑很有内容地说：你们三个之间的事，我知道一些，你也喜欢香草，最后香草嫁给了伏生，看似是天意，但不是。
>
> 高大奎又说：伏生是我们行动队的阔佬，我们国民党是奖惩分明的，你知道我们歼灭一个日本人奖励多少大洋吗？
>
> 高大奎说完，在桌子下伸出三个指头。

> 高大奎说：兄弟，到我们这边来吧，凭你的身手，不出几仗，就可以成为像伏生那样的富翁。①

小说就从王伏生和香草结婚给杨槐带来的情感冲击写起，一方面展开了国共两个狙击手的战场上的较量，另一方面叙写了他们战场之外的私人友谊以及围绕香草而进行的爱情悲欢。这种对比形成了文章的基本结构布局和主要的内容。于是在对国共两党两军形象的书写方面显示出了复调性，通过对比而构成一种对话。类似这样的一种书写形式在都梁的《亮剑》、徐贵祥的《八月桂花遍地开》《马上天下》、许开祯的《独立团》等作品中都有所体现。

事实上，这种以情节结构为基础的形式上的对比对话在表层上反映了作家在技巧上的匠心经营和探索创造。在这种对照、对比、对话形式的规约下，国共两党两军的抗战生活自然展开，由此势必造成人物形象、组织纪律、所处环境、矛盾冲突等内容所形成的对比，所以这就丰富了整个小说的内容，同时也制造了很多富有戏剧性的冲突，增强了小说的吸引力。但更为重要的是，这种对比式书写还承载了更多的功能以及作家的价值指向。

首先，这种对比书写中自然还原了国民党抗战的事实，歌颂了国民党军官以及一些普通士兵的英雄作战和爱国主义精神，从一个层面解读说明了国共联合抗日的事实以及肯定国民党在抗战中的贡献和作用，揭示抗战最后之所以能够取得胜利的部分缘由，于是弥补了之前的抗战小说在这方面的偏见和不足，因此也就更符合所谓历史的真实。比如《历史的天空》中对国民党第七十九团优良的历史与传统的书写，高度肯定了全体将士的爱国情感、民族精神，其中对团长石云彪的形象刻画非常成功，很显然作家是将其作为民族英雄的角度来书写的。石云彪忍辱负重、勇敢坚强、富有正义感且具有指挥才能等，这些都给读者留下深刻的印象。比如《亮剑》中，国民党军官楚云飞也是顶天立地的英雄，他与李云龙形象形成对比，甚至比李云龙更富有吸引力，如果说李云龙身上具有一些草莽习气，而他则更有修养和内涵，他受过正规的军事教育，拥有卓越的指挥才能，在与日军的作战中也表现出了勇敢、果断的爱国精神。小说对他与李云龙的关系的书写也非常具有吸引力，从外在上他们存在着党派、立场、政见的差异与不同，但在精神深处也存在着英

---
① 石钟山：《残枪》，江苏文艺出版社2010年版，第7页。

雄的惺惺相惜、彼此理解，甚至形成了一种默契。如小说中有这样的情节，李云龙为救妻子，冲动之下向平安县城进攻，楚云飞并没有借日本人的力量来消耗他的实力，而是全力阻击日本的增援队，支持保护了李云龙。

其次，这种对比书写也完成了国共两党之间"阋墙"现象的揭露，从而将抗战小说上升到了文化反思以及战争艰苦的原因反思。这种现象在之前的抗战小说中已经有所涉及，比如周梅森《国殇》、倪景翔《龙凤旗》等作品。在新世纪抗战小说中，通过这种对比书写完成了对这一现象的揭示，一方面揭露国军内部的腐败内讧、相互倾轧、勾心斗角，造成诸多的流血牺牲。比如《历史的天空》中以石云彪为团长的第七十九团的遭遇以及这个团长自身的遭遇充分说明了这个问题。这里我们可以以作家何顿的小说《抵抗者》中一段对话予以详细说明。小说通过"我"与一位战争的幸存者，一位原国民党中将的谈话而揭示这一现象，这位中将的话语中存在着国共两党的比较。小说叙事者同这位老将军谈及了国民党第一二五师在安乡战役中被日本人全部歼灭，第五十七师在常德保卫战中全师将士阵亡的事。小说通过下面这段对话完成了国民党军队形象的塑造，而且这对话源自一个国民党内部的老将军，因而显得具有真实性。老将军的话语让我们看到了一个腐败混乱的国民党军队，而谈话主体的身份保证了这一揭秘的真实性，在话语中包含着对作为对比对象的共产党形象的塑造和赞扬。

老将军：其实这一切都是可以避免的。

叙事者：这是什么原因啊？为什么军长或师长可以不听司令长官的命令？

老将军：这里面复杂啊，国民党不像共产党，共产党的组织严密，一切行动都听从指挥。国民党不行啊，谁是军长、师长，他只要手下有兵，他就有进一步升官的机会。而丢了兵就成了一个空架子，就靠边站了，所以都想保存实力。

叙事者：实力是一个长官的资本，是吗？

老将军：原因很多，有的原来并非国民党部队，有的原来是土匪部队，有的是地方势力培植的部队，还有的是原军阀的部队，人心不齐也就人心不一，都想保存实力，不想消耗自己的队伍。这就是增援部队按兵不动的原因。

叙事者：原来是这样。

老将军：抗战期间，常有这样的事。①

最后，对比本身就是一种感情价值取向的流露，对比本身显示了作家对国共两党的认知、理解和判断。那就是国民党的部分军官士兵是优秀的，但作为一个政党，它的合法性是成问题的，它的腐败性注定导致它的失败，而与此相反，共产党在性质上、本质上等各个方面都具有强大的优越性，它最后能够领导中国人民走上胜利具有必然性与合理性。这样一种对比性书写体现了作家的一种历史观，这背后固然有意识形态潜在的规约，但也是一种历史事实的证明。所以在许多抗战小说中所设定的一些代表的国民党及其军队形象的人物主体，其身份或者本身具有混杂性，或者经过身份的转变，那就是由国民党最后变成了共产党，从国民党军队回归到共产党军队，这一方面由于共产党的"策反"运动所造成的，最重要的是这些人物对国民党的失望而具备了一定的自觉性。比如《八月桂花遍地开》中的沈轩辕具有多重身份，他既是新四军高级将领、共产党地下工作者的领导人物，同时又是国民政府陆安州行署专员兼少将警备司令。比如《抵抗者》中的黄抗日先是国民党军队的士兵后来又加入了共产党。比如《历史的天空》中，梁大牙由一个民间草莽，在以杨司令为代表的中国共产党的启蒙教育下成为大英雄和将军；陈墨涵作为国民党的军官最后带领属下全部投奔了共产党。再比如《残枪》，小说中的杨槐所代表的八路军和王伏生所代表的国军始终处于一种对比的张力之中，不仅王伏生的队长高大奎希望杨槐能放弃八路军身份投奔到国军这边来，连伏生也希望杨槐能过来，有一次伏生就劝杨槐："这次伏击你们干掉了六个鬼子，要在我们队伍上，得十二块大洋呢。我知道你们八路军不讲这个，可我们队伍上讲，槐呀，到我们队伍上来吧，就凭你这枪法，逮着机会干掉百八十个鬼子不在话下，到那时，你就发了，有了钱娶个漂亮媳妇，就是不当兵，回家过日子也够了。"小说还通过他者的眼光和对话来审视这种不同。比如用香草的朴实与疑惑来表达这种不同。香草说："杨槐哥，你们八路军不伏击鬼子？"杨槐说："伏击，我们刚和鬼子打了一仗。"香草不解地问："你的

---

① 何顿：《抵抗者》，长江文艺出版社2002年版，第117页。

枪法比伏生的不差，为啥伏生能打死鬼子，你不能？"杨槐想到了那些银圆，便说："我们八路不讲究这些。况且，我们八路军没有钱。"正是由于这种不同，甚至让杨槐的父母在乡间也感到了屈辱和抬不起头。于是在杨槐有一次回家时，父母就劝他干脆加入国民党军队，杨槐的母亲甚至去求伏生做杨槐的工作，动员他参加国民党。杨槐只能跟父母说，八路军和国民党的部队不一样，但究竟怎么不一样，他说不清楚。小说通过不断展示这种不同给主人公杨槐带来压力和考验，由此造成一些张力和悬念。那么事情的最后结局是什么呢？杨槐没有变，但是伏生却变了，小说最后以伏生在解放战争中投奔共产党而告终。人物的转变造成了一种戏剧的变化，作为一种现象的变化中却隐喻着内在本质的不同，也就是我们前面所说的国共两党的优越性与合法性问题得到了充分的说明和证明。

第五章　对话中几个"大词"的多种声音

新世纪抗战小说作为战争文学的一种类型，它仍然和以往的抗战小说以及西方的战争小说共享一些重要的创作母题，这些母题通常由历史、战争、人性、民族、国家这样几个"大词"所代表。对长篇小说而言，思想的深度与力度永远都是十分重要的。无论艺术形式怎样变化，也不管对叙述方式和语言等技术层面做出怎样的探索，它们终究是在为表达这几个"大词"所承载的思想主题而服务的，对这些"大词"做出怎样的书写和理解在很大程度上决定着这些小说的思想深度和力度。之所以称它们为"大词"，一者因为它们重大、重要，具有本体论的永恒意义；二者则因为它们丰富复杂，充满悖论，难以说清。

正如法国作家雨果在《九三年》中所说："这种情形好似一个闹哄哄的十字路口，各种互不相容的真理都上这儿来交锋辩论，人类的三种崇高的观念：人道、家庭、祖国在这儿互相逼视。这些声音轮流发言，每一个所说的都是真理。怎么选择呢？每一个似乎都找到了把智慧和正义结合起来的方法，都说：这么做吧。真应该这么做吗？既应该又不应该。理性思考一种方法，感情又有另一种说法；两种意见截然相反。理性思考只不过是理智，感情却往往是良心。前者来自人的本身，后者来自天上。"[①] 可以说，要想对这些"大词"做出正确的认知、理解和判断，只能采取对话性的、多元化的方式，任何独白性的、单一化的方式都可能造成专制，让真理的声音无法平等、自由地发出，这样真理就可能变成谬误。而这正是巴赫金对话理论的精神之所在。

在巴赫金看来，"独白形式常意味着已经掌握了现成的真理，对话方法和一些人们天真的自信相对立，因为这些人觉得他们自己颇有知识，也就是掌

---

① [法]雨果：《九三年》，叶尊译，上海译文出版社2007年版，第306—307页。

握着某些真理。真理不是产生和存在于某个人的头脑里的，它是在共同寻求真理的人们之间诞生的，是在他们的对话交际过程中诞生的。"① 同时，"人的想法要成为真正的思想，即成为思想观点，必须是在同他人另一个思想的积极交往之中。思想是在两个或几个意识相遇的对话点上演出的生动事件，思想就其本质来说是对话性的"。② 这就是巴赫金所强调的文本的内在对话性，又称双声语，也就是复调。即一个文本内部某个人说的话因包容他人声音、他人话语而在自身内部产生了对话关系的话语以及作者声音可以与他人声音发生同意、赞扬、反驳、批判、讽刺等对话关系。

在对新世纪抗战小说进行较多的阅读之后就会发现这样一个特点，对单个文本来说，那就是很多小说的对话场景和人物之间的对话明显增多，小说在文本中建立了一个复杂的叙述世界。在这个叙述世界里，呈现给读者一个多元共生的状态，众多独立的声音和意识在小说文本中得到统一，呈现了历史与生活的丰富性和复杂性。同时，如果我们把抗战小说所有文本作为一个整体，那么不同文本所传达的思想也有所差异。每个文本都发出了各自不同的声音，它们组合起来也完成了对同一命题之间的不同回答，从而文本之间也建立了一种对话关系。正是借助这些对话，新世纪抗战小说实现和完成了对战争小说中关于历史、战争、人性、民族、国家等几个"大词"的多元化、深层次透视与反思，可以说对这样几个大词的认知、理解与表现。

一方面我们要对这些"大词"保持一定的警惕，防止它们被利用被泛用，以此来煽动民众，蛊惑人心，人类的历史充分说明了这个问题。有很多罪恶正是借助这些大词而得以横行，比如战争常常就是以民族国家的名义，打着正义的旗号而被发动起来的，其最终带来的却是杀戮与死亡。

另一方面我们也不能由此陷入怀疑主义、相对主义和虚无主义的深渊，我们不能仅仅为自己活着，仍然要关怀巨大的事物，关心重大的问题，对自己祖国的热爱，对人类命运的同情，对正义事业的捍卫又常常是我们每个人所不可缺少的。对这些"大词"给予多种声音的理解恰恰使我们能够做到这一点，这也正是抗战小说必须具备的素质，由此使得这些小说具有思想力量的支撑。那么这种对话性的缘由、内涵、表现及其功能是怎样的？作家们借

---

① [苏]巴赫金：《诗学与访谈》，白春仁等译，河北教育出版社1998年版，第144页。

② [苏]巴赫金：《诗学与访谈》，白春仁等译，河北教育出版社1998年版，第114页。

助对话对上面所提到的几个大词又做出了怎样的解读？这正是我们要解决的问题。

在巴赫金看来，对话之所以能够产生，最主要的原因是社会打破了一体化的专制，具有了一种平等、民主的思想与氛围，在此基础上人们才可以不再沉默，敢于自由言说，各抒己见，也正因为如此，对同一事物的理解便出现了差异性，由一元主义变成相对主义或多元主义，这背后其实折射出人文思想发展的内在逻辑和精神。衡量一个社会是否发展进步关键是看能否允许多种声音的存在，也正是在这一点上体现了巴赫金理论的巨大人文价值。这种价值就是对人的尊重和关怀，尤其是尊重个人的个性和价值，每个人都是独立价值的存在，每个人都可以发出自己的声音。"对话主义是解放性的，因为正是它坚持认为，我们所有人都必须参与意义的创造。就我们为了自身，因而为了我们彼此，参与应答的建筑术而言，我们都是作者，都是世界所拥有的秩序和意义的创造者。"①

中国社会自"文化大革命"结束以后，由于政治环境有限度的解冻、思想解放运动的推动、市场经济的祛魅等，一个多元的社会文化语境逐步形成，新世纪正是在这个基础上的进一步延伸与发展。当下的社会在很大程度上具备了"游牧主义"的特征，具体来说："游牧思维的空间是平滑的，不像受到规约与管制的空间那样阻力重重。在顺畅的游牧空间里，人们可以通过多种路径，采取多种方式，到达其中的任何一点；其运行方式是漫游式的，在开放的空间中向前延伸，而不像逻各斯那样深陷于闭合、孤立的空间。游牧主义以含蓄的方式选择了这样一种实践，它穿越业已形成的差别，由此使它们发生变位和挪换，并最终将它们重构为不同的场域。"② 这种多元文化语境正是抗战小说多样化书写以及对各种问题发出多种声音的基础。

当下，人们把握世界的思维和看待世界的眼光都发生了巨大变化。其根本变化就是以多元对话思维代替了传统井然有序的以逻辑性为主的独白式一元思维。人类中心主义、本质主义、理性主义都得到了一定程度的解构，绝对真理的虚幻性、历史被真理控制和改写、真理被强权所垄断，也正被人们

---

① ［美］克拉克、霍奎斯特：《米哈伊尔·巴赫金》，语冰译，中国人民大学出版社1992年版，第418页。

② ［美］凌津奇：《叙述民族主义》，吴燕译，中国社会科学出版社2006年版，第7页。

越来越深刻意识到。相对主义的包容性变得更加强大，个人话语、个人经验、个人认识越来越得到重视，让不同人物说话，谈出自己的理解和认识，在辩驳对话中呈现真理，这越来越成为时代思想的诉求和力量。这一切也必然在文学上有所体现，对于新世纪小说而言，作家也不再以自我为中心，不再以权威的态度和立场发出判断，去看待、认识和评价这个世界和他人。为了尊重人、历史与生活的真实，他们更愿意保留历史与现实的丰富性，让小说中的人物在作品中有与作者同等的地位和机会进行申诉、解说和表现，展示他们自己的思想，不同人物都有机会得以展示和倾诉，让真理在辩驳中得以呈现。作者放弃主宰一切的权利，努力缩短艺术与生活的距离，承认世界多元化、多中心以及平等意识的相互联系。一部小说中难以相容的因素惊奇地穿插在一起，不同等级不同层次不同身份人物的思想话语交织，对话作为一种本体性存在，一切在对话中进行。

布洛克说："我们对自己和自己的时代真的那么自信，以致可以臧否前人吗？把个人的、个别党派的或某代人的标准——完全是相对的——上升为绝对标准，并以此去非难前人，这是多么荒唐的事！从性质上说，这样的裁决比任何其他东西都更具多变性，因为它受各种集体意识和个人意愿的影响。"[①]从很大程度上，新世纪抗战小说的作家们在抵制布洛克的这段言论中所体现的思想，于是我们看到，一方面作家更多地逃离了传统的精英意识而确立了自己的民间立场，抗战小说的民间性书写得到了进一步的强化，这一点我们将在后面进一步论述。另一方面，作家们对历史人物的评判也由武断式的审判而变成了更多的"理解之同情"，对思想的理解也不再那样单一和狭隘，而走向多元与丰富。

第一节 真实与历史

新世纪抗战小说属于历史小说，而历史小说就必须处理好历史与小说的

---

① [法] 马克·布洛克：《历史学家的技艺》，黄艳红译，中国人民大学出版社 2011 年版，第 129 页。

关系。柯林伍德说:"我们身边的每一处能被言说、被体悟的事情,如果不能够获得历史解释,它都无法进入理性的思索之中。从历史中获取意义,获取人生在某个时刻具有的确定性和行动的立足点,这是试图了解历史的人所追求的。理解历史的能力对个人而言并不是可遗传的或可积累的,每个人都不得不在自己的生活中重新发展它。"① 因此,作家们的历史观以及所传达的对历史的认知,作家如何处理好历史的真实性与小说的虚构性的关系,这些都显得实为重要。

如何处理历史真实与小说虚构的平衡问题通常有两种路径,一种是更注重史实、史料真实性的写作,尽量减少虚构的成分,使用文学的技巧和方法,这类作品冠之以"纪实小说";另一种是以基本事实为依据,注重利用小说虚构想象的自由性、灵活性而创作小说。对于后一种路径似乎没什么问题,当我们把一部描写抗战历史的作品当作小说来读时,我们大概知道历史上有其事,但是我们不会去追究具体事实,因为它们是小说。

但是,前一种路径也就是"纪实小说"这一概念的合法性却遭到了质疑。因为既然是小说,其重要特性就是虚构和想象,在其前面加上"纪实"二字则就产生了矛盾。比如北京大学学者马振方曾专门写过三篇文章辨析这一概念,质疑它的合法性,但最后也不得不得出这样的结论:"'纪实小说'之名目已在争议中生存了数十年之久。'存在的就是合理的',只要有合适的土壤、空间,还会生存若干年的。"② 这一结论表达了他面对文学"惯例"的无奈。事实也的确如此,在文学研究中,我们也经常会遇到命名问题受制于惯例的情况。对于历史小说而言,那就是历史的基本事实与史实是小说创作的依据,小说创作不能违背最基本的历史事实,但是允许小说的文学性想象。正如"纪实小说"最重要的代表性作家邓贤所言:"纪实文学和历史文献是不一样的。纪实文学不是口述历史,我是从作家的视角进行创作。当然,作品要符合历史的本质,但你真要我去确认哪句话是在历史上哪个时间说过,那不可能。我愿意读者把我的作品当作历史小说来读。从历史的角度说,我的作品中主要的历史事件都是真实的,从我主观上不希望存在偏差;从文学的角度说,我希望它是有感染力的,希望能以文学的方式来讲述历史,带给读者耳目

---

① [英]柯林伍德:《历史的观念》(增补版),何兆武等译,北京大学出版社2010年版,序二。
② 马振方:《在历史与虚构之间》,北京大学出版社2006年版,第190页。

一新的感觉。"①

邓贤的这段话可以成为我们理解这类抗战小说的基本依据，我们没必要站在历史学的观点拘泥于完全史实的认证。文学史上围绕托尔斯泰《战争与和平》的真实性问题的争论就是一个例子，尽管有很多人包括托尔斯泰本人也宣称自己查阅了诸多资料，尽量做到历史的真实，但是很多研究者尤其是战争的参与者对托尔斯泰作品的真实提出疑问。有人就认为："托尔斯泰的确是一位伟大的艺术家，然而他完全曲解了1812年战争，托尔斯泰的《战争与和平》是俄国文化里程碑式的神话，然而，托尔斯泰笔下关于1912年战争的一切都是捏造的。"② 诸如以上的质疑的观点还有很多，但是这并不影响《战争与和平》作为战争小说的伟大地位。

尽管如此，当人们回望历史，以文学的手法去书写历史的时候还是会发生巨大的差异。人们对历史的理解也会发生很大偏差。作家对历史的态度，小说进入历史的视角，历史的偶然与必然，历史的专制与非理性，历史的统一性与缝隙性，对这些内容的不同理解也往往造成历史小说的不同形态，抗战小说也同样如此。当作家将抗战历史作为小说来书写时，他总要面临上述这些基本问题。因此，如何传达出对历史的理解在很大程度上也决定小说的水平和质量。

20世纪50—70年代的抗战小说创作的真实性问题一直是一个备受重视的问题，成为衡量文学创作一个重要标准甚至唯一标准。这一时期的抗战小说作家表现出了强烈真诚的历史认同，这种历史观与意识形态的渗透与规约有着密不可分的关系。在这些小说中，正统的革命历史叙事模式被强调，历史是一出严肃的正剧，容不得半点怀疑，更不能戏谑。作家是历史的亲历者和见证人，他们用小说树立革命历史的权威性，以此证明共产党及其新生政权的合法性，并强化理想主义与英雄主义信念，诸如勇敢、担当与牺牲革命精神的建构。小说与真实的历史界限被打破，阅读小说所获得的历史与阅读历史资料所获得的历史往往具有同构性。这些小说为我们复原了抗战的历史和场景，承担了历史教科书的功能，加深了我们对历史的理解和记忆。

作家冯德英就强调："《苦菜花》这本书，就是以这些真实的生活素材为基

---

① 赵明宇：《邓贤：还原真相是作家的历史使命》，《中国新闻出版报》2010年9月3日，第8版。
② [美]麦克皮克、[加]奥文：《托尔斯泰伦战争》，马特译，经济科学出版社2013年版，第48页。

础写成的,有部分情节几乎完全是真实情况的写照。"① 作家孙犁也说:"它们完全是生活的再现,是关于那一时期我的家乡的人民的生活和情绪的真实记录。我没有做任何夸张,它很少虚构的成分,生活的印象、交流、组织,构成了小说的情节。"② 作家知侠也曾说:"尽管如此,但我还是以他们真实的斗争发展过程为骨骼,以他们的基本性格为基础来写的。老实说,书中所有的战斗场面都是实有其事的。"③ 几乎所有的作家都表现出了对历史真实性的单一方面的绝对性的理解,那么这种历史是否就还原了某种真实了呢?很显然,今天看来,这种历史观带有很大的局限性。因为受党派观念的影响,国民党抗战史实得到了遮蔽,共产党内部的一些问题也不可能得以呈现,被历史误解的很多人物也不可能得到描写。同时,受到这种历史观的影响,人性的丰富性与复杂性也不可能得到重视和强调。

这种对历史真实性的强调,对历史单一性的理解,随着新时期的到来开始受到质疑、解构与重建。布洛克说:"从本质上说,过去是根本不能改变的既定事实。但对过去的认识是个发展的事物,它处在不断的改变和完善之中。"④ 事实也的确如此,人们对历史的认识由于时代、意识形态、个人偏见等因素往往存在着很大的偏差,这也就为新历史主义的产生奠定了基础。新历史主义总的倾向就是把历史作为对话、大众文化、多重声音来对待。历史只能作为文本才能被接触,文学既是对世界和历史的反映,也是塑造历史的能动力量。而大写的历史往往掩盖抹杀了历史的复杂性和矛盾性,因此要去除单一的反映论。新历史主义认为,作家是一个或一群商讨者,他们与历史文化展开全方位的商讨和交换活动,从而产生出文学活动的通货。

新历史主义坚持认为:"艺术是一番商讨以后的产物,商讨的一方是一个或一群作者,他们掌握了一套复杂的、人所公认的创作成规,另一方则是社会机制和实践。为了使商讨达成协议,艺术家需要创造出一种在有意义的、互利的交易中得到承认的通货。有必要指出,这里不仅包含了占为己有的过

---

① 冯德英:《苦菜花》,解放军文艺出版社1958年版,第526页,后记。
② 孙犁:《风云初记》,人民文学出版社1960年版,第7页,序言。
③ 知侠:《铁道游击队》,贵州人民出版社1995年版,第569页,后记。
④ [法]马克·布洛克:《历史学家的技艺》,黄艳红译,中国人民大学出版社2011年版,第70页。

程,也包含着交易的过程。"① 可以说 20 世纪 80—90 年代新历史小说对抗战的书写占据了主流,作家们对 20 世纪 50—70 年代的抗战小说进行了重写与改写。作家尤凤伟表达出了这样的意识,他说:"五六十年代我国出版了一批反映抗日战争的长篇小说,当时也很引人瞩目。这些作也各具特色,有的故事和人物都很生动。但以现在人的思想和审美眼光去看,这些作品艺术上的缺陷是明显的,思想上的局限性也是毋庸讳言的。大概算不上真正意义上的战争文学作品。当然我们也不能以今天的标准对那个年代的作品进行苛求。每一代作家有每一代作家的局限,难以逾越。我如此不恭的说法仅仅为说明一种状态。比如,抗战的实际战场如何?抗战的实际战况如何?抗战中出现的各种人物如何评价?只有阶级分析那一个脸谱化的模式么?人们只有随着时间的步伐才能渐渐加深对于战争的理解。"② 所以,在他看来,应该允许小说有不同的品性与形态,小说对历史可以"正说"可以"野说"也可以"戏说"。

刘震云也认为自己的小说《故乡天下黄花》"写的是一种东方式的历史变迁和历史更替,我们容易把这种变迁和更替夸大得过去重复。其实放到历史长河中,无非是一种儿戏,所谓历史,就是你方唱罢我登场的权力更换,所谓人民,也不过是权力欲驱逐下,麻木的符码"。③ 作家李锐也坚持认为:"我不相信真的会有一个所谓统一真实的历史。所以我不愿去做这徒劳的努力。我知道那个井底下的月亮无论怎样努力也是捞不上来的。因为我放弃了那个真实的历史,所以我便一意孤行地走近情感的历史,走近内心的历史。"④ 周梅森在其小说《国殇》中表达出了对历史这样的认识:"历史真是个说不清的东西,历史的进程是在黑暗的密室中被大人物们决定的,芸芸众生们无法改变它,他们只担当实践它、推进它、或埋葬它的责任。过去是这样,现在是这样,未来也许还是这样。"⑤

新时期以来的新历史主义的历史观占据了主流,它们对逝去的历史做出新的理解与判断,甚至这些理解往往带有解构和颠覆的意味,这些都是可以

---

① 中国社会科学院外国文学研究所:《文艺学与新历史主义》,社会科学文献出版社 1993 年版,第 220 页。
② 尤凤伟:《战争·人性·苦难——中短篇小说集〈战争往事〉后记》,《当代作家评论》1997 年第 1 期。
③ 刘震云:《整体的故乡与故乡的具体》,《文艺争鸣》1992 年第 1 期。
④ 李锐:《关于〈旧址〉的问答》,《当代作家评论》1993 年第 6 期。
⑤ 周梅森:《国殇》,人民文学出版社 2005 年版,第 143 页。

理解的。但任何解构都有它的限度，有些事实不能超越。而当下的很多观点站在新历史主义、后现代主义以及普世价值的立场上，对抗战历史和民族国家观念进行颠覆，这些都值得我们警惕与深思。

于是，对于新世纪抗战小说作家而言，就必须对这两个时段的历史做出更为慎重的理解，也就是说必须超越这两个阶段做出更加丰富多元的理解。历史问题的关键在于有限的个人如何与作为整体的世界相互沟通，巴赫金以"对话理论"来解决这一难题。人先天具有一种对话的欲求和能力，但现代人越来越缺乏基本的追问欲求和反思能力。历史是一个"生成"的过程，把现在作为历史"生成"的一个环节加以把握，未来的可能性才得以保证，否则就只能是虚无。现在之于历史具有优先性同时又赋予生活在现在之中的个体以无可逃避的责任感。只有当每一个有限的个体带着责任感面对世界、进入世界时，个人与世界才能建立起意义上的对话关系，历史才在个体与世界的对话中悄然出场。① 事实也的确如此，新世纪抗战小说对历史做出了更加多元的理解，也体现出各种不同的声音。

首先，对历史真实以及所具有的巨大意义的重视和强调，最具代表的就是纪实小说的兴起与繁荣。作家在创作这类小说之前往往都对这段历史进行了深入的全面的研究，或实地采访，或大量搜集阅读史料，这些小说往往带有强烈的纪实性。它们试图还原和修复历史的真实。这就要求他们在自己的小说里面表达出自己的历史观和价值观，对于他们而言，他们需要修复和还原他们所理解的历史的本相与真实性。因为"历史学家绝不只是一个叙述者，只告诉我们有关过去事件的故事而已，他是一个人类过去生活的发现者和解释者。只想叙述一定时期所发生的事件的人，是一个编年作者，而不是一个历史学家。历史学家的目的是很不同的，他不仅叙述，而且还重建过去，在过去中激发起一种新生命"。② 而一个优秀的历史小说作家也必须同时努力做一个历史学家。这类作品以作家邓贤为代表，他创作了《帝国震撼》试图对"淞沪会战"做出更加真实的描写。他坚持认为修复还原历史的真相是作家的历史使命，一直坚持这样一种严肃的写作和作家的责任感。

---

① 李茂增：《现代性与小说形式》，东方出版中心2008年版，第228页。
② 何兆武：《当代西方史学理论》，上海社会科学院出版社2003年版，第88页。

其次，对历史更加丰富的理解，处理好历史与小说的关系，既尊重史实又强调作家想象的介入。作家龙一以《潜伏》而走红，随后他创作了抗战小说《代号》《借枪》《深谋》等，他对文学创作尤其是革命历史题材的创作是有着自己独特深刻的认知和理解的。历史小说创作是在"信息缺失"的情况下进行的，被史学家忽略的东西需要由小说家来补充，于是，小说家的想象力和合理推断的能力在这里就显得很重要了。他认为在中国革命历史题材的创作中，一边是历史的可能存在，而另一边却是历史的虚无主义，如何在这两者之间站稳脚跟，把握住真实可信的历史实存，是个至关重要的问题。

为了小说的好看，为了吸引读者的注意力，作家便有可能"无所不用其极"。这是一个比历史虚无主义更危险的趋向，是一种不负责任，自造历史的趋向，完全违背了唯物史观的基本原则。他认为要做好三方面的工作：第一是坚持唯物史观，第二是坚持史实的真实和细节的真实，第三是坚持事件逻辑与人物真相的合理化。① 可以说龙一的观点很有代表性。作家徐贵祥《历史的天空》就改变了 20 世纪 50—70 年代的党永远正确的观念，触及了党的"纯洁运动"所犯的错误问题以及国共两党合作的一些问题。

最后，历史观的人民性。抗战小说作为一种历史书写总要关切到如何书写人民群众、表达个人与历史关系的思考。新世纪抗战小说表现出了强烈的人民性的历史观，一方面作家确立了民间立场，书写了普通民众的抗战，赞扬了他们身上所具有的强烈的生命意识和民族意识以及爱国主义情感，歌颂他们的牺牲奉献精神。他们是历史的推动者和创造者，没有他们，中国的抗战就不可能取得胜利。关于这一点，我们在后面的民间书写一章将给予重点论述。另一方面，站在人道主义立场，新世纪抗战小说表现出对个体人物的命运给予了极大的关注、理解和同情，在抗战这样一个大背景下，人们过多了关注了英雄人物，关注历史的喧嚣与辉煌，甚至历史的必然性，而在这表面的轰轰烈烈之下，一定有一些普通人物的命运成了历史的牺牲品，或者有一些小人物充当了历史的人质，被历史误解与伤害。我们前面提到的《理发师》《汉奸》《懦者》等小说就体现了这一点。

---

① 龙一:《小说技术》，百花文艺出版社 2011 年版，第 102 页。

第二节 战争与暴力

战争是人类的大灾难、大悲剧,全世界的人们无不厌恶战争、渴望和平,对既往的战争进行书写反思,以求铭记历史、吸取教训,避免悲剧的再次发生,这可以说是中外战争小说的共同动因,也是作家们良知责任的体现,抗战小说当然离不开对战争的反思,或者说优秀的抗战小说必须有对战争的深刻反思。"回顾历史,战争应该被赋予何种意义呢?一些中心纲领和价值观如帝国、荣誉、战死沙场等,是否由于战争的空前残酷而因此被认为已不再具有任何意义?人们应该以何种方式单单回忆那些死者?新中国成立后人们对未来还能有什么期待?这些都是典型的有关记忆文化的问题。"[①] 这些问题都值得很好地反思,而反思的程度、力度与深度也是决定一部战争小说质量高低的重要的甚至根本性的因素。

新世纪以来的抗战小说沿着这样的路径对抗日战争进行了更加全面和深入的反思,作家们一方面直接谈及他们对战争的理解,另一方面,他们通常在这些小说中或者通过主人公的内心独白对战争问题进行思考与追问,或者刻意设置一些对话场景,让人物各自谈及对战争的一些认识和理解。新世纪抗战小说对战争、革命、暴力等进行了以下三个层面深入反思与揭示。

其一,对抗战的正义性、合理性与牺牲的必要性、不可避免性进行了说明与捍卫。何顿在小说《抵抗者》中直言:"战争是需要牺牲的,总要有人拼死抵抗和牺牲,总要牺牲一部分人保存另一部分人。假如大家都跑,谁去抵抗侵略军?"因此,面对侵略,每一个人都要做一个抵抗者。都梁的小说《亮剑》中也借助赵刚与妻子冯楠在相识之初的对话表达出对战争、革命、理想等问题的思考。

> "一个青年学生投身革命二十年,出生入死,百战沙场,从此,世界上少了一个渊博的学者,多了一个杀戮无数的将军。请问,你在追求什么?为什么?"

---

① [德]埃尔:《文化记忆理论读本》,余传玲等译,北京大学出版社2012年版,第247页。

"我追求一种完善的、合理的、充满人性的社会制度,为了自由和尊严。"

"说得真好,那么请你告诉我,如果有一天,自由和尊严受到伤害,受到挑战,而你又无力改变现状,那时你会面临一种选择,你将选择什么呢?"

"反抗或者死亡,有时,死亡也是一种反抗。冯楠,你要说什么?"

"我想任何一种理论的正确与否,都需要社会实践去证明,如果这种理论出现偏差,而社会实验已经展开。你考虑过会付出什么样的代价吗?"

"老实说,想过,但没有结论,因为任何社会变革和社会实验都要付出代价,不能因为有代价就什么都不做,我们共产党愿意和各民主党派一起去创建一种新的社会制度,不但要完成这个社会制度,也要完善我们自身和理论,尽量少付出代价,我现在做的,就是为这些。"[1]

这段话涉及了这样一些大的命题:革命的目的、理论的局限、牺牲的代价等。将这些大的命题赋予了具有知识分子身份的革命者,对话的另一方是自己的恋人,这样一种对话关系使得将公共化问题进行私人化表达,以此更能摆脱唱高调式的假大空的表达,从而还原话语得更加真实性。但是其核心思想还是,为了追求民主平等,必须要战争、革命、流血、牺牲。从而再为中国革命和战争的合法性进行论证与辩护,这是对理想主义的一种捍卫和坚守,表达出的依然是主流意识形态的话语。

其二,对中国被侵略的原因以及抗战的艰难性等问题进行了反思。何顿在小说《抵抗者》中传达出"落后就要挨打"的思想,同时揭示国共两党"兄弟阋墙"现象导致了抗战的重大牺牲和取得胜利的艰难性。小说描写了"我"与"老爹"讨论常德会战,作为战争的亲历者的"老爹"认为:"一二五师是注定要灭亡的,就跟五十七师注定要灭亡一样。因为它们都是孤军奋战,没有增援部队。五十七师打得还要顽强?军部只要他坚持守三天,说三天后就会有增援部队赶到。它们守了十九天,增援部队才迟迟赶来。"同时作者插入现实中的1999年与一国民党中将的谈话,进一步揭示国民党内部的"阋墙"现象,借老将军之口总结了战争的原因和教训。由于国民党内部的不团结,将领们

---

[1] 都梁:《亮剑》,人民文学出版社2008年版,第160—161页。

为保存自己的实力，往往消极进攻，或者违抗命令，不服从指挥，以此贻误战机，给抗战造成了巨大的损失。

都梁的小说《狼烟北平》也专门设置了人物徐金戈与日本军人犬养平斋关于战争的对话，表达了作家对战争的认识和理解，传达出了国家之间工业实力的悬殊、将领的战役指挥能力、兵员的素质等因素对战争胜败的影响，同时提出警示，虽然战争已经结束，但是难免还有下一次战争，只要世界上还有国家和民族的存在，那么战争就难以避免，因此需要做的是未雨绸缪，先使自己强大起来。

"还是谈谈战争吧，虽然这场战争已经结束两年了，但我仍然在研究它，首先我要承认，我们尽管打赢了这场战争，却只是个惨胜的结局，如果没有盟国的帮助，仅凭我一国之力胜败还很难说。我在思考这样一个问题，我军的失误固然很多，除了两国之间工业实力的悬殊、将领的战役指挥能力和兵员素质之外，还有什么原因？"

"徐先生，战争已经结束了，再思考这些问题还有什么意义？日本不是已经战败了吗？"

"有意义，这次你们战败了，可难免还有下一次战争，即使对手不是日本，也可能是某个强国，我个人认为，只要世界上还有国家和民族的存在，那么战争就难以避免，我们需要做的是未雨绸缪，先使自己强大起来。"

"究其原因，我想可能是因为你们中国人不重视运筹和操作手段所致。"

"还是输在了智慧、运筹能力和操作手段上，是我们国家的决策出现失误……"[1]

其三，揭示战争的残酷性与悖论，表达反战思想。何顿在小说中直言："因为我写《抵抗者》不是写一部讴歌战争的小说，旨在反战。战争太残酷了，经历过战争的人都晓得这是真的。"《零炮楼》的作者张者借助这篇小说谈及对战争的理解："我希望我的作品能还原战争的本性，它是血腥的，毁灭性的，

---

[1] 都梁:《狼烟北平》，长江文艺出版社2006年版，第264—265页。

是你死我活的,战争的胜利是用命换来的。战争是毁灭生命的,对于生命来说,战争没有胜利者,我向来认为战争本身并不值得纪念。"[1] 小说《亮剑》中赵刚在自杀之前认为:"革命也许是个中性词,它可以引导人们走向光明,也可以以革命的名义制造人间灾难。革命必须符合普遍的道德准则,即人道的原则,如果对个体生命漠视或无动于衷,甚至无端制造流血和死亡,所谓革命无论打着怎样好看的旗帜,其性质都是可疑的。如果拒绝人性,没有爱与同情,是根本不可能成为一个革命者的。"作者借小说中自杀之前的话语表达出革命的复杂性与背反性。作家徐贵祥的《历史的天空》中就设置了一个对话场景,梁大牙在党的纯洁运动中遭受了很大痛苦,甚至差点丢了性命,这种严酷的现实和遭遇使得他也变成一个思考者,在获救后,他向自己的知己东方闻音表达了自己对革命的理解。

梁必达抬起头来,又说:"东方,你知道我是什么时候才真正开始琢磨革命这两个字的吗?"

东方闻音说:"你一直都是在革命啊!"

梁必达说:"对,我是一直都在革命,但那是在不自觉的情况下革命的。以前我认为革命就是拉队伍,以后,我认为革命就是打鬼子,也包括对付刘汉英国民党。现在,我不这么认为了,革命二字没有那么简单。说来,你恐怕不相信,我真正对这两个字掏心掏肺地琢磨,是在'纯洁运动'中。他们把我抓起来,差点儿杀了,用他们的话说,这也是革命。你去看我之后,头一夜我想了一夜,想的是一旦有了出头之日,我首先就要杀几个人。第二夜我又想了一夜,这夜想的还是要杀人,但不是要杀那几个人。还是要杀鬼子。那几个人口口声声喊革命口号,但是他们并不懂得革命。他们要是该杀,也用不着我杀。我要干大事,我要斗争——就是那天我想明白了,革命就是斗争,同鬼子斗,同汉奸斗,也同内部的坏人斗。但是这样的革命靠的不仅是枪杆子,对于势不两立的人,譬如鬼子汉奸,格杀勿论。但是对于内部的错误,光靠杀是不行的。斗争有多种手段,斗争的对象也有区别。我不能像他们那样胡闹,我要成为一个有思想有策略的革命者,找准斗争对象,把握斗争策略,

---

[1] 张者:《还原战争的本性》,《当代》2005 年第 6 期。

选准斗争目标。"①

这样一种话语出来之后，小说用东方闻音的反应来表达对这段话的理解，她突然感觉有些不认识这个人，之所以如此，在于连梁必达这样的在东方眼里的粗人都表达出了对革命的复杂性理解，可见革命是多么复杂。很显然，我们首先需要明确的是这段话诉说的对象，是梁必达最信任的人或者说知己的人。因此，在作者看来这些都是真心话，是真诚自由的话。我们通常有这样的生命与生活体验，当我们与自己的熟人在一起时，我们往往就容易敞开心扉，彼此的交谈往往会更加自由甚至大胆，我们往往什么都说，甚至说朋友的坏话，说一些粗话，开低级的玩笑，我们甚至用重复极端的东西震惊对方来开心，表露公开场合不能承认的异端思想。所以这种亲人之间的对话却往往会呈现出历史的真相。另外，主人公是在怎样一种语境下说的话，是在遭到误解挫折的情况下，而这时候往往能够更成熟。这样一段话，是在隐喻主人公在走向成熟，表现英雄的成长过程。更重要的是，说话内容表达的是关于革命的问题。在主人公看来，革命并不是一件简单的是，它具有复杂性，在革命中尽管分清敌我是首要问题，但是在实际中分清敌我又是非常困难的。梁大牙用如何斗争遮蔽了为何斗争以及斗争必要性的问题，从而也就遮蔽了"纯洁运动"本身的深层次思考，党的内部斗争所犯的错误就被遮蔽了。

小说《中国地》通过设置一对日本兄弟北村与次郎的对话完成对反战思想的表达。

次郎：哥，听我一句好吗？快收手吧。战争中死人无可厚非，可不能屠杀无辜的百姓，更不能使用灭种绝类的化学武器、细菌武器。

北村：次郎，你是研究古生物学的，应该明白物竞天择、适者生存的道理。支那人有五千年灿若星辰的文化，可支那人却不配承担五千年的盛名。他们像猪一样地活着，杀他们其实是帮他们。我想当今世界上只有大和民族才会有如此巨大的创造力，而支那人不过是多了一些融合力罢了，就像现在的你，跟支那猪在一起生活了几年，便被同化得满口

---

① 徐贵祥：《历史的天空》，人民文学出版社2000年版，第337—338页。

中庸之道，不思进取，所谓的同情心，不过是妇人之仁。

次郎：哥，我倒觉得中国人都不错，他们朴实、真诚，对人友善；即便得知我是日本人，而且他们又被你们杀了那么些人，还照样对我好。他们是真正的人，不是你所说的猪。我们日本人是人，我们有兄弟姐妹，可中国人也是人啊，他们跟我们一样也是爹妈父母养的，也有同胞骨肉。

北村：不要再说了。我们大和民族有伟大的目标，我们要征服这个世界。每个大和民族的子孙从生下来就被赋予了神圣的使命，就像草原上驰骋的狼群，我们的目标是统治草原，而不是将目光短浅地停留在那些软弱的羊身上，他们只配做我们的食物。①

法国著名作家雨果在小说《九三年》中传达了"在绝对正确的革命之上，还有一个绝对的人道主义"的思想。这一思想在你死我活的战场上是根本行不通的，但它确实传达了对战争更加深刻的认识。既揭示了战争、革命以及暴力的二元性，同时也显示了人道主义的软肋。暴力是社会革命基本的必需的手段，同时又具有极大的破坏性。正如雷蒙·阿隆所说的："政治还没有发现避免暴力的秘密。当暴力自以为是为一种既是历史又是绝对真理服务时，它就变得更不人道。"②因此，《九三年》也就具有了更深广的人文内涵。

但是以此为标本而彻底否定中国的抗战小说也是不公允的。毕竟战争没有发生在美国本土，中国的抗日战争虽然是世界反法西斯战争的一部分，但是又有不同的地方。抗日战争关系到中国生死存亡，只有通过反抗，以暴制暴才能抵御日本的侵略，这一正义性是很难用普世主义与人道主义来消解的。中国的民族大义与意识形态都不允许中国的抗战小说有反战的思想，尤其是这种思想不能由中国人来承担，不能由他们的口中说出，否则就是汉奸思想，必将引起公愤。其实中国作家并不是认识不到这一点，不是认识不到战争的两面性。在战争与人性之间有时人会陷入一种存在主义哲学所揭示的悖论，你必须做出选择。况且暴力也还有另一面，诚如恩格斯所言："暴力在历史中还起着另一种作用，革命的作用，暴力，用马克思的话说，是每一个孕育着新社会的旧社会的助产婆；它是社会运动借以为自己开辟道路并摧毁僵化的

---

① 赵冬苓：《中国地》，湖南文艺出版社2011年版，第291页。
② [法]雷蒙·阿隆：《知识分子的鸦片》，吕一民、顾杭译，译林出版社2005年版，第208页。

垂死的政治形式的工具。"① 中国抗战取得了胜利,并最终完成了独立自主的民族国家的建立就充分证明了这一点。

因此,中国的抗战小说无法也不可能完全做到美国作家所弘扬的那种激烈的反战思想,所以新世纪以来中国作家对战争所作的思考与探讨已经是十分可贵的。但是无论如何,"不能将暴力历史书写简约成纯粹的个人满足、对危害至深的苦难境况的依恋、耸人听闻的流言蜚语或狂热的意识形态喧嚣,尽管某些书写可能如此"。② 为了避免这种情况的发生,抗战小说在对战争的残酷性与合理性进行书写的同时,更需要有人性、人道主义的维度,所以新世纪以来的抗战小说在这方面也同样做出了积极的努力,以此彰显了它的价值和意义。

第三节 人性与文化

文学是人学,文学要注重书写人性,要表现人道主义精神,要有关注整个人类命运的大爱,这是漫长的文学史所留下的伟大经典作品给我们的重要启示和基本规律,描写战争的小说也同样要遵循这个规律。在记录战争的诸多形式中,小说是最好的形式,因为它能表现绝对的人性,它具有影响他人智慧和心灵的强大力量。一个作家只有把这一力量运用于创造人们灵魂中的美和造福于人类的人,他才是真正伟大的作家。伟大的战争小说仅仅善于描写战争过程、战争场面是远远不够的,作家必须通过这些描写体现出背后所隐藏的值得思考的而又捉摸不定的非战争因素,这些东西才会真正触动人性的隐秘之处和人的灵魂,诸如死亡、激情、仇恨、文化信仰等。因此,能否从人性的角度描写战争也是作家思想和历史观的重要体现,这已经被西方伟大的战争小说所充分证明。

库尔特·冯内古特《五号屠场》以闹剧的形式演绎战争,突出权力意志对个体生命的操纵和控制。诺曼·梅勒的《裸者与死者》揭示出战争、权力、人

---

① [德] 马克思:《马克思恩格斯选集》(第3卷),人民出版社1972年版,第223页。
② [德] 施瓦布:《文学、权力与主体》,陶家俊译,中国社会科学出版社2011年版,第9页。

性、道德等复杂关系，突出反映权力使人丧失人性，战争让人变得更加贪婪，战争的非理性促使人的精神危机。萨特的《自由之路》申明，人注定是自由的，但不代表人注定拥有自由，也不可能拥有绝对的个人的自由，必须积极融入社会通过行动来追求自由，这一思想对于鼓励人们在战争、暴力等逆境中奋发勇为、敢于反抗，用行动来捍卫尊严获取自由有着重要的意义。新世纪以来抗战小说的人性书写呈现出两种声音的对话，这两种声音甚至充满着矛盾，但是只有通过这种对话才能避免单一和绝对，因为这两种声音都有其合理性但又有其局限性。

其一，对羊性所代表的懦弱、妥协、投降的批判，对狼性所代表的勇敢、进取、反抗精神的倡导，这种声音是对中国文化以及所赋予的国民性的一个深刻反思。新世纪刚刚开始的2000年，作家贾平凹在《收获》杂志第3期上发表了他的长篇小说《怀念狼》，并且说道："人是在与狼的斗争中成为人的，狼的消失使人陷入了惊恐、孤独、衰弱和卑鄙，乃至于死亡的境地。怀念狼是怀念勃发的生命，怀念英雄，怀念着世界的平衡。"[1] 这似乎是个富有象征性的隐喻，它开辟了新世纪中国文学"狼来了"的时代和道路，它似乎昭示着接下来的中国文学注定将与"狼"有着不可分割的关系。不出所料，2004年一部名为《狼图腾》的长篇小说制造了文坛上的一个神话，它引起了欧美各大主流媒体和电视电台的连续报道和评论，并在国内和国际上获得各类奖项十余种，它甚至被称为"旷世奇书，精神盛宴"。更为奇怪的是，中国的文化界从此便被狼所缠绕，到处都有狼的身影，到处弥漫着狼的气息。

阅读新世纪以来的抗战小说，我们同样会发现，这些小说充满着强烈的"狼图腾"意识。一方面，我们从这些小说的命名上直接可以领会到，比如《狼烟北平》《遍地狼烟》《血色狼烟》等，当然还有以狼所象征的狼性血性来命名的《虎啸八年》《气血飞扬》《血色关东》等；另一方面，狼作为一个意象，一个话语，更是贯穿于很多小说的故事情节、性格塑造、人物对话和心理描写之中。早在1995年，作家尤凤伟在其抗战小说《生存》的结尾处，就给我们设置了这样一个情节：以村长赵武为首的运粮队在即将到达目的地时，遇到了狼。一只立在前方谷地中间的狼，正瞪眼望人，不肯让路，大有一夫当关万夫莫入之势。于是展开了一场人与狼的战争。由于害怕这只狼会引来

---

[1] 廖增湖：《贾平凹与〈怀念狼〉》，《新民晚报》2000年6月4日。

狼群，运粮队不得不先射杀这只狼，但是在这关键时刻，枪却怎么也打不响。其间，鬼子小山在翻译官周若飞的帮助下明白了具体情况，于是背信弃义而逃跑。眼里冒着凶光狼一样的小山拔腿向前跑去，直冲着那只拦路的老狼。那狼冷不丁见有人取它而来，且气势强悍，竟怯懦地向旁边山壁处逃窜。鬼子小山跑得飞快，瘦小的身影在暝色中一跃一跃，像一只灵巧的狼。尽管最后鬼子小山倒在了运粮队的枪下，但是村民们却没有实现运粮的目的，而且最后全部葬身于山谷中的大雪之中。这样一种描写与处理我们可以得出这样的意味来：首先，狼作为一种可诅咒的障碍阻止了运粮队目的的实现和任务的完成；其次，村民对狼充满着恐惧，由于害怕狼引来更多的狼群而不得不杀死它，但这种害怕却使他们过于紧张而无法正常操作他们手中的枪，导致小山的逃跑；最后，鬼子小山恰似一只狼，而真实的狼面对它却害怕地逃跑了。在这里，狼作为一种象征，隐喻着作家这样一种思想和理解，日本侵略者是狼，他们凶狠狡诈，他们给中国人的生存带来麻烦和灾难，对待他们不能害怕与手软，要有狼一样的胆量和勇气和他们斗争，取得胜利，别无他途。

  对于新世纪的抗战小说而言，狼成为一个话语作为一个意象在文本中的呈现也同样具有多重意味和功能。狼作为一种凶狠的动物与人总是有些距离，对人而言充满了陌生感和神秘性，它作为一个惊险刺激的元素被融入小说，增加了小说的传奇性、通俗性和趣味性。《遍地鬼子》开头就以猎人郑清明在山岭中打猎而展开，作者把他与红狐的斗智斗勇写得惊心动魄、引人入胜。《遍地狼烟》一开始也从少年猎人牧良逢在积雪覆盖的灌木丛中围剿野猪写起，同样十分精彩。《我的兄弟叫顺溜》中顺溜也是猎人，他天赋异禀，五六岁就跟着他爹进山打狼、打麂子，练就一手神鬼莫测、百步穿杨的好枪法。这些相似的描写并非完全巧合，它们隐喻着作家对小说传奇性的追求，打猎打狼与抗日打鬼子之间有共通性，突出民间抗战的重要意义。在这些小说里，狼还参与故事情节的叙述甚至成为事件发生变化与转折的重要因素。《遍地鬼子》中，长工鲁大在接送地主女儿秀上学的途中，遇到了狼群。小说写道："头狼蹲在后面，指挥着狼群一点点地逼近，鲁大这时冲头狼打了一枪，头狼惊恐地哀叫了一声，子弹擦着它头皮飞了过去。头狼后逃几步后，更加坚定地指挥着狼们上前围攻。有一只狼甚至把前爪子搭在了车沿上。鲁大一枪把它射中，它哀嚎一声滚落在雪地上。这一次，狼们吃惊不小，撤了段距离，但仍不肯离去。于是人和狼就那么对峙着。"经过这一次危险事件之后，秀就不再读书了，鲁大也就失去了同秀亲密接触的有利机会，这对被爱情之火燃烧的年轻人只能偷偷约会，于是事情败露，鲁大受到严厉惩罚，最后被逼无奈做了土匪成了"胡子"，直至后来成为抗日英雄。在这里，狼作为一个元素巧妙地推动了故事情节的发展。

　　事实上，狼作为传奇性元素推动故事发展只是它的表层功能，更重要的是借助这一意象抗战小说实现了对战争与人性的深层反思。对战争而言，它渲染了战争剑拔弩张的紧张气氛，揭示了战争的残酷性与灾难性，对日本侵略者身上的狼性与兽性展开了强烈的批判。战争让人变成了兽。小说《狼烟北平》中的黑田就认为："人类在没有进入战争状态之前，脸上总是虚伪地遮盖着一层温情脉脉的面纱，一旦进入战争状态，人类就会变成野兽，在国家利益的口号下野蛮地杀戮，战争意味着流血和死亡，这是不争的事实，我们谁也无法摆脱这个现实。就我个人而言，并不喜欢这种残酷的游戏，但当有人用恐怖的手段来对抗我们的话，我们也只好用同样的手段去回敬敌人。"在对战争的反思中渗透着作者思想的悖论，一方面批判狼性，另一方面又呼唤狼性。日本侵略者就是凶恶的狡猾的狼，他们更是兽性的代表，他们的入侵就是狼来了的一种现实体现。小说《中国地》中通过日本军官北村内心世界的揭示，强化了日本侵略者的狼性与兽性。

　　徐贵祥《八月桂花遍地开》通过松冈大佐回忆南京大屠杀的心理描写也凸显日本人的兽性。松冈率领他的联队就像迅猛的战车，在南京的大街小巷纵横驰骋。他们整整当了四十天的"上帝"，想杀谁就杀谁，想在哪里杀就在哪里杀，想怎么杀就怎么杀；想强奸谁就强奸谁，想怎么强奸就怎么强奸。看着一片废墟和废墟上狼奔豕突的中国男人和女人，他们是那样的软弱，那样的无助，他们的眼睛里流露出的是哀求和绝望。他们像刀俎上的鱼肉一样任凭"皇军"宰割，皇军那种快感和自豪感简直难以遏制。对中国而言，抗日战争是人与狼的斗争，作为狼的日本侵略者是非正义的，中国人民的反抗具有自然的正义的合理性，抗击日本侵略者成为每个中国人义不容辞的责任和使命，这是毋庸置疑的。日本侵略者在这场战争中集中体现了他们狼的本性和兽性，这也注定他们不可能取得最后的胜利。

　　在这里将日本侵略者比喻成狼，而我们中国则是羊，狼性与羊性的悬殊是我们中国被侵略的原因。落后挨打的境地，总是失败的理由。因此，构建一种以狼为代表血性、勇敢等质素的国民性成为许多作家的呼唤和理想。赵冬苓在小说《中国地》中借人物王思恺与赵老嘎的对话用狼与羊的比喻上升到了对国民性的思考。在作者看来，日本是狼，而中国是羊，中国奉行几千年的中庸之道，民族的普遍性格是温良软弱，不被逼到最后的关头，很难奋起反抗。而狼一定要吃羊，这是它们的本性决定的。中国被日本侵略就是这样一个道理。这代表了绝大多数作家内心的一种思想。

那么如何让我们的民族更加强大，对抗战小说作家而言，那就是改造我们的以羊性为中心的软弱的国民性，我们的民族需要换血、输血，需要汲取以狼性为中心的勇敢的具有血性的精神。徐贵祥的《八月桂花遍地开》其目的就是通过波澜壮阔的战争故事，显微蛰伏在我们中国人血液中的、骨骼中的和记忆深处的民族自尊和自信，弘扬我们民族的自豪感和自强不息的精神。石钟山《遍地鬼子》中要实现这样的创作目的，那就是为故乡那些充满血性的男儿女儿歌哭，对他来说，东北人的豪情和侠义，仗义疏财，两肋插刀，颇有几分春秋精神。当遍地鬼子来了的时候，中国人有了血性，有了侠骨柔肠，有了英雄豪气。朱苏进在其小说《我的兄弟叫顺溜》中，就塑造了这样一个具有狼性精神的抗日英雄形象。顺溜因为是喝着狼奶长大的孩子，这就决定了他的不一样。他倔得像头驴，一根筋、认死理儿，喜欢一条道走到黑，但他伏在许家湾子的岭上三天两夜，一口干粮没吃，一口水没喝，将侵华日军头目华中派遣军司令石原一枪毙命。尤其是顺溜在战争已经结束，日军已经无条件投降的情况下，冒死追杀糟蹋了他姐的鬼子兵坂田。顺溜说："你们的战争结束了，我的战争没有结束！害了我们那么多人，杀了我们那么多人，现在想不打了就可以不打么？想回家就可以回家么？我也想回家，可是，我的家没了，我家里人都被他们杀了。"因此，他敢于违抗新四军总部下禁止攻击已投降的日军士兵的命令，向日军讨还血债，这种不守纪律、桀骜不驯的个性给我们留下深刻的印象，当然，对于他的具体行为的合理性也引起了我们的思考。但是正是这样一群人才是中国抗战取得胜利的重要原因，也是中华民族进步的希望。

但是，我们也应该看到，这种对人性理解的"狼图腾"意识是对狼所代表的狼性的极端甚至异化性的推崇和弘扬，其背后的危险也是不言而喻的。对狼性的认同源于这样一种逻辑，由现实现象中狼必胜羊，弱肉强食，丛林法则等推导出文化逻辑与诉求，而不是站在全人类的角度倡导一种人性文化去改变狼性现实。这种书写进一步强化了狼性，也就强化了暴力、掠夺、野蛮、杀戮，而忽视甚至否定人性、正义、善良，由此造成一种文化的失衡。全盘否定羊作为一种自身存在的合理性，羊性文化所具有的包容性被去除。强化狼性，我们就越发失去人性，自我的丧失，导致精神与世界之间的关系日趋紧张，直至发展成为对立的程度，狼性被强化，这个世界最终成为狼的世界，但是在这个世界里，依然存在强狼、弱狼，它们依然会更加陷入残杀，现实中各国的军备竞赛难道还不够说明问题吗？对狼性的过分强调在某种程度上背离了人道主义精神，具有反人性和反文明的特质。

因此，这是一种"文学的悲剧"，加剧人类对自身存在的真正目的的迷离和困惑。因此，战争文学还需要另一种声音，一种软化人心温暖人心的声音来克服这种悖论，在此基础上建立文学自身特殊的逻辑和功能以及它的合法性。所以伟大的战争小说往往能够摆脱民族国家主义的狭隘性，摆脱单一的暴力性，避免激发人性的残酷、仇恨、冲动、狂热等心理情感，而提供感动、温暖、大爱等美好情愫，具有高度的人道主义特点。而新世纪的一些抗战小说试图从这方面努力寻求突破。

其二，是对博爱、仁慈、宽容等为内涵的人性、人道主义精神的呼唤与弘扬。新世纪以来的抗战小说也冲破"暴力美学"的模式，注重战争背景下的人性书写，展示人性在坚韧、善良、温暖等方面所承载的巨大力量。

首先值得一提的是朱秀海的小说《音乐会》，在这部小说里，作家完成了一次"寻找精神高点"旅程，由此得出的结论就是："日本人在整个战争过程中表现出的是残暴的人性，而中华民族那时候是那么弱，而我们最终取得了胜利，其原因就是在人性和兽性的战争中，无论多么强大的战争机器，代表兽性的一方永远战胜不了人性的一方。"[①] 小说一方面歌颂了以秋雨豪领导的东北抗日联军同日寇殊死搏斗的英雄悲剧，另一方面谱写了他们冒死解救朝鲜抗日志士的遗孤金英子的人性悲歌。小说以少女金英子为叙述视角，让她目睹了整个战争的残酷，目睹他人的惨死，而由此陷入一种对死亡的恐惧之中，而这种恐惧的折磨甚至比死亡本身更可怕，通过对儿童心理的充分敞开以及

---

① 刘慧:《寻找精神的高点——朱秀海访谈》,《神剑》2012 年第 5 期。

对战争的追问凸显战争的残酷性，甚至起到了模糊战争正义性与非正义性的界线，尤其是小说书写了战争结束后金英子的生活情况和心理状态，反映战争给她的心灵所造成的难以抹去的创伤和幻觉，由此进一步反思战争的残酷和反战的意味，这是很多中国抗战小说很少涉及的，而西方战争文学恰恰在这方面有很多范例。因此，这部小说在一定程度上跨越了民族国家主义的框架，上升到人类的高度去思考战争、观照人性，为推进中国当代战争文学与世界战争文学接轨做出了积极探索和突出贡献。

其次是阎欣宁的小说《中国爹娘》在这方面也有所突破。这部小说主要叙述了在抗日战争中日军撤退以后留下了很多日本孩子，他们成为战争的遗弃品无人照管，而以女主人公杜鹃为代表的中国老百姓却在艰苦的环境中承担起了对几个孩子的收留、抚养和教育。杜鹃说：有些日本人是野兽，可我们不会是。我们是人，我们只能以人的做法来做人，不能像野兽那样来对待别人。杜鹃这一形象是中国人民身上所具有的善良、坚韧、大爱的象征，而这与日本侵略中国所表现出的兽性形成鲜明的对比。作者颂扬了这种人性之美，认为这才是人类的希望。中外一些伟大的经典战争小说告诉我们，写好战争并不仅仅在于如何描述战争、战役，如何揭露战争的残酷性，如何歌颂战争的正义性和英雄的牺牲精神，更重要的是作家在书写人性背后所体现的人类意识和文化关怀，它是否能以人道主义的光辉引导人心、人性更加向善，以此达到爱好和平反对战争的目的。正是在这个节点上，作品的优劣高下往往被区隔出来。同样，中国的抗战小说要想有所突破，必须如一些论者所言的"超越国家主义的框架和'暴力美学'的模式，对战争的表现、反省和检讨不再限于'正义'与'非正义''侵略'与'反侵略'的二元对立之中"。

尽管弗洛伊德认为文明也存在压抑人性的缺憾，但是他从没有否定文明的价值，相反，他始终是文明的捍卫者。文明永远是人类必须努力追求的共同价值。因为文明就是指所有使我们的生活不同于我们的动物祖先的生活的成就和规则的总和。文明具有两个目的，一是保护人类抵御自然，二是调节人际关系。人类的动物性致使他在其本能的天赋中就具有很强大的进攻性，这种残酷的进攻性等待着某种刺激或是为某种其他的意图服务，而文明必须尽其最大的努力来对人类的进攻本能加以限制。文明通过减弱、消除个人的危险的进攻愿望，并在个人内心建立一个力量，像一座被占领的城市中的驻军一样监视这种愿望，从而控制了它。所以弗洛姆也坚持认为："人必须使理性不断地发展，使自己成为自然界的主宰和自我的主宰。理性的存在使人类得以发展，通过这种发展，形成了使人与自我和他人保持协调的人类固有的世界。理性的存在正是人类历史的动力。"① 因此，需要文学更加人性化地书写，以完善人的良心、灵魂等。从这个意义上讲，作家麦家的文学理念和思想是值得认可的，他认为文学的一个基本功能就是软化人心，文学的价值最终是温暖人心。

当然，我们可以说，描写战胜本身就面临着一个难以摆脱的悖论："战争文学所能表现的忍耐有许多决定因素，其中之一是人们彼此相待的行为，以及死亡结局到来之前忍耐的行为。对于大多数作者而言，从中推演适用于生活的一般伦理教益，是没有困难的。他们表现的教益几乎总是以告诫的形式出现，以防止那些可怕的事件重演，他们进行整治反思或社会反思，以保护人类，使之不再经历这样的浩劫；但最后，他们的告诫形式是复仇。"② 也正因为如此，我们才强调作家在书写中如何能摆脱暴力和民族主义的狭隘性，避免激发刺激人性的复仇欲望。所以，抗战小说还必须正确处理民族、国家的问题。

第四节　民族与国家

抗日战争是中国与日本两个民族国家之间的一场战争，对于这场战争的立场和态度很大程度上取决于作家对民族、国家这样两个"大词"的理解。"对民族同一性的铸造，战争显得至关重要，不论是战胜还是战败。对于这些战争的记忆，在辞令上，是得到了民族精英的美化的。这些加工促成了横向的和纵向的民族气质，因此还有民族认同感。"③ 那么对于反映和描写战争的小

---

① [德]弗罗姆：《人性的追求》，王建康译，上海文化出版社1989年版，第33页。
② [荷]德累斯顿：《迫害、灭绝与文学》，何道宽译，花城出版社2012年版，第14页。
③ [美]埃娃·汤普逊：《帝国意识：俄国文学与殖民主义》，杨德友译，北京大学出版社2009年版，第12页。

说来说也同样如此，小说离不开对民族国家的认识和形塑，尤其是对于中国的抗日战争来说更是如此，因为这场战争是一场民族国家之间的战争，是中华民族抗击外族侵略而捍卫本民族尊严的一场正义之战，是为保持和维护国家主权独立和领土完整的全民族行动。正是这场战争激发了中国人民的民族意识和爱国主义情感，重新思考民族国家的一些问题。这些问题在抗战小说中都有所折射，那么抗战小说对民族国家做出了怎样的理解，发出了怎样的声音呢？

抗战小说应对当下民族国家观念式微的价值取向和现实予以回应，强化民族国家意识。民族国家绝非一个想象的共同体。全球化语境下，后殖民理论兴起，民族主义话语再次凸显，民族作为政治与文化的共同体绝不是一种想象，它现实存在着，需要认同。因此，抗战小说首先强调了国共两党共同抗战，其次突出了全民族的整体抗战。马克思在《德意志意识形态》中指出："每一个企图代替旧统治地位的新阶级，就是为了达到自己的目的而不得不把自己的利益说成是社会全体成员的共同利益，抽象地讲，就是赋予了自己的思想以普遍的形式，把它们描绘成唯一合理的、有普遍意义的思想。"[1] 在消费主义主导的世俗社会，经过了一个现代性的祛魅过程，个人意识觉醒，思想更加解放与开放，个人所获取更大权力的同时也失去了很多信任和团结，个人也永远不可能摆脱与他人关系的社会性。

个人的认同往往消解了对国家民族的认同，20世纪90年代后期以来，中国社会愈加呈现出一种断裂性，社会产生了不同的阶层，而且这些阶层之间充满了矛盾和裂缝，不同社会群体拥有各自不同的利益诉求，导致价值观和思想的不统一，如何重塑与重构这种力量，成为抗战小说作家的思考，成为重要的文学资源，凝聚力精神信仰的重要载体。"人们之间日益缺乏任何意义的或者道德上的紧密联系，他们之间的联系是契约性的，疏远的、个别的，而不是紧密团结和结合得很好的。大众社会的个体越来越多地自行其是，他们拥有的能够找到赖以为生的同一性价值标准的群体和机构越来越少。"[2] 中国社会也日益表现出了这样一个特点，关于这一思想情绪，电影《天下无贼》用一句戏仿台词："人心散了，队伍不好带了。"因此，重建精神信仰，重新凝

---

[1] [德] 马克思：《马克思恩格斯全集》第3卷，人民出版社1960年版，第54页。
[2] [英] 斯特里纳蒂：《通俗文化理论导论》，阎嘉译，商务印书馆2001年版，第11页。

聚力量,尤其是团体的力量和团结的力量。对抗战小说的重复性书写本身就隐喻着这样的思想和意识。因为"社会的、国家的、宗教的或是种族的同一性以及价值观和标准,总是在回顾过去,展望未来的基础上被构建、被认可和巩固稳定下来的。这些回忆过程和叙述的形式密不可分。无论是涉及某个时期内的生活或是世界重大历史事件,叙述使得过去发生的事件成为有意义的故事,因此叙述是集体记忆的一种基本方法"。① 抗战小说也同样具有这样的功能。它能够让主体获得民族国家的认同。抗战小说的作家们对价值危机与自我认同的丧失表现出很大的焦虑。他们的写作虽然淡化阶级党派立场,但是却强化民族精神。在他们看来,"民族国家"绝不是一个想象的共同体,它是如此真实而且如此重要。一个国家如果没有统一与不够强大,那么它就会陷入被侵略的境地,它的人民就会遭殃受罪甚至牺牲。

何顿的《抵抗者》中设置爷孙对话这样一个情节,来探讨中国被侵略和为何被侵略这一问题,传达着作家这样的思考与认识,即国家必须强大才能免受侵略。

孙子问:日本鬼子为什么要侵略我们中国呢?

爷爷回答说:因为中国虽然穷,但矿藏丰富。日本是个岛国,没有中国这么多矿藏。

孙子问:矿藏丰富就要被侵略?

爷爷回答说:国家贫穷就要被侵略,国家强大就不受侵略了。

孙子又问:日本为什么敢侵略我们中国呢?

爷爷回答说:中国那时候国力很弱,而日本当时比中国要发达。②

虽然这个道理非常浅显并不深刻,但是作家却在强调一种事实,那就是国家强大的重要性。国家不仅要强大,而且要统一、要团结,四分五裂不仅无法强大,也必然任人宰割。国民党在抗战中损失惨重与其内部分裂不够团结有很大关系。

小说还设置了与一国民党中将谈及五十七师在常德保卫战中全师将士阵

---

① [德]埃尔:《文化记忆理论读本》,余传玲等译,北京大学出版社2012年版,第248页。
② 何顿:《抵抗者》,长江文艺出版社2002年版,第91页。

亡之事这一情节,通过老将军之口使我们获得了深刻的认识。在老将军看来,这一悲剧完全是可以避免的,而之所以发生就在于国民党军队内部的分裂内讧和不够团结。因为为了保存各自的实力和官衔,军队将领可以不执行上级的命令,导致援军并没有按时到达。用老将军的话说:"国民党不像共产党,共产党的组织严密,一切行动都听从指挥。国民党不行啊,谁是军长、师长,他只要手下有兵,他就有进一步升官的机会。而丢了兵就成了一个空架子,就靠边站了,所以都想保存实力。人心不齐也就人心不一,都想保存实力,不想消耗自己的队伍。这就是增援部队按兵不动的原因。"

徐贵祥在《八月桂花遍地开》中借日军司令官松冈大佐的认识指出了中国的衰弱:这个国家在过去的岁月里是怎样让人景仰啊!这个国家千百年来都是日本民族的老师,都是日本政府和百姓必须进贡的天朝帝国。然而,现在情况终于改变了,这个庞然大物原来是泥塑的,是不堪一击的,转眼之间就是血流成河尸骨成山。小说又借另一人物方瓦索表达出自己的认识:如今的中国,虽然政府是一个政府,可是派系多如牛毛,国民政府根本拢不住四分五裂的局面。而且在松冈看来:中国人个顶个单打独斗都还有两下子,但是你把他们集中起来,尤其是在利益面前,他们就乱了,会互相瞧不起,互相扯皮,互相攻讦,互相挖墙脚,甚至互相战斗而不可开交。这些都充分说明了团结才能出战斗力的道理,而中国共产党之所以能够取得最后的胜利是与此分不开的。

作为民族国家的"共同体是一个有机的具体总体,因此自身是充满意义的。共同体是一群内心有着无限丰富生活的人,这些人有相同或类似的人们作为兄弟或邻居",[①] 由此带来的问题是如何处理共同体与人的关系即国家与国民之间的关系显得至关重要。可以说,这一关系决定着这个国家及其每个人的命运,他们紧密联系而又隐含矛盾。这一问题在20世纪90年代的抗战小说就开始体现,代表性作家刘震云,他在《温故一九四二》做了深入的思考。小说不仅将人性置于战争的背景下,更将其置于灾荒饥饿的状态中。生命是崇高的,但在这样的境遇下又显得如此低贱,求生的本能战胜了人的尊严,刺激了人性的恶。在此背景下,所谓爱国、忠贞、善良等便会变得一钱不值。尽管日本人在这种情况下出于收买人心的战争策略而非人道的立场给

---

① [匈]卢卡奇:《小说理论》,燕宏远、李怀涛译,商务印书馆2012年版,第60页。

灾民以救济，但是还是取得了很好的效果，导致灾民们愿意为日军服务，这样就与国民政府的腐败、对子民的漠视、国军对百姓的残忍等形成鲜明对比。小说写道："日本人在中国犯了滔天罪行，杀人如麻，血流成河，我们与他们不共戴天；但却是这些杀人如麻的侵略者，救了不少乡亲们的命。他们给我们发放了不少军粮。我们吃了皇军的军粮，生命得以维持和壮大。当然，日本发军粮的动机绝对是坏的，心不是好心，有战略意图，有政治阴谋，为了收买民心，为了占我们的土地，沦落我们河山，奸淫我们的妻女，但他们救了我们的命；话说回来，我们自己的政府，对待我们的灾民，就没有战略意图和政治阴谋吗？他们对我们撒手不管。在这种情况下，为了生存，有奶就是娘，吃了日本的粮，是卖国，是汉奸，这个国又有什么不可以卖的呢？有什么可以留恋的呢？日本为什么用六万军队，就可以一举歼灭三十万中国军队？在于他们发放军粮，依靠了民众。民众是广大而存在的。当这问题摆在我们这些行将饿死的灾民面前时，问题就变成：是宁肯饿死当中国鬼呢？还是不饿死当亡国奴呢？我们选择了后者。"应该说，刘震云的反思还是非常深刻的，他在一定程度上突破了党派国族的观点，从人性生存的角度来反思国与民之关系，具有深刻的警示意义。

新世纪抗战小说《八月桂花遍地开》对此也进行了探讨：国家者人民的国家，天下者人民的天下。皮之不存，毛将焉附；国将不国，何以为家？中华民族到了最危险的时候，保卫国家国土家园，而不是保卫朝廷军阀政府。靠人民自己筑起血肉长城，抵御外辱，洗刷内政，才能使我们的国家发展进步强大。作家笔下的云舒庄园的象征着对美好国家与人民生活的想象。"在那里，人在深山中，心装天下事。在这样一片纯净的土地上，没有苛捐杂税，没有军阀混战，没有帝国主义的掠夺，人们自食其力，老人们安度晚年，大人们男耕女织，孩子们书声琅琅，年轻人相亲相爱。"小说中的人物夏侯舒城认为：民族是由人组成的，说到底民族的缺陷是由个人的缺陷堆砌的。民族的懦弱也是由个人的懦弱积累而成的，包括你和我的懦弱。归根到底是由生存状态决定的。不能把账算到老百姓的头上。老百姓连饭都吃不饱，连活着都成问题，他当然不可能去忧国忧民，他拿什么去救国啊？只有国家独立，才有可能改良政治，发展经济，提高国计民生水平。老百姓的日子好过了，他自然要守护自己的家园。中国并不是国民政府的中国，也不是军阀的中国，而是中国老百姓的中国。王朝之争,集团之争,党派之争,信仰之争,都不能超越国家利益。作者深刻表达了对"苛政猛于虎,天下一盘沙"的忧虑。小说通过两个人物的对话表达了这一主题。

> 方索瓦:这个国家完了,不仅是封建专制的问题,也不仅是政府腐败军阀混战的问题,中国人已经堕落到了只知道活着的地步,你给他民主,他恨不得自己当皇帝。
> 夏侯舒城:这个问题很复杂,民族是由人组成的,说到底民族的缺陷是由个人的缺陷堆砌的。民族的懦弱也是由个人的懦弱积累而成的,包括你和我的懦弱。归根到底是由生存状态决定的。不能把账算到老百姓的头上。老百姓连饭都吃不饱,连活着都成问题,他当然不可能去忧国忧民,他拿什么去救国啊?只有国家独立,才有可能改良政治,发展经济,提高国计民生水平。老百姓的日子好过了,他自然要守护自己的家园。
> 方索瓦:如今的中国,虽然政府是一个政府,可是派系多如牛毛,国民政府根本拢不住四分五裂的局面。
> 夏侯舒城:中国并不是国民政府的中国,也不是军阀的中国,而是中国老百姓的中国。王朝之争,集团之争,党派之争,信仰之争,都不能超越国家利益。用什么来收拢民族意志呢?在救国这个旗帜下,比依赖信仰哪个政府都更有说服力和感召力。[①]

何顿的小说《抵抗者》将真实生活中一对父子的矛盾插入小说,以此凸显民族主义面临的挑战。战争年代的父亲与和平时期的儿子之间因为购买日本东芝冰箱所产生的冲突,表达了作者对遗忘历史的焦虑以及民族主义情感式微的担忧。小说写道:

> 老爹说:我这一生最痛恨的就是日本人。你还把日本货买进家里,你这不是要故意气我走么?
> 我说大家都买日本冰箱,又不是我一个人买。再说,日本冰箱质量

---

① 徐贵祥:《八月桂花遍地开》,北京十月文艺出版社 2005 年版,第 125—128 页。

就是好一些。

老爹的脸变得铁青,大吼道:别人买我管不了,你买就是不行。你把它退了,换台国产冰箱。否则,我明天就走。

我说:它不过是台冰箱。

它是日本人生产的冰箱,老爹生气道,你这是为日本人作贡献!

我觉得老爹这辈人的民族精神太狭隘了,这不过是一台日本人生产的家用冰箱,用不着那么大惊小怪么。但老爹不这么看。老爹说:中国人太健忘了,具体就体现在你们这些年轻人身上。日本人在中国犯下的罪行是永远不可原谅的,可是还不到五十年,就都忘记了日本人在中国犯下的滔天罪恶。我要是中央领导,南京大屠杀日就要定为国耻日。美国人在广岛扔下的原子弹炸死的日本人,还不及日本人在湘北一带展开的大屠杀中杀的人多。

我不想换冰箱,因为已经买进家了。我说,那是战争年代,已经过去了。

过去了?我还没死呢,就过去了?老爹说,你这是存心要赶我走啊。①

当然,对民族主义和国家的过度强调也具有自身的悖论,因为对集体与民族身份的强调凸显了差别,也会对世界和平造成灾害。这种对记忆的政治化,对过去的关注,是建立在自己的经历和痛苦上的,这样就加深了区别性,也就加深了民族之间的对立意识。因此,战争小说才有了更多的人性书写,以此构成多种对话,抵消单一的书写所带来的弊端。而要做到这一点,去除狭隘的民族主义显得尤为必要。由于种族主义和爱国主义以及民族自豪感紧密交织、夹杂不清、难解难分,因此,想要真正克服这一问题变得十分艰难,但是作为一个伟大的作家应该提防它们变成一种时尚,否则人们又会再次陷入德国纳粹主义和日本军国主义的陷阱,它已经成为20世纪整个人类的灾难。所以,抗战小说不应该再加剧这样一种意识,他应该跨越民族、种族、文化边界以及受害者与施暴者的界限来申讨暴力和战争历史的罪恶。因此,中国的抗战小说要想有大的作为,必须努力做到这一点。

---

① 何顿:《抵抗者》,长江文艺出版社2001年版,第31页。

第六章　民间性与狂欢化书写中的对话精神

巴赫金在研究拉伯雷时较早使用了"民间"一词,在他看来,要想解开拉伯雷的创作之谜,就必须深入了解拉伯雷创作的民间源头,只有从民间文化的角度来看,才能揭示真正的拉伯雷。他指出:"在近代文学的这些创建者中,拉伯雷是最民主的一个,最主要的是他与民间源头的联系比其他人更紧密、更本质,而这些民间源头是独具特色的,这些源头决定了他的整个形象体系及其艺术世界观。拉伯雷形象的'民间性'、特殊的'非文学性'和无法遏止的'非官方性'不符合当时的文学性标准与规范,这些形象与一切完成性和稳定性、一切狭隘的严肃性、与思想和世界观领域里的一切现成性和确定性都是相敌对的。"①

在巴赫金看来,"民间"是同"官方"相对应的一个概念,在内容上,这一语词包含着民间文化、自由性、诙谐性和反叛性;在艺术形式上,巴赫金用"怪诞现实主义"以及"狂欢化叙事"来概括拉伯雷创作的主要特征。巴赫金关于"民间"的相关思想被引入中国后对中国文学研究起到了重要的启示和参照作用,成为中国学者研究中国文学现象尤其是研究中国现当代文学一个重要的理论工具,这并非理论的生搬硬套,而是由中国现当代文学自身所具有的特点所决定的,当然也与这一理论的丰富性、辐射性、普适性有着紧密的关联。

"民间"概念以及相关理论在中国学界开始出现并产生广泛影响是在20世纪90年代,开始提出者是当代学者陈思和,他在研究中国当代文学的过程中,最先提出了"民间"这一概念并对此进行了系统的阐释与发挥。在陈思和那里,民间是一个多维度、多层次的概念,具有以下三个特点:"第一,在国家

---

① [苏]巴赫金:《拉伯雷研究》,李兆林等译,河北教育出版社1998年版,第3页。

权力控制相对薄弱的领域产生，保持了相对自由活泼的形式，能够比较真实地表达出民间社会生活的面貌和下层人民的情绪。第二，是文学艺术产生的源泉，自由自在是其最基本的审美风格。第三，独特的藏污纳垢的形态，很难对其作一个简单的价值判断。"① 在这里，陈思和并没有给民间下一个比较凝练精确的定义，只是高度概括出了它所具有的特点，但是这段话对民间丰富内涵和特点的揭示加深了我们对它的理解，因此常常被文学研究者所引用和使用。后来他又进一步对民间这一术语作了更为精确的界定："是指中国文学创作的一种文学形态和价值取向，是指一种非权力形态也非知识分子精英文化形态的文化视界和空间，渗透在作家的写作立场、价值取向、审美风格等方面。"② 应该说这一界定进一步厘清和明确了民间这一语词的使用范围和边界，对于我们认识和研究文学有着重要的启示和借鉴意义。

尽管这一理论提出以后学界也出现了很大争议，但总的说来引起更多的还是共鸣。学者南帆高度肯定了民间的重要意义："民间并不是理论制造的紧箍咒，民间是文学不尽的资源。文学有理由充分地描述民间；至少，文学必须充分地意识到民间的存在。不论知识分子试图与民间保持何种关系，他们首先必须与民间进行不懈的对话。"③ 因此，民间话语已成为研究20世纪中国文学史以及相关文学现象的一个重要甚至核心概念，以此出发审视中国文学的确会获得许多新的理解和创见。

第一节　民间理论与抗战小说

尽管陈思和一再表示："我在这里使用的民间，完全是指中国土地上滋生的文化现象，与西方任何有关或者相近的理论无关。"④ 这种表白一方面体现了作者对自己理论独创性的强调，另一方面也体现了他对其研究对象即中国

---

① 陈思和：《民间的浮沉：对抗战到"文革"文学史的一个尝试性解释》，《上海文学》1994年第1期。
② 陈思和：《理想主义与民间立场》，《中山大学学报》1999年第5期。
③ 南帆：《民间的意义》，《文艺争鸣》1999年第2期。
④ 陈思和：《民间的还原："文革"后文学史某种走向的解释》，《文艺争鸣》1994年第1期。

文学独特性的强调。但是，这并不代表他的民间概念与西方相关理论尤其是巴赫金民间理论没有共通性，如果说文学创作之间存在着一定的互文性，那么文学研究及相关理论也同样存在着一定的互文性，这也正是巴赫金所强调的对话性的表现。巴赫金民间理论最大的启示和意义在于"对官方世界及其世界观、价值体系、严肃性的摈弃，给予作者表现非官方观点的权利，尤其是给予他对世界持有一种非官方观点的权利"。① 这样，民间与官方就形成了一定程度的对抗与对话，从而打破官方正统的、权威的以及专制的对历史、世界及一切存在的霸权式理解和裁定，其背后是对一种开放、民主与平等精神的张扬与捍卫。而陈思和的民间理论则同样具有这样的意义，而且由于中国文学自身的特点又使得这一理论比巴赫金的"官方/民间"视角更进一步，它增加了"知识分子/民众"之间的关系这样一个维度的考量。正如陈思和自己所言："本世纪以来，学术文化分裂为三：国家权力支持的政治意识形态，知识分子为主体的西方外来文化形态和保存在中国民间社会的民间文化形态。这三大领域包含的文化内容不是固定的，而是随着文化格局的分化和组合而不断变动。"②

由此，如何解读官方话语、精英话语、民间话语之间的关系成为我们研究中国现当代文学时一个不可忽视的重要内容，事实上，许多研究也正是围绕这个问题而展开的。这里面隐喻着诸多丰富的问题意识，诸如知识分子与主流意识形态的关系、知识分子与民众的关系、知识分子价值立场的变化及其原因、民间的形态功能及意义等，对这些问题的研究必将开创文学研究新的空间。抗战小说作为20世纪中国文学中重要的一种文本类型与文学现象，我们当然可以通过民间这一视角予以审视和关注，更为重要的是，抗战小说自身的民间化书写为我们的这种研究提供了前提和基础。

事实上，陈思和民间概念的提出和相关理论的阐释其开始就和抗战有着密不可分的关系。正是抗战这一重大历史事件让中国的社会环境、政治格局以及人们的心理都发生了一些很大的变化，这种变化自然表征于文学现象中，同时也成为其思考民间问题的起始点。关于一问题在陈思和、南帆等学者那里都有诸多的讨论，这里不再赘言。我们关注的是如何从民间的视角审视当

---

① [苏]巴赫金：《拉伯雷研究》，李兆林等译，河北教育出版社1998：第303—304页。
② 陈思和：《民间的浮沉：对抗战到"文革"文学史的一个尝试性解释》，《上海文学》1994年第1期。

代的抗战小说,尤其是新世纪以来的抗战小说,具体来说就是抗战小说民间话语确立的原因、过程及脉络,民间是如何渗透体现在抗战小说中的,民间之于抗战小说具有怎样的功能和意味。对这些问题的回答将有助于我们对抗战小说做出更加深入的全面的解读。

陈思和也曾坦言,他之所以关注20世纪90年代的文学创作与民间的关系这一问题,其最初的契机和动因则来自"十七年"文学和20世纪80年代文学中的两部抗战小说,这就是莫言的《红高粱》和冯德英的《苦菜花》。陈思和指出了两者之间存在着的师承关系和共同性,比如战争暴力所带来的残酷,民间的性爱观念和性爱方式,粗糙的文字下洋溢着的强劲生命力。但是更为重要的是他找到了二者的区别,这区别则在余占鳌和柳八爷这两个人物形象上,冯德英笔下的柳八爷虽然也是抗日英雄,但又是一个需要不断克服自身缺点的草莽人物,作家在这个人物的身边树起一个政治道德的标准。而莫言则把柳八爷式的人物推向主要英雄的位置上,余占鳌是个土匪,他身上的缺点是不言而喻的,但是余占鳌的缺点不需要依据某种"正确"的标准来识别和改造,他就是以赤裸裸的真实成为高密乡的真正英雄。余占鳌指挥的伏击战是一场民间的战争,莫言在描写中有意淡化了历史教科书的正史意识,从而使民间的力量突出在历史舞台上。这里的关键似乎不在于写了土匪,而是在政治意识形态和知识分子话语之外,作家另外树立起一个整合历史的价值标准,我把这种标准称为民间的标准。①

很显然,这两部小说因为都是描写抗战的它们之间必然存在互文性的对话关系,这种关系既有师承和相似之处,也有背离和相异之处。陈思和的敏锐与深刻之处恰在于洞察出了这二者之间的同与异,而且对此进行了理论上的概括和提升。尤其是对二者之间差异的揭示具有重要的启示,这种差异的根源在于两位作家所处时代不同,自然他们的历史观和价值标准就不同,前者是官方标准,后者则是民间标准,这样两种标准决定了作家对抗战的主体认知与回答、对英雄人物的理解和态度等问题自然也就不一样,其实这背后折射的又是"十七年"与新时期这两个时代以及所具有的两种价值标准的对话关系,这种关系一方面有延承的元素,但更多的则表现为后者对前者的质疑、反驳与颠覆。

---

① 陈思和:《民间的还原:"文革"后文学史某种走向的解释》,《文艺争鸣》1994年第1期。

第六章　民间性与狂欢化书写中的对话精神

"十七年"的文学在很大程度上是延安文学的一种延续,这一时期的抗战小说呈现出了单一化特点,比如强调党的领导、歌颂这场伟大的战争、塑造完美的英雄人物、丑化敌方人物、昂扬奋进的乐观主义基调等。上面所提到的冯德英的《苦菜花》是这样,这一时期的其他抗战小说也同样如此,比如《铁道游击队》《野火春风斗古城》《敌后武工队》《平原枪声》《烈火金刚》《平原烈火》等。这些小说被称作"红色经典",它们所突出强调和主要表现的就是在敌后抗日根据地中国共产党领导的以工农兵为主体的抗战,这些书写显然无法超越当时的主流意识形态,它们恰是官方话语的集中体现。

在这种情境下,尽管很多作家一再强调自己追求历史的真实,但是回过头来看,由于官方主流意识形态的压力以及作家求真意志的自我的独立性的丧失,这种历史的真实只是一种片面的真实,历史的丰富性、复杂性甚至偶然性等都无法得到更为深入的表达。比如从抗战主体的角度而言,国民党正面战场的抗战事实被遮蔽,广大普通民众的抗日热情和抗日贡献也无法得到凸显,他们是被调动的,同时也需要被教育和被改造的,他们不可能作为独立主体自发组织进行抗战。当然,对普通人物在抗战这一大背景下的遭遇和命运,对人性复杂性的深刻揭示更无从谈起。

新时期以后社会环境发生了重要的变化,权威的统一的官方意识形态被迫解体,知识分子获得了解放和更大的自由。当他们不再拘泥于政治标准而坚守自己的独立性时,他们的思想和历史观自然就发生了很大变化。这种变化投射到抗战小说中,那就是国民党及其他各种抗战力量都得到了书写,抗战是一种全民族的抗战,任何在抗战中为抗战服务、贡献力量甚至牺牲的所有人都得到重视、肯定和怀念。在周而复的《长城万里图》和李尔重的《新战争与和平》等作品中,国民党军政要人的活动和国军官兵的抗日斗争得到了书写与肯定。作家张廷竹在其《黑太阳》《酋长营》《落日困惑》等主要作品中,塑造了一系列国民党的抗日英雄形象,充分肯定了抗战时期国民党官兵英勇的抗日壮举。再者就是民间抗战和民间英雄得到了书写,其代表就是上面提到的莫言的《红高粱》。这篇小说问世至今已三十多年,回头来看,我们发现这篇小说有着重要的文学史意义,它所折射的问题体现在各个方面,它既承前启后,又承东接西,使人们在关注整个当代文学史的时候不得不提到它。比如它所涉及的文化寻根问题、叙事手法问题、本土地域与世界性问题等。

就抗战小说而言,这篇小说最重要的意义就在于一方面将抗日英雄赋予普通民众甚至土匪身上,另一方面就是对普通民众身上所展现的生命强力进行了渲染和歌颂,即民间强烈的生命意识。在抗日战争这样一个大历史背景下,在这样一个时穷与危难的节点上,民间英雄呼之欲出,余占鳌、戴凤莲等人物身上所承载和具有的威猛不屈的生命力度和自由奔放的生命激情让人震撼与感叹。尼采笔下的"酒神"精神被渲染得淋漓尽致,他们是敢爱敢恨、敢生敢死的一代,他们的生命信念是:人生一世,不过草木一秋,豁出去一条命,还怕什么?这是尼采笔下强力生命意志的朴素表达,这种精神如果在和平时期其意义并不凸显的话,那么在战争时期则显得尤为重要。正是因为如此,面对日本鬼子的残暴,余占鳌们拉起队伍、提着脑袋同日本人真刀实枪地干了起来,他们大义凛然,英勇献身,其壮举可歌可泣。

应该说,在新时期的 20 世纪 80 年代,以莫言为代表的很多作家在反抗以阶级斗争为主导理念的官方话语上是有清醒的自觉意识的,但是他们对民间的认识和理解并没有形成理论的自觉意识,他们对民间的进行肯定的价值立场并没有彻底形成,尽管他们已经注意到了民间的自由、坚韧等优良品格,但是他们多多少少还保留知识分子的精英意识,他们对民间的批判态度、对民众的启蒙立场依然具有很强的力量并主导着他们的创作。20 世纪 80 年代的抗战小说,其民间书写开始继续承载起启蒙的功能,出现了一大批被房福贤命名为"阿 Q 现象小说"。如庄旭清《炮楼子》、陆颖墨《龙子龙孙加点水》批判了民众身上的精神胜利法和苟且苟安的奴隶人格。辛列平的《汉奸》、叶兆言《日本鬼子来了》、叶广岑《风》则痛斥了中国人对战争的冷漠和遗忘的"健忘症"。由此恢复和延续了五四以后与抗战之前中国现代文学所形成的启蒙传统,在这一传统中知识分子与民间的关系主要表现为启蒙与被启蒙的关系。

但是,这种依然渗透着知识分子精英意识的"启蒙/被启蒙"关系随着 20 世纪 90 年代的到来逐渐发生变化,日渐式微。作家一方面继续坚守着对官方话语的"反抗",另一方面对民间的认识也发生了变化,他们逐渐摆脱自身的精英意识和批判启蒙立场而融入民间,民间给他们提供了创作资源,他们对民间更多的是加以礼赞。就抗战小说而言,尤凤伟可谓代表。

20 世纪 90 年代以来,作家尤凤伟接连写了几篇小说,构成了他的"抗战

第六章 民间性与狂欢化书写中的对话精神

系列"作品，展开他对抗日战争的思考。尤其是他充分意识到了民间民众所具有的强大力量，其中《五月乡战》这篇小说中就充分展现了民间民众那里所具有的英雄豪气和生命野力。这篇作品的创作动因源自真实的触景生情，尤凤伟对此有过交代："写《五月乡战》的缘由是在图书馆看到一部记载那场战争的'老书'，书中有不少没经过后来人'整理'和'加工'的原始史料，很朴素，很真实。作为一个没经历过那场战争灾难的人，深入这些史料确实会感受到战争的'原汁原味儿'。这中间有惨不忍睹的杀戮，有可歌可泣的英雄气概，也有浓郁的乡土村野情趣。有一份资料记载了某地一位老乡绅带头抗日的事迹，那可谓是一个抗日之家。老乡绅的儿子儿媳女儿女婿都跟他辗转于抗日的战场上，后来几乎全部牺牲于日寇的枪弹下。那份资料还配有一幅照片：身材干练着长袍马褂的老乡绅行军骑在驴背上，神情睿智而从容，在前面牵驴的眉宇间透着英武的年轻人是他儿子中的一个。这幅照片给予我很大的感动与震撼，老乡绅骑驴的形象在眼前久久挥之不去。小小画面浓缩了当年民间抗日的真实景象。这是我在以往的诸多抗战题材作品（小说、影视与绘画）中所未曾见过的'英雄风采'。《五月乡战》的写作正是缘于'这种'完全民间化的'英雄风采'给予我心灵的冲动。"[①] 因此，这篇小说写出了以乡绅高凤山父子为代表的民众抗日的图像，歌颂了那些长期以来一直被"官方话语"所淹没的许多小人物的伟大人格和英雄主义精神。他们应该成为民族的骄傲，而对他们的忽视则是民族的悲哀，这种对弱小者的极大支持和关注在某种意义上体现了作家民间立场的高度自觉，也正是因为这种自觉而使得尤凤伟的抗战小说创作在20世纪90年代独具特色且富有深度。

由于这种民间立场的确立，在很大程度上使得尤凤伟自觉担当起了民间生存与民间文化传唱者的角色，他解构了之前对抗战历史的宏大叙事，因为民间视角，抗战历史在很大程度上呈现为个人眼中的历史，这种历史又成为一个个生存个案和历史切片，抗战大历史中的小事件和小人物得以呈现，抗战的大历史变成个人的小历史和小人物的历史。这种强调人性范畴中个人经验的历史与抽象的道德的政治的历史形成一种对话。除此之外，民间生活的丰富形态、民间文化的复杂蕴含以及民间的生存智慧等都得到了较为有力的表现。

[①] 尤凤伟：《文学与人的境遇》，《当代作家评论》1999年第2期。

新世纪以来，随着经济全球化趋势的加剧和消费主义时代的到来，文化也形成了多元化潮流，其中最主要的是官方话语、精英话语、民间话语，这三者之间既冲突又互补，形成一种对话关系。同之前相比，民间话语得到了进一步的凸显，许多作家对民间的态度也发生了很大的变化，民间不仅成为他们创作的重要资源，而且他们的民间立场更加明确，在价值观念和叙述方式上也努力消解着官方话语和精英话语的正统性。张承志、张炜、韩少功、贾平凹、阿来、莫言等一大批作家都表达了对民间的高度认同和肯定。莫言可谓代表，他认为，"为老百姓写作"听起来是一个很谦虚很卑微的口号，听起来有为人民做马牛的意思，但深究起来，这其实还是一种居高临下的态度。其骨子里的东西，还是作家是"人类灵魂工程师""人民代言人""时代良心"这种狂妄自大的、自以为是的玩意儿在作怪。因此，莫言认为，所谓的"为老百姓的写作"其实不能算作"民间写作"，还是一种准庙堂的写作。我认为真正的民间写作就是"作为老百姓的写作"。[①] 这种状况也同样表现在一些创作抗战小说的作家那里，民间化书写与作家对自我的认知以及对民众的态度有关，尤其是对传统知识分子精英立场的改变。

抗战小说《零炮楼》的作者张者对知识分子作了这样的体认："在现代社会高度物质化、商品化的大背景下，知识分子恐怕很难扮演自己的角色了，总是处在一种尴尬中。无论怎样表现和表达自己，都处在让人取笑的地位。如果你接受由现代文明创造出来的成果，可能会迷失在'物流'中；如果你进行反抗，你可能会落伍。知识分子是现代文明的创造者，其身份规定了他不可能拒绝现代文明，也不可能脱离或者是悬空。这种不尴不尬的局面是挺让人难受的，就像在火苗上烤。我们可以用'难受'这个词来概括当代知识分子的生存状态。"[②]

那么，如何摆脱这种难受的生存状态，在张者看来还是应该放弃精英立场转向民间，当然这并不等于放弃自己的责任，而是完成自身责任的一种转向。可以说《零炮楼》的民间性书写正是作家张者作为精英转移的一次尝试，也是对自身身份认同的一次转变，这种转变势必会带来作家写作上的改变。抗战小说《儒者》的作者梁晓声对民间进行了充分的肯定，其《论民间》一文

---

① 莫言：《文学创作的民间资源》，《当代作家评论》2002年第1期。
② 张者：《精英的转移与知识分子写作》，《南方文坛》2002年第2期。

就表达了他对民间的敬意和尊重，也充分表明了他的民间立场。他说："我所谓的民间，是将伟人、达官、名流、富商巨贾们划入另册，所剩的那一部分人间。在古代，曰'苍生'的那一部分人间。一个社会好不好，或有没有希望，有多大希望，不仅看官员们是些怎样的官员，富人们是些怎样的富人，各类精英是些怎样的精英；也还要看民间是怎样的民间。民间的生气，是我越来越呼吸得到的。我感觉民间的生气含氧量渐多，而氧是我的大脑需要的。民间的生气含氧量高了，民间本身自然也便耳聪目明了。"[①] 也正因为如此，他的《儒者》采用了民间视角对抗战给予了关注，成为新世纪以来抗战小说一个重要的收获。那么具体来说，与之前的抗战小说相比，新世纪的抗战小说中"民间"发生了怎样的变异？它又承载怎样的含义与功能？它的表现形态以及其深层蕴含又是怎样的？对这些问题的探究将会加深我们对新世纪抗战小说的认识和理解。

第二节 "民间话语"的功能与意味

由于时代语境的变化和作家立场的转变，新世纪抗战小说的民间书写得到了进一步的强化，民间话语得到了进一步凸显。这一时期的民间话语与"十七年"和新时期之间构成一种对话关系，它们之间既有延续也有对抗，同时也增加了一些新的内涵。具体来说主要表现在以下几个方面。

其一，新世纪抗战小说中的"民间"进一步凸显了抗战的主体。前面我们说过，从抗战主体的角度而言，新世纪以来的抗战小说可以分为两种情况：一是以国共两党为代表的官方抗战，二是以各阶层的广大民众为代表的民间抗战。在这里，我们使用"民间"一词首先指涉的作为抗战主体的人的身份与属性，它同样是与官方相对应的一个概念，当然，与巴赫金相比，这里并没有对立对抗的意味。在回答"谁在抗战"这个问题上，中国的抗战小说经历了一个延续、质疑与重写的过程，这一过程说明了党派政治的式微与民族国家观念的勃兴，也验证着作家在历史小说创作中还原修复历史真相的冲动和企

---

① 梁晓声：《论民间》，《群言》2009年第8期。

图,这背后充分说明了意识形态对文学书写当然包括抗战书写的左右与钳制,由此也带给我们很多启示。抗战小说描写谁来抗战即抗战的主体,这并不是一个不证自明的问题,今天的眼光看来它有着强烈的意识形态性。更为重要的是,民间书写得到了进一步的强化和发展,各阶层的抗战都进入了小说的视野,以普通大众为主体的民间作为一种抗战力量得到了凸显,民间的范围更加扩大,作为民间力量的地主、土匪也进入了小说甚至成为主人公成为英雄被赞扬,而且不再局限于强调他们是在党的领导下而进行的抗战,而是将民间作为一种独立的主体力量,注重表现他们的自觉性和独立自主性。

比如小说《中国地》书写了以平民英雄赵老嘎为代表的一群农民的自发自觉抗战故事,在"九一八"事变之后,东北不保,国难当头,而国民党政府却下达了撤退的命令,村民赵老嘎毅然武装起自己的家人及全体村民,誓死坚守自己脚下的"中国地",他们在完全没有外援的情况下,自力更生,坚守了14年,牢牢守卫住了自己的家园。小说《零炮楼》同样书写了一部乡村的血肉抗战史,通过贾家兄弟们的生存与抗争,展示那个时代老百姓的命运,揭示乡间民间涌动的力量和承载的负累。小说《气血飞扬》书写的是抗日民主政府的一群犯人,他们曾经是土匪、小偷、贪污犯、赌徒,但是在日本侵略者的残酷剥夺和蹂躏下,他们灵魂深处的民族意识开始复苏,他们紧紧团结在八路军管教干部马大壮的周围,与日本人展开了一系列斗智斗勇的斗争,表现出了气血飞扬的民族精神。《遍地鬼子》《我的兄弟叫顺溜》《金陵十三钗》《民兵葛二蛋》《将进酒》等小说都从民间的视角书写了普通人物的抗战。这些抗战小说或者有着真实的历史背景和事件,或者更多源于作家的虚构和想象,但无论怎样,如果没有民间的立场,这些普通人物在抗战中的抗争、付出、牺牲就可能被宏大叙事所淹没而永远被历史所遗忘。

其二,新世纪抗战小说的"民间"进一步张扬了民众的生命意识。新世纪民间力量作为抗战主体进入小说,不仅还原了历史的真实,更重要的是这些小说非常重视民间所具有的生命意识。在这些作家看来,真正的民族大义,真正的英雄主义精神恰恰在民间在民众。在巴赫金那里,民间及其他的体现者民众,由于失去了官方的钳制,由于摆脱了文明的羁绊,它总是涌动着一种素朴的原始的生命力量,这种力量平时处于潜隐状态,貌似风平浪静,但是在狂欢节这种仪式上便得到了淋漓尽致的释放和表演。这种力量是

第六章 民间性与狂欢化书写中的对话精神

勇敢、义气、血性以及自由精神的混合，在历史的关键时刻，这种力量也同样会显现出来。中国的抗日战争正是这样关键的历史时刻，关系到民族国家的兴亡，中国民间民众的抗日热情和力量在此时得到了凸显。无论是有意识的自觉自发的斗争还是无意识的被迫的本能的反抗，民间都表现出了强烈的民族大义和生命意识，它仿佛在昭示着一个民族不死的灵魂，尽管从精英的立场去审视中国的民间和民众，他们固然有这样那样的问题，甚至也出了很多汉奸，但是他们为中国的抗战也做出了重大贡献，抗战小说将抗战的主体还原给他们，同时借助民间，作家也在呼吁一种勇敢的力量和强烈的生命意识。

因此，新世纪以来的抗战小说中，民间所代表的原始生命力得到了有意识的强化和书写。我们发现，在新世纪的抗战小说里面，很多"汉奸"并没有赋予给那些没有文化的普通民众，相反，却由那些有知识、有文化的人来担当。在这些作者的思想意识里，仿佛有这样的认定，普通民众反而具有"无知者无畏"的勇往直前的胆量和勇气，相反，"文化人"却是"没有骨头的"的背叛者，他们似乎在图解着一个弗洛伊德关于"文明及其不满"的道理，在他们看来，真正的勇敢与担当，民族的大义与正气，体现在民间，所谓"天下兴亡，匹夫有责"。在这里，代表民间的"匹夫们"成了抗日的英雄。石钟山的《遍地鬼子》为自己东北故乡的乡亲们谱写了一曲英雄赞歌，肯定他们身所具有的英雄豪气。诚如作者所言："我一直欣赏东北人的豪情和侠义，仗义疏财，两肋插刀，颇有几分春秋精神。我为这种精神激动和自豪。这是我写作小说的一个母题，由这种母题诞生出了各色人的生存状态。这些胸怀激情的平凡英雄，他们平淡地生，平淡地活，也会平淡地死。但当遍地鬼子来了的时候，他们有了血性，有了侠骨柔肠，有了英雄豪气。我喜欢活得有血性的平凡人，因为他们就在我们的身边。"小说中底层民众之一的地主杨雨田家的长工鲁大身上的血性与正气让人为之赞叹。小说有这样一个场景，为了求得秀的爱情，鲁大接受了地主杨雨田恶意的考验——用头顶火盆："爱情的力量让鲁大勇气倍增，他接过火盆，义无反顾地放在头顶，炭火盆用生铁铸成。很快鲁大的头发就焦了，一股难闻的气味扑面而来，在整个房间里弥漫。鲁大觉得先是头发燃着了，接着就是他的头皮发出吱吱的响声，炙心的炙烤，疼得他浑身战栗不止，肉皮的油液顺着鬓角流下来。他咬牙坚持着。"正是因为有着这样的精神,所以在面对凶残的日本侵略者时,鲁大同样表现出了铮铮铁骨的精神,和日本人拼个鱼死网破。

小说《气血飞扬》突破了英雄与犯人的身份界限,把力量、坚毅、勇敢的精神赋予了一群监狱里的犯人。1942年秋,日寇的"大扫荡"中冀鲁豫边区政府的谷山看守所遭到袭击,造成了所长牺牲、看守负伤、人员失散。在这种情况下,囚犯们可以有多种选择,他们可以偷偷回家,可以借此销声匿迹,也可以流窜江湖。但他们却像有组织的战士,寻机抗击日寇和伪军,即使受伤也依然坚守,即便被俘仍然宁死不屈。他们的浴血奋战让人为之称奇和惊叹。他们由一个犯人,变成了一个大写的人,变成一个令敌人闻风丧胆的,令人民群众爱戴的英雄,他们释放出来的狂放的生命力更如火山喷薄般一发不可阻挡。通过这种对比性对话,作者表达了对普通民众尊重,相反,则是对知识分子身上的见风使舵、自以为是、懦弱甚至无耻品行的鞭挞。这种民间立场导致了对知识分子自身的批判,改变了知识分子与民众之间启蒙/被启蒙的关系。

其三,新世纪抗战小说中"民间"具有双重批判功能。新世纪以来的抗战小说,其民间书写在某种程度上承续了启蒙这一立场同时又有所发展和变异。这种启蒙没有仅仅停留在民众弱点的揭露与批判上,而是达到了政治、文化等层面的深层思考。尽管知识分子努力放下自己的精英意识努力向民间转化,努力融合民间,对民间表示出了极大的认同和礼赞。但是,毕竟知识分子不可能等同于普通大众,民间更不是十全十美,所以对民间的藏污纳垢、对民众身上的弱点总还带有批判的立场。

张者的小说《零炮楼》完成了对国民性的揭示与思考。张者曾言:"我很早以前就想写一部小说,来反映中国人的'国民性',而抗日战争这个灾难背景,是表现国民性最合适的历史背景,所以,我的写作初衷并非为了对一场战争的'纪念'。"[①] 的确,对张者来说,战争无论正义还是非正义,它都是残酷的,都是流血的,因此不值得纪念和歌颂,这显然是对官方话语的一次偏离,这种偏离导向了国民性的反思。这部小说借用抗战的背景,采用民间的视角,较好传达了对国民性的反思和批判。它讲述了发生在中原大地上一个叫贾寨的小村庄里的抗战故事,反映了民间社会在抗日战争时期的生存、精

---

① 张者:《还原战争的本性》,《当代》2005年第6期。

神状态,尤其是对村民身上所存在的恶习、陋习、迷信以及背后支撑的乡土文化进行了充分的书写和暴露。比如小说开始部分写贾寨和张寨合资修桥,大桥落成之日双方却发生了激烈的争斗,这样一场至关重要的打斗,其原因竟然是"当时,不知桥哪头的无赖后生向对方人群中扔了一块石头,把对方一位唢呐手砸伤了"。比如日本人意外地要在贾寨或张寨修炮楼,贾、张两寨人都不愿意炮楼修到自己的寨上,于是他们共同的敌人、残暴的日本侵略者却被置之不理,两村村民却为此事起了内讧,展开了窝里斗。比如老三贾文清动用中国风水学说,给炮楼寻找地址,特意选定一个"死穴",于是两个村庄的百姓乐呵呵地以冲天干劲把炮楼给小鬼子盖好了,然后就盼着小鬼子们倒霉。比如日本鬼子龟田队长为了逼贾文清当维持会长而鞭打他,随后龟田笑着通过翻译对大家说:"皇军入乡随俗的,按你们中国人的方式,不听话的打屁股的。"而贾文清则利用鬼子听不懂中国话的条件,大骂日本人。而当龟田通过翻译询问他说了什么话时,他又歪着嘴说:"屁股疼呀,屁股疼!"逗得龟田哈哈笑,大家也都哈哈笑。比如老大贾文锦,他本人在前方抗日,老婆玉仙却被村人当成"花姑娘"扭送给日本人,目的是为保村人之平安;为救全村人玉仙无奈前往,但当龟田被消灭后,贾家人却又不兑现曾经有过的承诺。尤其是杨翠花为救全村人性命分了墙壁中的麦子,却被自己的小叔活埋了。这里充分暴露了中原文化以及受其浸染的民众的"吃人"性。

都梁的《狼烟北平》将一个小人物的刻画放在了抗战这个乱世的大背景下,一方面凸显战争中的国家品质,另一方面表现乱世里的人生。小说中的主要人物文三儿给我们留下非常深刻的印象。作者从姓名、职业、面相、性格等几个方面对这一人物作了详细介绍和书写,读这部小说让人自然想起鲁迅笔下的阿Q,这两个人物身上体现出鲜明的共性来。小说第一章对文三儿作了这样的描写:文三儿的面相有点儿显老,肿眼泡,单眼皮,小眼睛总是红红的,像兔子眼,眉毛短短地呈倒八字状,脸色焦黄,面皮粗糙,还有几粒浅麻子,三十六岁年纪但看上去足有五十多岁。文三儿出生后爹娘还没来得及给他起个大名就死了,在叫花子群里长大,被人称为文三儿。一个拉洋车的车夫。文三儿好吃懒做,爱吹牛皮,爱面子但也恬不知耻,得过且过混天了日,阿Q身上的特点他几乎全都具备。那么这样一个人物在抗战这样的乱世里会有怎样的作为呢?或者中国社会为什么总会有这样的人物呢?小说接着设置了文三儿和大学罗先生的正在读大学一年级的女儿罗彩云之间的一段对话,来表达文三儿对日本侵略者的认知。

> 文三儿没话搭话地问:"罗小姐,您在哪儿上学呀?"
> "燕京大学,正读一年级呢,不过,恐怕快上不成了,日本人已经逼近华北,咱们要是再不抵抗,可真要当亡国奴了。"罗梦云的神态显得很忧郁。
> 文三儿不以为然地说:"嗨!日本人怎么了?他来他的,咱过咱的,您该读书还读书,我该拉车还拉车,甭搭理他们。"
> 罗梦云叹了口气道:"哪有这么简单,要是国家都没了,我们还能安心过日子吗?文大哥,我真羡慕你是个男人,一旦战争爆发你还能拿起枪来保卫国家,我们女人一到这时就没用了。"
> 文三儿笑道:"罗小姐,您饶了我吧,我一臭拉车的管不了国家大事,就知道吃饱不饿顶什么都强。"
> 罗梦云有些恼怒:"好好好,文大哥,您还是踏踏实实喝茶吧,我不跟你说了……唉,这就是我的同胞啊……"①

很显然,罗小姐最后的一句感叹完成了作家的启蒙意识和立场。事实上,文三儿这样的一种思想并非个案,小说里的其他许多人物也都表现出了这样的特点。比如文三儿的雇主陈掌柜,对大学生们在街上宣传抵制日货,所喊的"华北危机,日本人已经到了大门口"等行为,他自有自己的理解。在他看来,他可不管这些,日本人爱来不来,那是政府的事儿,他管不着,他是生意人,谁来了他都照样做生意。陈掌柜对外国人没有恶感,不管是东洋人还是西洋人,他们都是顾客,而且还是比较容易蒙的顾客。是的,在这样一个由诸多像文三儿、陈掌柜等为代表的民众组成的国家里,何谈其他?被侵略、被屠杀,抗战的艰难等问题昭然若揭。

但是,由于作家知识分子精英立场的民间性转化,这种对普通民众所代表的国民劣根有所批判,但更多的是理解之同情,尤其是对这种国民性所形成的根源作了进一步的反思,并具体展现改造的可能性及其过程,从正反两

---

① 都梁:《狼烟北平》,长江文艺出版社 2006 年版,第 27 页。

个方面凸显了一个好的国家和政府对民众的重要影响。尤其是民众身上的缺点并不是无源之水和无本之木，在我们过多谴责他们时，我们是否能进一步追问是什么造成了他们的种种劣根性。民众组成国家，而国家政治与文化又塑造影响着民众。国与民之关系是互为牵制彼此影响的，在这种书写中，抗战小说的作家们完成了对官方话语所代表的政府的批判。比如都梁《狼烟北平》有这样一个情节，卢沟桥事变爆发后，文三儿被一群学生的爱国热情所感染，也涌起了抗日豪情。但是日本人的飞机丢下的炮弹让他捡回一条命，于是他对这抗日的认识和态度马上就发生了变化，小说写道：

  文三儿忽然想明白了，像抗日这么大的事轮到谁操心也轮不到自己，这是政府的事儿，政府的责任是什么他闹不清，总之是管像他这样的草民的，日本人没来时政府在哪儿待着呢？它给文三儿什么好处了？是管自己吃了还是管自己喝了？没管过，既然没管过，怎么他妈的日本人一来这个政府就想起他文三儿来了呢？捐了钱不算，还让他拎着脑袋来流血拼命，凭什么？再者说，日本人来不来他文三儿都得靠拉车过日子，好也好不到哪儿去，坏也坏不到哪儿去，要这么算起来，日本人来不来都和文三儿一点关系都没有。怎么就一时就昏了头，稀里糊涂地起着哄就抗日来了呢？文三儿啊，你真是他妈的诸葛亮x狗——聪明一世，糊涂一时啊。①

这段独白具有复调性，文三儿自问自答的心理既是他自己发出的声音，同时也是作者发出的声音，这样一种反思无疑是更深刻的。作家的立场出现了倾斜，并没有一味站在精英知识分子立场，也没有完全站在主流意识形态立场，而是站在民间的立场上，对普通民众给予更多的理解和同情，其启蒙视角伸向了对政府的反思与批判。把一个国家的积贫积弱归结于这些民众既不符合现实也不公平。

  无疑，作家的这种民间立场和价值取向是真实的也是深刻的，固然"国家兴亡，匹夫有责"，但是把一个国家兴亡的原因都归罪于普通百姓，同时把拯救国家的责任都一味寄托在普通百姓身上，让他们一味付出和牺牲，这样

---

① 都梁：《狼烟北平》，长江文艺出版社2006年版，第46页。

的精英话语式的表达和裁定同样是有失公允的，统治阶级的昏庸、腐败、无能更值得痛恨与批判。是的，当这种民间性书写凸显劳苦大众的牺牲、力量和贡献之时，我们有理由追问：战争这样的大事怎么能仅靠手无寸铁的普通群众？政府哪去了？军队哪去了？由此，这种民间话语超越了官方话语和精英话语的局限和偏颇，达到了前所未有的深度。

巴赫金说："成长和更新是人民形象的基调。人民这是需要用奶喂养的新生儿，是新栽种上的正在成长的小树；是正在康复的、复原着的机体。人民的统治者是喂奶的母亲、园丁、治好病人的大夫。而那些坏的统治者也获得了肉体上的离奇古怪的称谓——'人民的饕餮之徒''吞食人民的人'。"① 这段话深刻正确揭示了官方与民间的合理性关系，体现了巴赫金的非官方性和人民性，其背后更是一种民主性精神。这种精神只有通过民间性书写才能凸显出来，抗战小说的这种民间性书写无疑是对当时国民党政府的有力批判，正是因为这个政府没有很好解决好人民的问题，脱离了人民，失去了民心，才导致其最后的必然失败。

其四，新世纪抗战小说的民间书写聚焦了民俗文化与民间智慧，其背后隐喻着民族身份的危机和认同。民俗文化的书写在小说中往往具有多重作用，比如促进情节发展、刻画人物性格、提供故事结构、提出或解释民间有关社会文化及人性本质的相关问题等。民间风俗文化背后是一个民族的文化认同问题，当然更是一个民族主体身份的认同问题。民俗文化是一个特定群体在历史中长期形成和不断重复的在民众中占用重要位置的习俗和传统，这些对生活进行美化或者破坏的仪式、风格、习惯、风俗等折射出特定群体生存境况中所认可的情感、思想和行为，往往再现了一个群体的基本特征，是一个民族及其民众自我身份的象征。这种身份认同在和平的时间里和自在的空间中往往并不成为一个问题，而在一种特殊的时期尤其是在异族侵略的乱世里，人的身份认同就会产生危机。而日本侵略者对中国的侵略恰逢这样一个时期，那么在此种情况下这一文化形态以及受其熏染的主体会有怎样的反映呢？许多抗战小说正是站在这个角度展开的。

张者的《零炮楼》可谓是代表，这部小说中民间民俗文化以及民族的生存智慧占据极大的比重和篇幅，甚至可以说，这部小说简直就是民俗文化的集

---

① [苏] 巴赫金：《拉伯雷研究》，李兆林等译，河北教育出版社1998年版，第523页。

大成者，如果不从民间的角度就无法更深入理解这部小说的一些元素与表达。张者作为当代作家，有过中文专业硕士的学习经历，我们似乎可以推断说他是不可能不知道巴赫金的，当然我们不能武断地说这部小说是在图解和证明巴赫金的理论。但是我们有理由说，这部小说与巴赫金在研究拉伯雷时所提出的"民间诙谐文化"和"怪诞现实主义"理论达成了极大的契合。在这部小说中，我们可以看到一方面作者似乎有意在展览中国民间的风俗文化诸如风水、命名、殡葬等，另一方面作者又对抗战这一严肃的正统的历史事件进行了一些欲望化、戏谑化和狂欢化的处理和表达。我们当然不排除这种书写背后的消费主义文化因素，即把民间的各种习俗、欲望、丑陋进行随意、有意甚至夸大式的渲染以增加它的笑点、看点及其卖点。作者的这种戏谑化、反讽化书写充满危险性，反讽本身所具有的两面性："反讽被称为知性的催泪瓦斯，其周遭每个人都被它破坏了神经，麻醉了肌肉，它是一种酸，腐蚀健康的肌理，也腐蚀腐烂的肌理。反讽使人恼火，是因为它剥下世界的面具，使之面目模糊，从而否定了我们确定的事情。"① 所以这种书写也得到了一些批评，有论者认为，"《零炮楼》充分暴露出作者创作过程中过分张扬的主观意念和虚伪而矫情的'泛私语化写作'倾向。从情节编织与人物塑造两个方面来看，作者既没占有丰富而翔实的历史材料，又缺乏独特而真切的情感和生活体验，完全凭借泛滥的主观想象和缺乏现实生活作为支撑的虚构技巧，炮制出了一部情感虚假、人物苍白、情节虚伪、严重缺乏人性关照和意义深度的失败之作"。②

但是除此之外，作品是否还存在更为严肃的思考、探讨和用意？我们该如何理解这样一种写作方式？这当然也是值得我们慎重对待的问题。有评论认为："《零炮楼》的意义不仅在于它是一部反映抗日战争题材的作品，反映了民间社会在抗日战争时期的生存、精神状态，同时也在于它对非常时期民族文化的复杂和问题。这一检讨和反省的态度，可能比简单的歌颂胜利还要有意义得多深刻得多。它使这一题材的小说向更深刻的方向发展提供了新的可

---

① [加]琳达·哈琴：《反讽之锋芒：反讽的理论与政见》，徐晓雯译，河南大学出版社 2010 年版，第 8 页。
② 傅逸臣：《虚伪而矫情的泛私语化写作：从〈零炮楼〉看新世纪长篇小说的伪现实主义倾向》，《解放军艺术学院学报》2007 年第 2 期。

能。"① 事实的确如此，小说中的民俗文化既是民族劣根性的象征，也是民族自我安慰的良药，同时也是战胜外敌入侵的武器。

第三节　狂欢化书写与叙事

巴赫金指出："在伟大转折的时代，在对真理重新评价和更替的时代，整个生活在一定意义上都具有了狂欢性。官方世界的边界在缩小，它自己失去了严厉和信心，而广场的边界却得以扩展，广场的气氛开始四处弥漫。"② 可以说，新世纪正是这样一个转折时代，一个价值重估的时代。人们常常用全球化、后现代、后革命、转型社会、消费主义等语汇来形容概括正在行进的新世纪的社会情状，这些语词看似不同，但它们之间其实有着许多暗合之意，它们都在强调这个时代的重大变化。哈桑认为："狂欢这个词，丰富地涵盖了不确定性、支离破碎性、非原则性、无我性、反讽和种类混杂等。狂欢在更深一层意味着一符多音，语言的离心力，事物欢悦的相互依存性、透视和行为，参与生活的狂乱，笑的内在性。至少指游戏的颠覆包孕着甦生。"③ 置身其中，我们都感受到了这样一些变化，巨大的城市广场、宽阔的街道、拥挤的购物中心、进行各种活动的人们，这其中也有可能有我们自己的身影，这是这个时代在现实物质层面给我们的直觉；对物质的更多渴望，内心的焦虑、困惑、迷茫甚至愤懑，信与不信，沉默与发声等，这是这个时代在精神层面给我们的深切感受。这是一个告别了整体性和统一性的时代，一种维系语言结构、社会现实结构、知识结构的统一性的普遍逻辑已经不再有效。

这是一个充满矛盾和冲突的时代，一方面世界从未像今天这样充满变化和不确定性，另一方面，人们的内心深处也从未像今天这样强烈渴望某种牢固的东西和确定的东西。而这样的时代恰恰具备了巴赫金所言充满了狂欢性，

---

① 孟繁华：《民间传奇与文化矛盾——评张者的长篇小说〈零炮楼〉》，《北京日报》2005年11月22日，第15版。
② [苏]巴赫金：《拉伯雷研究》，李兆林等译，河北教育出版社1998年版，第588页。
③ 王逢振：《最新西方文论选》，漓江出版社1991年版，第129页。

第六章 民间性与狂欢化书写中的对话精神

社会生活如此,文化艺术也同样如此。这样的时代语境催生了文学的狂欢化表达,新世纪抗战小说正是在这样的社会语境下产生与展开,它无疑具有狂欢化的特征。在巴赫金那里,狂欢一词又被分为狂欢节、狂欢式、狂欢化三个概念,狂欢节自不待言,它主要指的是民间的一些节庆、仪典等活动;狂欢式指的是狂欢节式的各种庆贺活动的总和,包括对世界的感受和由此形成的世界观;而狂欢化则是把狂欢节的形式以及它所体现的世界感受转化为文学的语言。事实上,无论是复调、民间,还是狂欢,这些关键词都被自由平等的对话精神所统摄的,因此它们具有内在的统一性。新世纪抗战小说的狂欢化具体来说主要表现在以下几个方面。

其一,众多的不同类型的作者的参与、对抗战历史的众声喧哗和多种声音促成了抗战小说在创作领域的狂欢化。巴赫金认为:"狂欢化提供了可能性,使人们可以建立一种对话的开放性结构,使人们能把人与人在社会上的相互作用转移到精神和理智的高级领域中去;而精神和理智的高级领域,向来主要是某个统一的和唯一的独白意识所拥有的领域,是某个统一而不可分割的自身内向发展的精神所拥有的领域。"[①] 在这里,巴赫金指出了高级思想领域所具有的统一性、封闭性和专制性,在这一领域往往只有很少的一部分人拥有发言权,而大多数人被拒之门外,因此这种思想往往得不到更多对话交流甚至冲击和质疑,由此就会陷入停滞和僵化直至失去活力,更重要的是这种思想甚至可能是一种谬误,所以思想领域里的狂欢精神也是非常重要的。对巴赫金的这段话我们同样也可以作反向理解,当精神和理智的高级领域不再由某个统一的和唯一的独白意识所拥有,不再被官方意识形态的代言人或者具有强烈精英意识的知识分子所垄断,不同阶层不同身份的人都可以对其发言,从而建立起一种开放性的对话结构,那么这一思想领域必然充满狂欢化,对抗战小说我们就可以做出这样的解读。

抗战这一历史事件意义重大,它承载着国家民族的历史记忆,它关系到中国共产党的形象、地位及其合法性,因此它必然受到官方主流意识形态的重视,因此它具有严肃性、正统性和庄重性,而且对于这段历史的言说和书写也必然受到限制,不是什么人都可以发出声音,也不是什么声音都能发得出来。尽管人们常说历史是个任意涂抹和打扮的小姑娘,但前提是还得看什

---

① [苏]巴赫金:《诗学与访谈》,白春仁等译,河北教育出版社1998年版,第237页。

么样的历史,更得看言说者处在什么样的年代。对抗战历史的文学性表达也同样如此,而且抗战小说的发展历史也充分说明了这个道理。前面我们说过,"十七年"这样一个时代就是巴赫金所言的唯一的独白意识所决定的时代,因此创作抗战小说的作者有着严格的规定性和限制性,并非每一位作家都可以,他们往往必须是无产阶级作家,是中国共产党党员,参加过党领导的革命战争,对党和人民充满无限热爱等,他们自觉承担起阶级、国家、人民的代言人,他们的创作必须坚守唯物主义的历史观等,由此创作的抗战小说也就具有了单一性和程式化特点,这在前面我们已经有所论述不再赘言。但是当这种高度一体化的社会环境发生解体时,由此带来文学上的诸多变化。

新世纪以来由于政治的解冻和市场经济的刺激,一个多元化时代的到来。"谁可以创作抗战小说"不再成为一个问题,作家拥有了更多的创作自由。新世纪抗战小说的作者是复杂的,这里面既有代表官方意识形态的军旅作家,也有按市场运作的商人作家;既有从革命战争年代走来并带有沉重责任感和使命感的老作家,也有完全与革命断裂在市场经济环境下成长注重消费和娱乐的70后与80后作家;既有带有理想主义情怀和责任感的40后、50后作家,也有受到新历史主义等解构思想影响甚重的60后作家;既有一心一意专门从事小说创作的执着者,也有既写小说又心系影视编剧的两面人;既有情感丰富、心思敏锐、将战争更多作为背景的女性作家,也有思想深刻、善于战争场面描写的男性作家。由于作家的背景、年龄、性别、知识结构、思想阅历的不同,他们对待战争的态度、切入战争的角度都将有所不同,因此,新世纪抗战小说与之前的小说相比也具有了各种各样的形态,从而具有了对话精神的狂欢化特征。

其二,复杂多样却又数量众多不同读者也促成了抗战小说在接受领域的狂欢化。新世纪的抗战小说浸染了消费主义的气息,凸显了这一时代的表征,隐喻着作家中这样一个时代写作策略的调整。消费主义时代影响下文学也往往呈现出这样几方面特点:首先是小说作品数量的急剧膨胀,其次是小说的影视化倾向明显,最后是作家创作的动因既受责任良知的感召,更有利益的驱动,为此他需要把小说写得更好看,以赢得市场与读者。也就是说,小说的消费主义特征日益明显。在市场消费的语境下,作家的精英启蒙立场在很大程度上出现了动摇和退隐,从20世纪90年代初的"人文精神"大讨论即是其表征。作家与民间的关系由此发生了巨大变化，作家就是民间的一员，他更愿意融入民间感受它的丰富与活力，同时利用民间的优越性，增加自己作品的魅力与可读性，赢得市场，赢得读者，消费主义最坚实的内在逻辑就是让作品有看点与卖点，拥有更多的读者。因此，民间以其所具有的特点可以帮助实现这个逻辑的发展。对新世纪的抗战小说而言，民间书写作为一种类型，融合了通俗文学和民间文化的特点，适应商业文化时代，迎合大众审美趣味的倾向，也改变了小说的审美风貌。

作家的民间立场与视角拉近了与读者之间的距离。在实际的生活领域，官方与民间、精英与大众总是存在着一定的距离，官方的正统、严肃与专制，精英的优越、俯视与批判往往都让大众敬而远之。思想的民主化、精神的平等化、生活的世俗化日益成为社会发展的一种内在诉求，这种诉求驱动着二者之间距离的日益缩小。狂欢节是民间对这样一种生活最集中最激烈的表现，在官方的节日中，等级差别突出地显示出来，而狂欢节上大家一律平等，因此更符合真正的人性，"人仿佛为了新型的、纯粹的人类关系而再生。暂时不再相互疏远。人回到了自身，并在人们之中感觉到自己是人。人类关系这种真正的人性，不只是想象或抽象思考的对象，而是为现实所实现，并在活生生的感性物质的接触中体验到的"。[①] 抗战小说的民间书写，让大众进入历史、进入小说，让他们参与其中甚至成为主体和主角，改写一直以来由官方与精英立场与视角下的国共抗战，讲述那些普通人、小人物的遭际命运、悲欢离合，赞颂他们可歌可泣的抗争精神。因此，抗战的历史与眼下生活的大众读者一下子就拉近了距离，文学的移情作用让他们感觉自己仿佛也成了小说中的某个人物，他们甚至假想如果在这样的历史时刻，他们又会以怎样的姿态和形式面对生活，又会做出怎样的人生选择。

这种书写是面向他们的，他们自然喜欢这样的作品，而意在追求更多读者的作家自然也乐意如此书写。民间是一座丰富的矿藏，有着丰富的资源，作家更愿意在这里寻觅与开采。而民间视角则与作家的身份又有着重要联系，很多作家是自由撰稿人，也有很多作家是70后，他们与历史在某种意义上有着断裂，他们对历史有着自己的理解。于是故事更加世俗化，语言更具有民间诙谐的特点。梁晓声创作的抗战小说《儒者》既阐释了知识者的代表王文祺

---

① [苏]巴赫金：《拉伯雷研究》，李兆林等译，河北教育出版社1998年版，第12页。

以柔克刚的韧性精神，同时他更歌颂了民间力量的强大，韩王村的那些普通的中国农民们，尽管十之八九由于连续多年吃高粱米而吃伤了胃，他们大都患有肠胃病，但是他们依然宁愿种高粱，让狗日的日本鬼子吃高粱也把肠胃吃坏。他们是农民，既然不能像军人那样奔赴前线，但他们也愿意搭上自己的肠胃来反抗。

其三，传奇性书写呈现出的狂欢化。民间总是更富有传奇性，而传奇性是吸引读者的一个最重要的质素。"所有的小说都有一个方面看上去像传奇，在某种意义上正是如此，因为所有的小说都使我们获得自由进入一个想象的世界"。[①] 对抗战小说来说更是如此，首先，它是战争小说，而战争一方面有着其残酷性和暴力性，它夺人生命制造灾难，但是另一方面，"战争能产生审美效果，创造色彩、动感、多样性和全景视野之美，产生比例和谐之美"。[②] 其次，它又是历史小说，而"历史小说可以被看作传奇传统的馈赠，一个民族的过去总会引起人们的兴趣和关注"。所以抗战小说凝聚着"战争"与"历史"两个因素，当这两个因素融进去民间的要素时，就更加让这一题材充斥着魅力。民间传奇之所以吸引人，通常它具有这样一些特征，爱情、性、暴力、冒险往往是传奇的中心要素，它通常塑造两极化的人物，它往往把人物分成英雄与恶人，回避平凡生活中的模糊性，对道德事实进行简化，惊异的乐趣、奇迹的情节、大团圆的结局都满足了读者的文化心理。[③] 抗战小说巧妙地运用了传奇的这些质素，而民间书写往往使得这些因素得到了进一步的强化。

诸多小说充分说明了这个问题。《历史的天空》之所以拥有这么多读者，就与这种民间所创造的传奇有很大关系。作者巧妙地运用了他身份的民间性，这是一个出身低微的草根，他是米店的一个伙计，身上具有一些流氓习气和粗鄙习惯，因此他在身份建构过程中总会产生一些富有戏剧性的故事与冲突，同时这样一些性格特点恰恰符合其人物所具有的成长背景。他让人感觉他就是大众中的一员，只是战争这样一个历史的际遇让他走上了一条迥异的道路。他的骂人的口头禅，他的一些在官方与精英看来让人无法接受的缺点和习惯，在普通大众看来恰是他的可爱之处。一个出身高贵之人取得成功理所当然，

---

① [英]吉利恩·比尔：《传奇》，肖遥、邹孜彦译，昆仑出版社1993年版，第23页。
② [以色列]范克勒韦尔德：《战争的文化》，李阳译，生活·读书·新知三联书店2010年版，第130页。
③ [加]弗莱：《世俗的经典：传奇故事结构研究》，孟祥春译，上海人民出版社2009年版，第58页。

第六章 民间性与狂欢化书写中的对话精神

而低微之人取得成功便造成了奇迹的效果,梁大牙正是如此。这样的人身上的爱情会怎样呢?如果他和村姑谈恋爱,似乎少了些冲突和对立,也少了些趣味,小说的巧妙之处则在于让东方闻音这样一个与他有着诸多差距的女性恋爱,小说的传奇性便进一步加强。

《亮剑》中对英雄李云龙出身的描写也具有民间性,他身上也同样具有民间的野性与粗俗。《遍地鬼子》让地主家的长工鲁大因为和地主小姐的爱情而被惩罚最后走上了土匪的道路,而在日本侵略中国的背景下又变成了一个抗日英雄。《遍地狼烟》中乡村少年牧良逢,猎户出身,练就一手好枪法,日本侵略者的到来影响了这个山村少年的成长道路并改变了他的命运。如果没有战争,他也许就在山村打猎,过着自在的生活,但是战争让他加入国军抗战队伍,其原有的打猎练就的功夫派上了用场,并谱写了战争传奇。同时小说加入了爱情元素,牧良逢与国民党遗孀柳烟的爱情和性爱又成为一大看点,他甚至为爱情而违反纪律改变了一场作战计划和战役走势,等等。《中国地》塑造了一群可歌可泣的平民英雄,尤其是农民代表赵老嘎,在完全没有外援的情况下,他自力更生组织一帮农民兄弟保卫家园。这里面亲情之间的矛盾纠葛增加了小说的矛盾张力。小说《气血飞扬》中一群监狱囚犯的斗争同样富有传奇性,他们身上曾经有的一些优点甚至导致他们犯罪的缺点在与敌人的斗争中却被巧妙地运用上了,他们非常善于同敌人的周旋,他们的机灵、智慧甚至有时透出的匪气,常使事态发生出人意料的大转折,他们偷鬼子的洋行,炸敌人的炮楼,端伪军的据点,劫日伪的法场,这些事件和情节妙趣横生,充满传奇性,让人击节赞叹。

其四,景观化书写增添了抗战小说的狂欢化。民间的"藏污纳垢"的特点为抗战小说进行奇观化、欲望化、荒诞化、狂欢化叙事提供了可能,也因此呈现出更多的看点,满足观众的多层次需求。这种书写在 20 世纪 80 年代的莫言《红高粱》里已经出现,小说中余占鳌与戴凤莲的爱情与性爱故事成为一种奇观,他们在高粱地里媾和的欲望化场景成为吸引读者的内在动力。而 20 世纪 90 年代尤凤伟的《五月乡战》也具备了这样的特点,小说意在描写一个乡绅的抗战故事,但在这个故事里面却几乎有一半的篇幅是书写高凤山的亲生儿子高金豹在父亲收养的孩子——他的哥哥高金虎新婚大喜之日,借着酒劲调戏并强暴了其嫂子,这条线索与其中的故事得到了大肆渲染和描写,这种奇观化书写往往更能吸引读者。如果说这两篇小说意在渲染一种生命意识，它们所受的消费主义影响还不严重的话，那么在新世纪的抗战小说里，这种奇观化、欲望化书写则进一步加强，而且作家从某个角度而言，是由于消费主义的内在逻辑而有意为之，以此增加小说的噱头。

《历史的天空》中梁大牙的手下朱预道与地方二区的女区长岳秀英的"瓜棚"事件，一方面让次要人物违反纪律而为了考验烘托主人公梁大牙，另一方面这种民间视角的书写也的确增加了小说的野趣。小说的笔法尽管含蓄，一片瓜地野草丛生，一个瓜棚遮风挡雨，一对青年男女，一件惊世骇俗的壮举隆重展开，初尝男欢女爱的激情与场面，都给人丰富的想象，这种描写无疑具有极强的吸引力。《亮剑》中对李云龙新婚之夜的描写，用战场化语言进行了狂欢化叙事："李云龙已经什么也听不见了，他仿佛又回到战场上，指挥着自己的部队排山倒海地向敌人杀过去，子弹头划破空气发出尖锐的哨音，在人耳边嗖嗖地掠过，大口径炮弹爆炸时发出巨大的，橘红色的火光，部队海潮般地涌进敌阵地，短兵相接，刺刀铿锵，碰出点点火星，攻击、攻击、再攻击。李云龙勇猛的攻击点燃了田雨的激情，她好像回到了童年，诗兴大发的父亲带他夜游洞庭湖……"《抵抗者》中，对黄抗日与田矮子一起去找妓女的场景进行了大肆渲染和书写。

《遍地鬼子》中，对鲁大等光棍长工们晚上一起津津乐道男女之间的事以及俄罗斯少女柳金娜的曲折与悲惨遭遇的书写都成为小说的看点。柳金娜为救父亲将自己卖给了妓院，后被地主杨雨田赎回，从此备受摧残与折磨，后又被转手送给了猎户郑清明。作为一个欲望载体，她不断地被展示，构成一个个欲望化场景。比如小说这样写道："他喊了几声柳金娜，柳金娜才从外面走进来。他让柳金娜帮他点燃了烟灯，他一口气吸了几口烟泡，才有了些精神。他倚在墙角，望着眼前柳金娜两座小山似的前胸。他莫名其妙地就有了火气，他一把抓过柳金娜金黄的头发，让柳金娜的头抵在他的胸口上。杨雨田发疯似的折磨柳金娜。"《气血飞扬》中也同样对爱情、性爱进行渲染。比如说小说中的小耗子和大白菜，两个人不仅在监所里萌生了情感，更不顾监所的禁令发生关系而使大白菜怀孕了。小说中有这样一段对两人情爱的描写：小耗子欲火中烧，情不可耐，疯狂地宽衣解带，用力扒下大白菜的衣裤来不及欣赏大白菜白玉般肌如凝脂的躯体，野兽般地扑上去……如此之大胆的情爱描写一方面表现英雄，另一方面也是一种欲望化写作的表现。

很显然，新世纪抗战小说的民间书写浸染了消费主义的气息，而消费主义最大的特点就是娱乐化、消遣性，它必须拥有众多的读者。民间性与狂欢化所呈现的特点能够使其实现这样的目的，但是任何东西都有其限度。民间书写固然有其积极的意义，正如我们一再肯定的，这种书写对谁在抗战这个问题还原某种历史真实，由此歌颂这些被人遗忘的普通人身上所涌现的原始生命激情以及他们对抗战的伟大贡献。作家由此突出了民间意蕴中所谓的"自由自在"，但不要忘了民间的另一面是"藏污纳垢"。过重的书写暗含了作家对传奇性甚至猎奇性的心理和追求，由此会走向它的方面，歪曲了历史，解构了英雄，也就失去了崇高等。因此这种为夺人眼球的潜在动因应值得警惕的。稍不注意，这种民间化就会走向媚俗化甚至庸俗化。毕竟，抗战是残酷的事物，不是欢乐的盛宴。歌德曾言："才能较低的人对艺术本身并不感到乐趣，他们在工作中除掉完工后能赚多少报酬之外，什么也不想。有了这种世俗的目标和倾向，就绝不能产生什么伟大的作品。"① 这一提醒对于处在消费主义时代的作家具有重要的意义。"由于价值观、英雄观的日趋多元化，去英雄化在如今的一些影视剧中也在改头换面，速度之快犹如川剧的变脸：猥琐的痞子、好闲的游民、青楼的妓女、帮会的头目、占山为王的土匪等都成了主角，摇身一变都成了抗日的英雄。去英雄化最终让真正的英雄走上了穷途末路"。② 这里虽然批评的是影视剧，但是在很多的抗日小说中也同样如此。这些都是值得很好反思的。

---

① ［德］爱克曼：《歌德谈话录》，朱光潜译，人民文学出版社1985年版，第36页。
② 张书恒：《去英雄化：从崇高到卑微》，《解放军报》2013年10月10日。

结　语

对于如何理解战争及战争文化，以色列学者范克勒韦尔德在其《战争的文化》一书的最后得出了一个"巨大的悖论"式结论。因为在他看来，一方面"战争文化如果想有任何用处，就必须是无用的"；另一方面"无论我们回顾多么遥远的历史，都总能看到一些人在为和平事业大声疾呼。然而这个好战的世界似乎对他们的言辞和手势一向是无动于衷。那些和平的斗士们，经常做不到不顾一切地坚守信念，往往最终都会去为他们认为正义的事业鼓吹战争"。[①] 这种结论看似悲观，但却让人清醒，因为它揭示了某种事实和真理。

对于如何判断和评定历史题材文学的价值问题，童庆炳认为应采取一种具有张力的独特的"悖论判断"，避免要么歌颂，要么批判；要么肯定，要么否定；要么"三七开"，要么"倒三七开"的思维模式。他以黑格尔、马克思、恩格斯、李泽厚等人的思想和观点对历史发展的"悖论性"特征进行了分析和论证，最后又进一步提出："作为历史学家和历史题材文学家，就一定要认识到历史的前行总是带有悲剧性。历史理性与人文关怀总是顾此失彼。没有一段历史的发展是完全美好的，完全不损害人民利益的，完全没有价值缺陷的。历史上许多时代，特别是历史进步的时代，总是存在着历史理性与人文关怀的二律背反。"[②]

因此，作家在书写历史的过程中，往往不得不面对历史理性与人文关怀的矛盾，那么如何处理这个矛盾呢？童庆炳认为："真正的文学家决不在这两者中选择，他的取向应是'人文—历史'的双重张力。他既要顺应历史潮流，

[①] [以色列]范克勒韦尔德：《战争的文化》，李阳译，生活·读书·新知三联书店2010年版，第416页。
[②] 童庆炳：《历史题材文学创作重大问题研究》，经济科学出版社2011年版，第20页。

促进历史进步,他们更要有人的良知、道义和尊严,并在他们的作品中艺术地体现出来。"[①] 应该说,童庆炳先生所传达的思想的确也是古今中外哲学家、思想家一直在探讨的问题,他得出的结论其实也就是"存在的悖论"思想的一种体现,也同样揭示了某种事实与真理。

同样,如何对新世纪的抗战小说做出结论性的认识和评价,我们似乎也需要采取这样一种"悖论性"的思想与态度。新世纪抗战小说的作家们在书写抗战历史时面临着悖论,我们对他们的创作进行研究和评价也面临着悖论。在我看来,这些悖论集中体现为作家以及文学研究者以怎样的价值立场去看待中国的抗日战争,也就是说作家以及文学研究者都面临着民族国家/人道主义、历史理性/人文关怀的矛盾。解决这一矛盾的正确方法应该是采取巴赫金对话思想所体现的不是"非此/即彼",而是"既/又"的方式。也就是说不是在这二者之间做出泾渭分明的单一选择,而是要二者兼顾,这是衡量优秀作家和优秀抗战小说一个重要的评价标准。这两种立场之间的倾向与抉择也往往决定着我们的认识和评价。

一方面,抗战小说要有民族国家立场和历史理性,对抗日战争做出真实客观的评价,毕竟这场战争是两个国家和民族之间的一场战争,这是一次反侵略反压迫的民族解放战争,它对中华民族独立和发展具有重大意义,中国人民付出了巨大的牺牲,中华民族正是在这场战争中获得了浴火重生。这场战争有着正义与非正义之别,因此对这场战争正义性的捍卫、对日本侵略者的谴责、对民族精神的弘扬、对英雄主义和牺牲精神的歌颂等是作家书写这场战争不得不面临的问题和任务。新世纪以来,许多作家在这方面付出了努力,绝大多数作家对此表示出了认同,这既是作家民族情感的自觉,也是意识形态的一种内在规约。无论是徐贵祥的《历史的天空》、都梁的《亮剑》、邓贤的《帝国震撼》、许开祯的《独立团》、何顿的《抵抗者》等描写国共两党抗战的小说,还是石钟山的《遍地鬼子》、谢颐丰的《气血飞扬》、张者的《零炮楼》、赵冬苓的《中国地》等描写民间抗战的小说,它们都具有这样的特点,这些小说或塑造英雄形象或歌颂民族精神或批判国民性弱点,书写了中华民族在这场战争中的伟大牺牲和伟大贡献,这些都是值得肯定的。

另一方面,抗战小说更要有人道主义立场和人文关怀,无论怎样战争,

---

① 童庆炳:《在历史与人文中徘徊》,北京师范大学出版社2007年版,第288页。

都是暴力的、残酷的，是以牺牲人的生命为代价的，因此抗战小说需要有这样的维度反对战争，反对以民族国家的名义发动的任何战争，反对以民族主义、爱国主义的口号让人民成为战争的牺牲品。与民族利益、革命理想相比，人的生命尤其是个体的生命更值得捍卫。所以反对战争、对普通人物的命运给予更大的关注更是优秀的抗战小说所必须努力做到的。同样，新世纪的一些抗战小说也对此做出了探索，如朱秀海的《音乐会》、阎欣宁的《中国爹娘》、凡一平的《理发师》、陈昌平的《汉奸》、梁晓声的《儒者》等小说可谓代表。这些小说写出了战争背景下人性的光辉和大爱，对小人物的生存困境及其选择的合理性给予关注和捍卫。而这一点恰恰是西方经典战争小说所具有的优秀品质，这是小说存在理由的最重要的一点。因为同政治学、社会学相比，小说更应该以关注人物命运、表现人性为中心。这也应该成为中国抗战小说努力的方向。

因此，从巴赫金对话理论的角度而言，优秀的抗战小说必须表现出一种对话性，这种对话性就是民族国家与人道主义、历史理性与人文关怀的对话。任何单一的书写都将会陷入狭隘主义、专制主义的泥淖。对战争、人性、民族国家等问题的理解并没有也不该有唯一答案，这或许正是对话主义所追求的效果：任何真理绝非不言自明，任何思想也不可能被单独垄断，它们需要在对话中被提出、被质疑、被讨论，让其复杂性被充分昭示与显现。这背后体现的是民主、自由、平等意识，而这恰是人文学科所必须坚持的价值理念。哲学与科学需要做的是把人类以及个人在生活中所遇到的相对性、模糊性的问题与悖论解析得清清楚楚，在此基础上他们忘记了人的存在。但是小说却并非如此，它需要在这方面做出自己独特的贡献。

新世纪以不可阻挡之势继续向前穿行，置身于当下现实语境的我们对一些问题都感同身受。一方面中国的政治、经济、文化都在发生着巨大的转型与甚至裂变，我们在某些方面取得了重大的成绩；另一方面也由此带了许多问题，生态失衡、贫富分化、价值危机等。尤其是国际形势变得更加复杂微妙，作为我们的邻国日本，右翼势力极度猖獗，军国主义的幽灵始终阴魂不散，战争的危机和潜在可能性始终存在。战争仍然是一切人类活动中最可怕的一种活动，是一种除非双方都极力保持克制，否则就很可能升级到完全失控的活动。尤其是现代战争的杀伤性更是难以想象的。那么在此背景下，文学何为？小说何为？这是任何一个优秀的和伟大的作家都需要思考的问题，尤其是对抗日战争这一题材的书写更是如此。

尽管对于战争小说的价值和意义很多人表示出了某种悲观，如以《父亲是个兵》《我是太阳》而产生影响的中国当代作家邓一光就说："战争之于人类是与生俱来的，我不相信战争会被人类抛却，即使人类在文明史上一直谴责战争，并且做了大量的阻止它的努力。和平是潜战争。战争的壮美恰又是人性和人类的危险。文学之于战争是无力的，只能在可怜的文字范围内再现战争因由和场面，徒劳地解释或描述战争以及战争给人类带来的伤害。"[①] 但是，不管怎样，人们还是应该尽一切努力尽一切可能去阻止战争的恶魔再次降临人间。前面我们说过，抗日战争题材与抗战小说创作有着巨大的距离，真正有分量的作品还非常少，其原因是复杂的，但其中有一点是我们的文学观念中往往更注重文学与现实以及当下的关系，现实题材小说往往更加繁荣也能吸引更多的读者。而作为抗战小说的历史文学往往受到冷落，尤其是作家无论怎样虚构与想象，但必须面对一些基本的事实史实，是不能有一些差错和硬伤的，为此作家不得不付出更大的时间与精力。这在当下这个讲究利润、速度和效率的时代，能够做到这样是非常不容易的，这真是对作家良知和责任感的巨大考验。因此，在我看来，中国抗战小说之所以没有精品，与一些有着丰富创作经验的优秀作家没有加盟和投入这一领域的思考和创作有很大关系。固然，在当下这样一个日益宽松的文学环境中作家有"写什么"的充分自由，但是，书写战争不仅靠经验和兴趣，更重要的是还需要作家的良知和责任。

从理论上讲，我们离这场战争越远便越有可能产生更伟大的作品来，但是在实际操作上也存在另一种可能，那就是随着我们离战争越来越远，生活在和平时期的年轻一代可能对这段历史日益表现出冷漠与遗忘。如今，二战的记忆与大屠杀的记忆紧密联结在了一起，共同营造了一个记忆的"场"。但是中国的南京大屠杀却没有能够和犹太大屠杀一样，成为同等重量级的全球性历史事件。美国学者詹姆斯·杨（James Young）对其原因有着精辟的见解，他认为"犹太人有意识地将犹太大屠杀创造成一种全球性的对于苦难的文化记忆，而中国人则缺乏这样的视野与意识，我们没有一个宏观的文化关怀，只

---

① 邓一光：《她是他们的妻子》，武汉出版社2006年版，第376页。

是将南京大屠杀当作自己民族的一种低层面的集体记忆"。① 这一解读对于中国的历史学者和中国作家是有着重要启示意义的,我们如何才能提高自己的视野和意识,拥有更大的文化关怀,将我们中国抗日战争的历史提升到文化记忆的高度,这一使命任重道远但却值得去做。

有人对历史小说的重要价值和意义做出了这样的肯定:"历史小说并非回避现实的方式,历史小说在艰难时代是启蒙和指路的手段,它能拨开历史上的迷雾,用理性解释神话。历史并非必然是一种人类无法控制的宿命的力量,英雄、伟人可能对某些事情产生影响,但历史只能受经济和政治力量的制约,人民和知识分子都在历史中发挥着作用。从历史中得出的重要教训是,需要拿出有意识的行动,不能退缩。"② 也许是该我们觉醒和行动的时候了,我们也期待着这个时刻的到来。

---

① 燕海鸣:《集体记忆与文化记忆》,《中国图书评论》2009 年第 3 期。
② [英]J.M.里奇:《纳粹德国文学史》,孟军译,文汇出版社 2006 年版,第 253 页。

参考文献

一、相关理论与研究著作

[1] 房福贤:《新时期中日战争小说论》,海天出版社 1998 年版。

[2] 房福贤:《中国抗日战争小说史论》,黄河出版社 1999 年版。

[3] 房福贤:《中国抗战文学新论》,中国社会科学出版社 2012 年版。

[4] 孙斐娟:《后革命氛围中的革命历史再叙事:1990 年代以来小说中革命历史叙事的文化取向和书写方式》,湖北人民出版社 2013 年版。

[5] 周徐:《英雄在途:祛魅·消解·重构:新时期以来军旅小说英雄形象嬗变论》,解放军文艺出版社 2011 年版。

[6] 徐亚东:《继承·突破·超越:20 世纪八九十年代军旅小说论》,中国社会科学出版社 2009 年版。

[7] 陈思广:《战争本体的艺术转化:二十世纪下半叶中国战争小说创作论》,巴蜀书社 2005 年版。

[8] 邵明:《文学棱镜中的历史景观:世纪之交的历史叙事文化研究》,安徽大学出版社 2009 年版。

[9] 刘进军:《历史与文学的想象:中国新时期历史题材小说论》,山东人民出版社 2013 年版。

[10] 朱德发:《现代中国文学英雄叙事论稿》,山东教育出版社 2006 年版。

[11] 杨厚均:《革命历史图景与民族国家想象:新中国革命历史小说再解读》,湖北教育出版社 2005 年版。

[12] 金进:《革命历史的合法性论证》,河南大学出版社 2011 年版。

[13] 黄子平:《"灰阑"中的叙述》,上海文艺出版社 2001 年版。

[14] 罗兴萍:《民间英雄叙事与"十七年"英雄叙事小说》,广西师范大学

出版社 2012 年版。

[15] 姜辉:《革命想象与叙事传统》,人民出版社 2012 年版。

[16] 李宗刚:《对"十七年"文学英雄叙事的再解读》,华文出版社 2006.

[17] 李杨:《50—70 年代中国文学经典再解读》,山东教育出版社 2003 年版。

[18] 唐小兵:《再解读:大众文艺与意识形态》,北京大学出版社 2007 年版。

[19] 孟悦:《历史与叙述》,陕西人民教育出版社 1998 年版。

[20] 路文彬:《历史想象的现实诉求》,百花洲文艺出版社 2003 年版。

[21] 王德威:《想象中国的方法:历史·小说·叙事》,生活·读书·新知三联书店 1998 年版。

[22] 张清华:《中国当代文学中的历史叙事:海德堡讲稿》,北京大学出版社 2012 年版。

[23] 吴秀明:《当代历史文学生产体制与历史观研究》,中国社会科学出版社 2011 年版。

[24] 马振方:《在历史与虚构之间》,北京大学出版社 2006 年版。

[25] 吴秀明:《中国当代长篇历史小说的文化阐释》,文化艺术出版社 2007 年版。

[26] 张京媛:《新历史主义与文学批评》,北京大学出版社 1993 年版。

[27] 张进:《新历史主义与历史诗学》,中国社会科学出版社 2004 年版。

[28] 朱向前:《"黄金时代"的文学记忆》,作家出版社 2011 年版。

[29] 孟繁华:《坚韧的叙事——新世纪文学真相》,福建教育出版社 2008 年版。

[30] 雷达:《当前文学症候分析》,作家出版社 2009 年版。

[31] 王先霈:《新世纪以来文学创作若干情况的调查报告》,春风文艺出版社 2006 年版。

[32] 邵燕君:《新世纪文学脉象》,安徽教育出版社 2011 年版。

[33] 吴秀明:《新世纪文学现象与文化生态环境研究》,浙江工商大学出版社 2010 年版。

[34] 苏晓芳:《新世纪小说的大众文化取向》,中国社会科学出版社 2009 年版。

[35] 於可训:《新世纪文学论稿》,中国社会科学出版社 2013 年版。

[36] 周立民:《精神探索与文学叙述:新世纪文学论稿》,广西师范大学出版社 2008 年版。

[37] 苏桂宁:《消费时代中国文艺的价值演变》,中国社会科学出版社 2010 年版。

[38] 王文霞:《消费主义背景下当代作家研究》,中央编译出版社 2013 年版。

[39] 蔡毅:《价值之变消费时代文学现象观察》,中国书籍出版社 2012 年版。

[40] 龙一:《小说技术》,百花文艺出版社 2011 年版。

[41] 吴义勤:《长篇小说与艺术问题》,人民文学出版社 2005 年版。

[42] 中国作家协会创作研究部编:《长篇小说艺术论:长篇小说艺术暨文学发展趋势研讨会论文集》,作家出版社 2012 年版。

[43] 徐岱:《小说叙事学》,商务印书馆 2010 年版。

[44] [捷] 米兰·昆德拉:《小说的艺术》,孟湄译,生活·读书·新知三联书店 1992 年版。

[45] 吕同六:《20 世纪世界小说理论经典》,华夏出版社 1995 年版。

[46] [苏] 巴赫金:《巴赫金全集》,白春仁等译,河北教育出版社 1998 年版。

[47] [法] 托多罗夫:《巴赫金对话理论及其他》,蒋子华译,百花文艺出版社 2001 年版。

[48] 董小英:《再登巴比伦塔:巴赫金与对话理论》,生活·读书·新知三联书店 1994 年版。

[49] 程正民:《巴赫金的文化诗学》,北京师范大学出版社 2001 年版。

[50] 夏忠宪:《巴赫金狂欢化诗学研究》,北京师范大学出版社 2000 年版。

[51] 刘康:《对话的喧声:巴赫金的文化转型理论》,北京大学出版社 2011 年版。

[52] 张晓玥:《复调诗学与中国当代文学》,中国社会科学出版社 2012 年版。

[53] 段枫:《历史话语的挑战者》,复旦大学出版社 2011 年版。

[54] 胡振明:《对话中的道德建构》,对外经济贸易大学出版社 2007 年版。

[55] [法] 埃斯卡皮:《文学社会学》,王美华、于沛等译,安徽文艺出版社 1987 年版。

[56] [法] 戈德曼:《文学社会学方法论》,段毅、牛宏宝译,工人出版社 1989 年版。

[57] [意]克罗齐:《历史学的理论和历史》,田时纲译,中国社会科学出版社2005年版。

[58] 何兆武:《当代西方史学理论》,上海社会科学院出版社2003年版。

[59] [英]柯林伍德:《历史的观念》(增补版),何兆武等译,北京大学出版社2010年版。

[60] 张文杰:《现代西方历史哲学译文集》,上海译文出版社1984年版。

[61] [法]马克·布洛克:《历史学家的技艺》,黄艳红译,中国人民大学出版社2011年版。

[62] [美]海登·怀特:《后现代历史叙事学》,陈永国等译,中国社会科学出版社2003年版。

[63] [以色列]范克勒韦尔德:《战争的文化》,李阳译,生活·读书·新知三联书店2010年版。

[64] [德]克劳塞维茨:《战争论》,王小军译,西安:陕西师范大学出版社2008年版。

[65] [荷]德累斯顿:《迫害、灭绝与文学》,何道宽译,花城出版社2012年版。

[66] [德]加布丽埃·施瓦布:《文学、权力与主体》,陶家俊译,中国社会科学出版社2011年版。

[67] [英]安妮·怀特海德:《创伤小说》,李敏译,河南大学出版社2011年版。

[68] [德]埃尔:《文化记忆理论读本》,余传玲等译,北京大学出版社2012年版。

[69] [德]韦尔策:《社会记忆:历史、回忆、传承》,季斌、王立君、白锡堃译,北京大学出版社2007年版。

[70] [英]吉登斯:《民族国家与暴力》,胡宗泽译,三联书店1998年版。

[71] [德]曼海姆:《意识形态与乌托邦》,黎鸣译,商务印书馆2000年版。

[72] [德]卡西尔:《人论》,甘阳译,西苑出版社2003年版。

[73] [英]卡莱尔:《论历史上的英雄、英雄崇拜和英雄业绩》,周祖达译,商务印书馆2010年版。

[74] [美]安德森:《想象的共同体:民族主义的起源与散布》,吴叡人译,

上海人民出版社 2005 年版。

[75] [英] 鲍曼:《现代性与大屠杀》,杨渝东译,译林出版社 2002 年版。

[76] [美] 阿伦特:《论革命》,陈周旺译,译林出版社 2007 年版。

[77] [法] 索雷尔:《论暴力》,乐启良译,上海人民出版社 2005 年版。

[78] [法] 勒庞:《革命心理学》,佟德志译,吉林人民出版社 2004 年版。

[72] [英] 伊格尔顿:《历史中的政治、哲学、爱欲》,马海良译,中国社会科学出版社 1999 年版。

[79] [法] 波德里亚:《消费社会》,刘成富、全志钢译,南京大学出版社 2000 年版。

[80] [美] 费斯克:《理解大众文化》,王晓珏译,中央编译出版社 2001 年版。

[81] 罗岗:《消费文化读本》,中国社会科学出版社 2003 年版。

[82] [美] 布兰查德:《革命道德:革命者的精神分析》,戴长征译,中央编译出版社 2004 年版。

[83] [美] 杰姆逊:《政治无意识:作为社会象征行为的叙事》,王逢振译,中国社会科学出版社 1999 年版。

[84] [美] 弗洛姆:《弗洛姆著作精选》,黄颂杰编,上海人民出版社 1989 年版。

[85] [美] 贝尔:《意识形态的终结:50 年代政治观念衰微之考察》,张国清译,江苏人民出版社 2001 年版。

[86] [英] 鲍曼:《现代性与矛盾性》,邵迎生译,商务印书馆 2003 年版。

[87] 王柯:《民族与国家:中国多民族统一国家思想的系谱》,中国社会科学出版社 2001 年版。

[88] [英] 史蒂文森:《人性七论》,袁荣生译,商务印书馆 1994 年版。

[89] 李公昭:《美国战争小说史论》,北京大学出版社 2012 年版。

[90] 汪守德:《世界战争小说》,军事谊文出版社 2006 年版。

[91] 徐巍:《视觉时代的小说空间》,学林出版社 2008 年版。

[92] 陈永国:《视觉文化读本》,北京大学出版社 2009 年版。

[93] [英] 瓦特:《小说的兴起》,高原译,三联书店 1992 年版。

[94] [美] 麦克皮克、[加] 奥文:《托尔斯泰论战争》,马特译,经济科学出版社 2013 年版。

[95] 南帆:《后革命的转移》,北京大学出版社 2005 年版。

[96] 南帆:《双重视域:当代电子文化分析》,江苏人民出版社 2001 年版。

[97] 张未民:《新世纪文学研究》,人民文学出版社 2007 年版。

[98] [美] 丹尼尔·贝尔:《资本主义文化矛盾》,赵一凡、蒲隆、任晓晋译,生活·读书·新知三联书店 1989 年版。

[99] [美] 露丝·本尼迪克特:《菊与刀》,魏大海译,青岛:青岛出版社 2009 年版。

[100] 倪乐雄:《战争与文化传统》,上海书店出版社 2000 年版。

[101] 傅逸尘:《重建英雄叙事》,作家出版社 2009 年版。

[102] [美] 华尔兹:《人、国家与战争》,倪乐雄译,上海译文出版社 1991 年版。

[103] [英] 霍布斯鲍姆:《极端的年代》,郑明萱译,江苏人民出版社 1998 年版。

[104] [英] 伯克:《面对面的杀戮》,孙宁译,江苏人民出版社 2005 年版。

[105] [日] 北冈诚司:《巴赫金:对话与狂欢》,魏炫译,河北教育出版社 2002 年版。

[106] [法] 萨莫瓦约:《互文性研究》,邵炜译,天津人民出版社 2003 年版。

[107] 王瑾:《互文性》,广西师范大学出版社 2005 年版。

[108] 孟华:《比较文学形象学》,北京大学出版社 2001 年版。

[109] 李茂增:《现代性与小说形式》,东方出版中心 2008 年版。

[110] [加] 琳达·哈琴:《后现代主义诗学》,李杨译,南京大学出版社 2009 年版。

[111] 赵稀方:《后殖民理论》,北京大学出版社 2009 年版。

[112] [法] 让·贝西埃:《当代小说或世界的问题性》,史忠义译,北京大学出版社 2012 年版。

[113] [美] 弗朗西斯·福山:《历史的终结及最后之人》,黄胜强译,中国社会科学出版社 2003 年版。

[114] 林婷:《准对话·拟狂欢》,中国戏剧出版社 2008 年版。

[115] [奥] 茨威格:《犹太人的命运》,高中甫等译,上海三联书店 2009 年版。

[116] [美] 埃娃·汤普逊:《帝国意识:俄国文学与殖民主义》,杨德友译,

北京大学出版社 2009 年版。

[117] 陈犀禾:《当代西方电影理论精选》,中国电影出版社 2012 年版。

[118] 何林军:《图像与文学:文化转型时代的文学生存与发展问题研究》,湖南人民出版社 2012 年版。

[119] [美] M.E. 斯皮罗:《文化与人性》,徐俊译,社会科学文献出版社 1999 年版。

[120] [英] 特雷·伊格尔顿:《二十世纪西方文学理论》,伍晓明译,北京大学出版社 2007 年版。

[121] [英] 伊格尔顿:《审美意识形态》,马海良译,广西师范大学出版社 2001 年版。

[122] [德] 霍克海默:《启蒙辩证法:哲学断片》,渠敬东、曹卫东译,上海人民出版社 2003 年版。

[123] 赵鑫珊:《战争背后的男性荷尔蒙》,江西人民出版社 2007 年版。

[124] [美] 大卫·斯万森:《战争是个谎言》,胡遥力、解冰译,北京理工大学出版社 2012 年版。

[125] [法] 保罗·维利里奥:《战争与电影:知觉的后勤学》,孟晖译,南京大学出版社 2011 年版。

[126] [日] 大江健三郎:《广岛札记》,翁家慧译,中国广播电视出版社 2009 年版。

[127] 中国抗日战争史编写组:《中国抗日战争史》,人民出版社 2011 年版。

[128] 毛泽东:《毛泽东选集》,人民出版社 1991 年版。

[129] 杨天石:《抗战与新中国成立后中国》,中国人民大学出版社 2007 年版。

[130] 闻黎明:《抗日战争与中国知识分子:西南联合大学的抗战轨迹》,社会科学文献出版社 2009 年版。

[131] [英] 西蒙·岗恩:《历史学与文化理论》,韩炯译,北京大学出版社 2012 年版。

[132] 刘淑春:《历史题材作品对受众价值观影响的调查》,中国社会科学出版社 2012 年版。

[133] 童庆炳:《历史题材创作重大问题研究》,经济科学出版社 2011 年版。

[134] 闫立飞:《历史的诗意言说:中国现代历史小说文体研究》,天津社

会科学院出版社 2010 年版。

二、论文

1. 博士学位论文

[1] 潘海军:《变异与拓展:新时期以来抗战小说研究》,博士学位论文,吉林大学,2010 年。

[2] 邵国义:《论中国现当代小说中抗战历史图景的时代变迁》,博士学位论文,山东大学,2007 年。

[3] 赵启鹏:《中国当代战争小说中的情爱叙事研究》,博士学位论文,山东师范大学,2008 年。

[4] 李展:《孙犁抗战小说研究》,博士学位论文,复旦大学,2008 年。

[5] 马彧:《记录与想象:论三四十年代抗战小说的叙事流变》,博士学位论文,南京师范大学,2010 年。

[6] 马立新:《红色理性与革命战争文学》,博士学位论文,山东师范大学,2004 年。

[7] 陈颖:《中国战争小说史论》,博士学位论文,福建师范大学,2004 年。

2. 硕士学位论文

[1] 李茜:《九十年代以来战争小说中的国军形象透视》,硕士学位论文,华中师范大学,2013 年。

[2] 赵一妲:《战争记忆与新文学抗战小说研究》,硕士学位论文,辽宁大学,2013 年。

[3] 崔雨淇:《新历史小说中的抗战叙事研究》,硕士学位论文,重庆师范大学,2013 年。

[4] 张韶闻:《中国抗战文学中的日本战俘形象》,硕士学位论文,重庆师范大学,2012 年。

[5] 张晓琴:《抗日战争正面战场文学研究》,硕士学位论文,河北大学,2011 年。

[6] 孙向阳:《当代抗战小说英雄叙事的转变》,硕士学位论文,华东师范大学,2009 年。

[7] 李璐:《"战斗里成长":论"十七年"抗战文学中人的成长问题》,硕士学位论文,黑龙江大学,2010年。

[8] 冯雁:《论新时期以来抗战文学中的日本人形象》,硕士学位论文,北京语言大学,2009年。

[9] 江朝贤:《抗战小说中匪类抗日英雄形象之变迁》,硕士学位论文,西南大学,2008年。

[10] 张德刚:《50年代小说中的抗战故事》,硕士学位论文,西南大学,2008年。

[11] 李向平:《历史深处的记忆》,硕士学位论文,青岛大学,2008年。

[12] 米华全:《战争的另一种言说:论二十年来中国抗战小说》,硕士学位论文,四川大学,2007年。

[13] 刘艳辉:《战争如何文学:新时期抗战小说之反思》,硕士学位论文,河北师范大学,2007年。

[14] 杨丽:《汉奸形象初论:以"十七年"抗战题材长篇小说为例》,硕士学位论文,华中师范大学,2006年。

[15] 苏丽静:《中苏反法西斯小说比较》,硕士学位论文,郑州大学,2006年。

[16] 孟智慧:《世界文学格局中的中国抗日战争小说》,硕士学位论文,西南师范大学,2004年。

3. 报刊论文

[1] 林凌:《论九十年代抗战小说》,《解放军艺术学院学报》1999年第4期。

[2] 逄增玉:《九十年代抗战文学的历史记忆与现实诉求》,《当代作家评论》2001年第6期。

[3] 张志忠:《论中国的抗日题材文学》,《光明日报》2005年7月22日。

[4] 顾骧、石一宁:《关于抗日战争文学创作问题》,《南方文坛》2005年第5期。

[5] 李祖德:《小说战争与历史:有关"抗战小说"中的个人、家族与民族国家》,《文艺理论与批评》2005年第4期。

[6] 陈晓明:《鬼影底下的历史虚空:对抗战文学及其历史态度的反思》,《南方文坛》2006年第1期。

[7] 孟繁华:《战争本质的国族叙事与个人体验——中国、西方战争文艺

"历史记忆"的差异性》,《山东社会科学》2006 年第 4 期。

[8] 季红真:《民族危难时刻的集体记忆:漫谈抗日文学》,《南方文坛》2006 年第 2 期。

[9] 曹万生、李琴:《中国"抗战文学"特点之再思考》,《四川师范大学学报(社会科学版)》2007 年第 2 期。

[10] 吴福辉:《抗战文学研究笔谈》,《理论学刊》2011 年第 2 期。

[11] 石一宁:《抗战题材文学作品成就斐然视野尚需开拓》,《文艺报》2005 年 6 月 2 日。

[12] 杨光祖:《我们为什么没有伟大的战争小说》,《山西文学》2006 年第 4 期。

[13] 南帆:《历史叙事:长篇小说的坐标》,《文学评论》1999 年第 3 期。

[14] 宋嘉杨:《壮歌久不作——抗战文学的当代思考》,《文学评论》2007 年第 3 期。

[15] 王向远:《日本的侵华文学与中国的抗日文学——以日本士兵形象为中心》,《北京社会科学》1997 年第 4 期。

[16] 丛晓峰:《新时期抗日战争题材小说鸟瞰》,《山东师大学报(人文社会科学版)》1995 年第 4 期。

[17] 林凌:《二十世纪抗战文学为什么没有经典作品》,《中国文学研究》2001 年第 4 期。

[18] 秦弓:《抗战文学研究的概况与问题》,《抗日战争研究》2007 年第 4 期。

[19] 孟繁华:《"英雄文化"的现代焦虑》,《解放军艺术学院学报》2003 年第 1 期。

[20] 程光炜:《牺牲的意义——关于 50—70 年代战争题材小说英雄形象的重新思考》,《海南师范学院学报》2001 年第 1 期。

[21] 舒晋瑜:《抗战文学作品的现状与反思》,《中华读书报》2005 年 9 月 7 日。

[22] 钱志富:《抗战文学缺乏经典吗》,《文艺报》2005 年 10 月 13 日。

[23] 逢增玉:《抗战文学作品的若干历史性与思想性问题》,《文艺争鸣》2009 年第 3 期。

[24] 李国文:《好汉奸论》,《文学自由谈》1998 年第 6 期。

[25] 朱向前:《单刃剑还是双刃剑:我看当下军旅长篇小说创作的影视化

趋向》,《军营文化天地》2012年第3期。

[26] 刘广远:《狂欢化:长篇小说的一种话语方式》,《小说评论》2006年第8期。

[27] 贺绍俊:《中国经验:新世纪长篇小说创作的聚焦点》,《小说评论》2010年第5期。

[28] 王光东:《民间形式·民间立场·政治意识形态:抗战以后文学中的民间形态》,《当代作家评论》2002年第6期。

[29] 李怡:《抗战作为中国文学的资源》,《西南民族大学学报》2005年第9期。

[30] 邵国义:《革命:理解抗战文学的关键词》,《重庆社会科学》2007年第4期。

[31] 马伟业:《战争中的人生和人生中的战争:对深化抗日题材文学创作的思考》,《文艺评论》2006年第2期。

[32] 武跃速:《20世纪西方战争文学中的"敌人"问题》,《江西社会科学》2012年第9期。

[33] 席忍学:《20世纪西方战争文学的人本意识》,西安外国语学院学报,2005年第4期。

[34] 石世明:《论抗战文学的政治阐释与理性冲突》,《湘潭师范学院学报》2004年第4期。

[35] 马立新:《红色理性与英雄形象》,《中国海洋大学学报》2005年第3期。

[36] 刘进军:《由"神"到"人"的英雄人生:论新时期革命历史题材小说中的英雄形象》,《东岳论丛》2009年第6期。

[37] 潘天强:《英雄主义及其在后新时期中国文艺中的显现方式》,《中国人民大学学报》2007年第3期。

[38] 周政保:《战争小说的审美与寓意构造》,《解放军文艺》2003年第5期。

[39] 王寰鹏:《英雄主义的叙事模式和喻义阐释》,《中国现代文学研究丛刊》2005年第4期。

[40] 赵国乾:《新世纪抗战题材小说的新探索》,《文艺报》2011年12月14日。

[41] 王小平:《民间立场文学话语霸权的解构:论抗战文学的大众化诉求》,《天府新论》2006年第3期。

[42] 徐文欣:《世界反法西斯文学的几种创作模式和中国抗战文学的特

点》,《中国现代文学研究丛刊》1995年第3期。

[43] 李璐、叶红:《试论前苏联战争文学对中国抗战文学的影响》,《学术交流》2013年第9期。

[44] 黄曼君:《世俗精神民间话语艺术狂欢》,《文艺报》2001年11月17日。

[45] 束学山:《认同与抉择:民间话语的价值取向》,《当代作家评论》1999年第4期。

[46] 张笑天:《历史小说的虚与实》,《文艺报》2010年7月5日。

[47] 吴秀明:《历史追忆中的多层次掘进:论近年国内反法西斯主题的抗战文学创作》,《文艺研究》1995年第5期。

[48] 邵子华:《论文学文本的对话性》,《井冈山学院学报》2007年第3期。

[49] 晏杰雄:《论新世纪长篇小说的大型对话》,《文艺争鸣》2011年第6期。

[50] 晏杰雄:《论新世纪长篇小说的微型对话》,《文艺争鸣》2011年第8期。

三、主要作品(部分)

1. 新世纪抗战小说

[1] 徐贵祥:《历史的天空》,人民文学出版社2000年版。

[2] 都梁:《亮剑》,解放军文艺出版社2000年版。

[3] 迟子建:《伪满洲国》,作家出版社2000年年版。

[4] 樊建川:《一个人的抗战》,中国对外翻译出版公司2000年版。

[5] 凡一平:《理发师》,《青年文学》2001年第11期。

[6] 宗璞:《东藏记》,人民文学出版社2001年版。

[7] 朱秀海:《音乐会》,解放军文艺出版社2002年版。

[8] 何顿:《抵抗者》,长江文艺出版社2002年版。

[9] 宗璞:《南渡记》,人民文学出版社2002年版。

[10] 张笑天:《抗日战争》,吉林人民出版社2002年版。

[11] 陈昌平:《汉奸》,《人民文学》2003年第8期。

[12] 石钟山:《遍地鬼子》,春风文艺出版社2004年版。

[13] 阎欣宁:《中国爹娘》,解放军文艺出版社2004年版。

[14] 徐贵祥:《八月桂花遍地开》,北京十月文艺出版社2005年版。

[15] 张者:《零炮楼》,作家出版社 2005 年版。

[16] 张峻:《历史在说》,作家出版社 2005 年版。

[17] 温靖邦:《虎啸八年》(1—5),花城出版社 2005、2011 年版。

[18] 易丹、钱滨:《1938—1941 重庆大轰炸》,四川文艺出版社 2005 年版。

[19] 刘冰之:《都来打鬼子》,解放军文艺出版社 2005 年版。

[20] 李镜:《出关》,解放军文艺出版社 2005 年版。

[21] 陶纯:《血色雄关:太原会战纪实》,解放军文艺出版社 2005 年版。

[22] 都梁:《狼烟北平》,长江文艺出版社 2006 年版。

[23] 严歌苓:《金陵十三钗》,《名作欣赏》2006 年第 7 期。

[24] 张磊:《雪亮军刀》,花山文艺出版社 2006 年版。

[25] 梁丰:《铁血》,中国广播电视出版社 2006 年版。

[26] 麦家:《风声》,南海出版公司 2007 年版。

[27] 石钟山:《锄奸》,上海文艺出版社 2007 年版。

[28] 李西岳:《血色长城》,解放军文艺出版社 2007 年版。

[29] 张显久:《血腥疯狂》,作家出版社 2007 年版。

[30] 徐萌:《记忆之城》,中国青年出版社 2007 年版。

[31] 谢颐丰:《气血飞扬》,解放军文艺出版社 2007 年版。

[32] 兰晓龙:《生死线》,花山文艺出版社 2008 年版。

[33] 徐贵祥:《马上天下》,人民文学出版社 2009 年版。

[34] 龙一:《代号》,作家出版社 2009 年版。

[35] 朱苏进:《我的兄弟叫顺溜》,江苏文艺出版社 2009 年版。

[36] 许开祯:《凉州往事》,金城出版社 2009 年版。

[37] 石钟山:《残枪》,江苏文艺出版社 2010 年版。

[38] 邓贤:《帝国震撼》,湖南人民出版社 2010 年版。

[39] 谢颐丰:《激荡山河》,作家出版社 2010 年版。

[40] 李晓敏:《遍地狼烟》(1—2),江苏文艺出版社 2010、2011 年版。

[41] 赵冬苓:《中国地》,湖南文艺出版社 2011 年版。

[42] 张笑天:《中日人谍战》,北岳文艺出版社 2011 年版。

[43] 龙一:《借枪》,新世界出版社 2011 年版。

[44] 龙一:《深谋》,江苏文艺出版社 2011 年版。

[45] 王彪:《血色关东》,新世界出版社 2011 年版。

[46] 鲍光满:《姥爷的抗战》,《长篇小说选刊》2011 年第 4 期。

[47] 马宁:《杀八方》,新世界出版社 2011 年版。

[48] 王国威:《血色狼烟》,重庆出版社 2011 年版。

[49] 都梁:《大崩溃》,北京联合出版公司 2012 年版。

[50] 谢颐丰:《将进酒》,山东文艺出版社 2012 年版。

[51] 许开祯:《独立团》,北京联合出版公司 2012 年版。

[52] 李小峰:《抗日黄金》,文汇出版社 2012 年版。

[53] 束焕:《民兵葛二蛋》,中国华侨出版社 2012 年版。

[54] 张和平:《落日孤城:中日衡阳会战纪实》,湖南文艺出版社 2012 年版。

[55] 曾凡华:《最后一战:中日雪峰山会战纪实》,湖南文艺出版社 2012 年版。

[56] 张晓然:《八千男儿血:中日常德会战纪实》,湖南文艺出版社 2012 年版。

[57] 梁晓声:《懦者》,湖南文艺出版社 2013 年版。

[58] 何顿:《来生再见》,江苏文艺出版社 2013 年版。

2. 新时期抗战小说

[1] 艾煊:《乡关何处》,上海文艺出版社 1983 年版。

[2] 马加:《北国风云录》,中国青年出版社 1983 年版。

[3] 黎汝清:《生与死》,中国青年出版社 1984 年版。

[4] 莫言:《红高粱》,《人民文学》1986 年第 4 期。

[5] 周梅森:《军歌》,《钟山》1986 年第 6 期。

[6] 张廷竹:《黑太阳》,《解放军文艺》1986 年第 9 期。

[7] 周而复:《长城万里图》(1—6),人民文学出版社 1987—1994 年版。

[8] 张廷竹:《酋长营》,解放军文艺 1987 年第 1 期。

[9] 周梅森:《国殇》,《花城》1988 年第 2 期。

[10] 张廷竹:《支那河》,《解放军文艺》1988 年第 7 期。

[11] 李尔重:《新战争与和平》(1—8),武汉出版社 1988—1993 年版。

[12] 张廷竹:《落日困惑》,《解放军文艺》1989 年第 2 期。

[13] 周梅森:《大捷》,《收获》1989 年第 5 期。

[14] 邓贤:《大国之魂》,《当代》1990 年第 6 期。

[15] 权延赤:《狼毒花》,北京十月文艺出版社 1991 年版。

[16] 叶兆言:《日本鬼子来了》,《中国作家》1991 年第 4 期。

[17] 余华:《一个地主的死》,《钟山》1993 年第 1 期。

[18] 刘震云:《温故一九四二》,《作家》1993 年第 2 期。

[19] 王火:《战争和人》,人民文学出版社 1993 年版。

[20] 尤凤伟:《生命通道》,《当代》1994 年第 4 期。

[21] 黎汝清:《漠野烟尘》,北岳文艺出版社 1995 年版。

[22] 邓贤:《日落东方》,《当代》1995 年第 1 期。

[23] 辛列平:《汉奸》,中国文联出版社 1995 年版。

[24] 尤凤伟:《五月乡战》,《当代》1995 第 2 期。

[25] 尤凤伟:《生存》,《当代》1996 年第 2 期。

[26] 柳溪:《战争启示录》,北京出版社 1998 年版。

3. 20 世纪 50—70 年代抗战小说

[1] 徐光耀:《平原烈火》,人民文学出版社 1950 年版。

[2] 孙犁:《风云初记》,人民文学出版社 1952 年版。

[3] 袁静、孔厥:《新儿女英雄传》,人民文学出版社 1956 年版。

[4] 知侠:《铁道游击队》,人民文学出版社 1958 年版。

[5] 肖克:《战斗的青春》,新文艺出版社 1958 年版。

[6] 冯德英:《苦菜花》,人民文学出版社 1959 年版。

[7] 李英儒:《野火春风斗古城》,作家出版社 1961 年版。

[8] 冯志:《敌后武工队》,解放军文艺出版社 1963 年版。

[9] 刘流:《烈火金刚》,中国青年出版社 1963 年版。

[10] 梁斌:《播火记》,作家出版社 1963 年版。

[11] 艾煊:《大江风雷》,人民文学出版社 1965 年版。

[12] 郭澄清:《大刀记》,人民文学出版社 1975 年版。

4. 西方战争小说

[1] [俄] 托尔斯泰:《战争与和平》,草婴译,外文出版社 1997 年版。

[2] [苏] 拉夫列尼约夫:《第四十一》,曹靖华译,外国文学出版社 1985 年版。

[3] [苏] 肖洛霍夫:《静静的顿河》,金人译,人民文学出版社 1988 年版。

[4] [苏] 肖洛霍夫:《一个人的遭遇》,草婴译,人民文学出版社 2005 年版。

[5] [苏] 西蒙诺夫:《生者与死者》,郑泽生译,上海译文出版社 1993 年版。

[6] [苏] 邦达列夫:《热的雪》,朱纯等译,上海译文出版社 1984 年版。

[7] [苏] 瓦西里耶夫:《这里的黎明静悄悄》,王金陵译,人民文学出版社 1984 年版。

[8] [苏] 拉斯普京:《活着,可要记住》,李廉恕译,中国社会科学出版社 1978 年版。

[9] [美] 海明威:《丧钟为谁而鸣》,程中瑞、程彼德译,上海译文出版社 2009 年版。

[10] [美] 欧文·肖:《幼狮》,陆谷孙译,上海译文出版社 1999 年版。

[11] [美] 诺曼·梅勒:《裸者与死者》,蔡慧译,上海译文出版社 1997 年版。

[12] [美] 约瑟夫·海勒:《第二十二条军规》,扬恝译,漓江出版社 2005 年版。

[13] [美] 库尔特·冯内古特:《五号屠场》,云彩、紫芹、曼罗译,译林出版社 1998 年版。

[14] [美] 赫尔曼·沃克:《战争风云》,施咸荣等译,人民文学出版社 1979 年版。

[15] [美] 赫尔曼·沃克:《战争与回忆》,王圣珊等译,人民文学出版社 1981 年版。

[16] [英] 毛姆:《刀锋》,周煦良译,上海译文出版社 1997 年版。

[17] [法] 雨果:《九三年》,叶尊译,上海译文出版社 2007 年版。

[18] [日] 井伏鳟二:《黑雨》,柯毅文、颜景镐译,湖南人民出版社 1982 年版。

后 记

本书是在我的博士论文的基础上修改而成的，说来惭愧，它的完成实在是拖得太久，虽然如此，我似乎也没有太多遗憾。也许，人生有太多的事情说不清早晚，有时与其强求不如顺其自然，当某个时刻真的到来时也许就是最好的安排。

今天，无论我们从事何种职业都需要一种敬畏之心，作为一名高校教师，我们应该敬畏学生、敬畏课堂、敬畏学术。我以为敬畏学术应该有两种路径：一是有所为，以积极的心态著书立说以至于著作等身；二是有所不为，总觉得时机不到、水平不够，不能轻易出手，以至于述而不作、产出甚少。实际上，做到这两者都不容易，前者容易急功近利，后者往往成为懒惰的借口，处理好这两者的关系需要人生的大智慧，很显然，我做得远远不够。

之所以要对学术产生敬畏，这是因为真正的学术是必须有所"创新"的，而对于人文学科来说，能够创新真的是十分艰难。正如人们常说的"太阳底下，哪有新鲜事"，以至于有人感叹"七千年来，自从有了人，自从人能够思想，言已尽矣，我们来这世上太晚"；也有人困惑："在这里又做着已经做了的事，这真是无用功，把同一件事翻来覆去地说，有什么用呢？"甚至更有人呼吁"你们要我写书又造意来又造形！老天爷救救我！就连创造世界也没有创造思想难"。

当然，这一切又不能成为我们敢于探索和坚持自己的托词与借口，也许还是帕斯卡尔说得好："别对我说，我之所言毫无新意，吾以己言言之，而言之所表就是新的，我比较喜欢别人说我不过是用旧词罢了。"也许创新就在于个人的不断努力和坚持，在于是否融入自我个体的异质性，在于以己之言言之，即使是旧瓶装新酒。因此，我们似乎更加需要勇敢地表达自己。

感谢家人对我的宽容与支持，感谢单位领导及同事的关心与支持，感谢中国戏剧出版社老师的耐心与支持。当然更要感谢我的博士导师李宗刚先生，他对学术的热爱、执着与敬业，常常让我们这些学生感到压力，当然，他带给我们的更多的还是动力。没有他的指导、期望与督促，我的论文很难按时完成，当然也不会有这本书的问世。

按照巴赫金理论，学术写作当然也是一种"对话"，而且这种对话永远处于"未完成"中，因此本书肯定存在很多不足，期待更多批评指正。

赵佃强

2024年7月于临沂大学